Melocotones helados

Autores Españoles e Iberoamericanos

Esta novela obtuvo el Premio Planeta 1999,
concedido por el siguiente jurado:
Alberto Blecua, Ricardo Fernández de la Reguera,
José Manuel Lara Hernández, Antonio Prieto,
Carlos Pujol, Martín de Riquer y Zoé Valdés.

Espido Freire

Melocotones helados

Premio Planeta
1999

PLANETA

© Espido Freire, 1999
© Editorial Planeta, S. A., 1999
  Córcega, 273-279, 08008 Barcelona (España)

Diseño de la sobrecubierta: Departamento de Diseño de Editorial Planeta

Ilustración de la sobrecubierta: «Dos muchachas junto a la ventana», de
  George Schrimpf, Nationalgalerie, Berlín (foto © AKG Photo)

Primera edición: noviembre de 1999
Segunda edición: diciembre de 1999

Depósito Legal: B. 48.513-1999

ISBN 84-08-03370-0

Composición: Foto Informática, S. A.

Impresión y encuadernación: Printer Industria Gráfica, S. A.

Printed in Spain - Impreso en España

Otras ediciones:
Especial para Planeta Crédito
1.ª edición: noviembre de 1999
Especial para Club Planeta
1.ª edición: noviembre de 1999
Especial para Grandes Clientes
1.ª edición: noviembre de 1999

A M.

Escribiste: Voy a ir.
Pregunté: Para qué venir.
Dijiste: Para conocernos.

No hallarás otra tierra ni otro mar.
La ciudad irá en ti siempre (...)
pues es siempre la misma. No busques otra,
no la hay.

No hay caminos ni barco para ti.
La vida que aquí perdiste
la has destruido en toda la tierra.

K. Kavafis

1

Existen muchos modos de matar a una persona y escapar sin culpa: es fácil deslizar una seta venenosa entre un plato de inofensivos hongos. Con los ancianos y los niños, fingir una confusión con los medicamentos no ofrece problemas. Se puede conseguir un coche y, tras atropellar a la víctima, darse a la fuga. Si se cuenta con tiempo y crueldad, es posible seducirla con engaños, asesinarla mediante puñal o bala en un lugar tranquilo, y deshacerse luego del cadáver. Cuando no se desean manchas en las manos propias, no hay más que salir a la calle y sobornar a alguien con menos escrúpulos y menos dinero. Existen sofisticados métodos químicos, brujería, envenenamientos progresivos, palizas por sorpresa o falsos atracos que finalizan en tragedias.

Existe también una forma antigua y sencilla: la expulsión de la persona odiada de la comunidad, el olvido de su nombre. Durante algún tiempo el recuerdo aún perdura, pero los días pasan y dejan una capa de polvo que ya no se levanta. Todo el pueblo se esfuerza en dejar atrás lo sucedido con los puños apretados y la voluntad decidida, y poco a poco, el nombre se pierde, los hechos se falsean y se alejan, hasta que, definitivamente, llega el olvido.

Llega la muerte.

Es fácil. Una vez habituados a él, el olvido resulta sencillo. La mente, que flaquea con la edad, ayuda a enterrar el pasado. A veces las puertas se abren y surgen los antiguos fantasmas. Otras, la mayoría, permanecen cerradas, y los muertos no regresan de la muerte, ni del olvido.

Es fácil. Se olvida todos los días.

Olvidaron a Elsa. Juraron que jamás permitirían que eso ocurriera, que, pasara lo que pasara, Elsa continuaría entre ellos; lo que había sucedido con tantos no se repetiría. Elsa sobreviviría a través de la distancia, sobre el bosque de cruces del cementerio, entre las acequias con agua y la vía del tren que los llevaba a la ciudad.

Se equivocaban. No fue culpa de nadie. Sencillamente, pasó el tiempo de Elsa y nuevas cosas los tomaron por sorpresa, nuevas cosas que ocuparon su lugar.

Se olvida todos los días. Todos los días llega la muerte.

Durante la mayor parte del año los cielos se mantenían azules en Duino, barridos a fuerza de viento y helada. El sol relumbraba sobre las cúpulas esmaltadas en dorado, añil y verde, y, a veces, las iglesias parecían esponjarse las plumas como pavos reales. Bajo los azulejos de colores, las paredes viejas mostraban el barro, y después de la lluvia el aire se llenaba de polvo rojizo: más bien después de las tormentas, porque en Duino nunca llovía de modo pacífico. Las nubes cargadas de agua se dirigían al mar, y dejaban de lado la zona, como si un hechizo antiguo les hiciera rehuir las torres refulgentes y la vida perezosa de la ciudad. Si llovía, el agua llegaba envuelta en truenos. Si nevaba, los copos se confundían con el pedrisco y el granizo.

Con ese clima las flores morían pronto, y en cuanto la primavera asomaba aparecían los surtidores. Los habitantes de Duino planificaron parterres bajo la sombra más tupida de los paseos, con la esperanza de llenar los parques con niños y perros que jugaran y dieran vida a Duino. Les aterraba volver la vista a las afueras, a las colinas áridas de los alrededores, y descubrirlas peladas y secas, con unos abrojos míseros y cuatro amapolas desangeladas y chillonas. Nadie se había repuesto aún de los estragos que causó la gran sequía, cinco años antes, pero la escasez de agua había terminado, y las fuentes volvían a ser potables; el río había recuperado su caudal, y si el verano se mostraba clemente, Duino regresaría a la normalidad.

Elsa grande, que acababa de llegar a Duino, no se detuvo en esos detalles. Ni siquiera mencionó el viento frío cuando llamó a sus padres; aun con los calores de agosto, en medio del feroz ataque del sol, no había manera de librarse de las corrientes de aire en la nuca, de la sensación de hielo que venía de muy lejos, de las montañas. Tranquilizó a su madre.

—Sólo estoy un poco cansada.

—¿Les has dado los regalos al abuelo y a la tata?

—Aún no. Después de cenar.

—¿Y les has dicho algo de...?

—No.

Luego marchó a su habitación y se dejó caer sobre la cama, agotada y con los nervios de punta. En un vaso, sobre la mesilla, había colocado unas flores que días antes le había regalado su novio, y que se había traído consigo con los tallos protegidos por papel de aluminio. Se llevó la mano a la frente y escuchó en silencio. Después de abrazarla, el abuelo se había inclinado de nuevo sobre el periódico; la tata se había ofrecido para ayudarla a deshacer las maletas y, ante su negativa, salió de la casa a toda prisa, preocupada porque las tiendas cerraran. Había aguardado hasta el último momento para incluir en la lista de la compra algunas chucherías que agradaran a Elsa.

El detalle la conmovió casi hasta las lágrimas, y no se atrevió a pedir nada.

—Naranjas, cerezas, si las hay —apuntó tímidamente ante la insistencia de la tata.

El piso permaneció extrañamente silencioso cuando la puerta se cerró. El ruido quedaba atrapado en los techos, tan altos, y parecía estancarse durante mucho tiempo. También el olor a madera vieja, a barniz ardiente y a la colonia del abuelo flotaba en grandes vaharadas. A veces se hacía tan espeso que las cuchilladas de sol que se colaban entre las cortinas podrían cortarlo.

El abuelo se encontraba bien, y parecía soportar con facilidad los años nuevos y el calor. Elsa grande no le veía desde hacía dos años, pero no le notó envejecido. Se había recuperado de los achaques que sufrió al superar los ochenta, y mantenía la espalda recta y el pulso firme; mostró una alegría comedida al recibirla.

—¿No tienes calor, con la chaqueta puesta? —fue lo único que le dijo.

Conocía a medias las razones por las que Elsa grande estaba allí; sabía lo justo, y no quería ir más allá. Lo único que para él suponía un cambio, una molestia amable, pero molestia, al fin y al cabo, era la presencia de su nieta mayor en la casa. Por lo demás, importaba poco si se recuperaba de un desaire amoroso, de una enfermedad grave, o si huía de algún peligro innominado.

El abuelo le había dicho que en la casa encontraría habitaciones de sobra: una grande donde dormir, y otra pequeñita y cuadrada, que la tata había librado de los útiles de planchar para que la empleara como estudio. Si Elsa grande se asomaba a la ventana, vería hileras de tejados con veletas; la calle era estrecha, y podía controlar sin esfuerzo lo que ocurría en las ventanas desprotegidas del edificio de enfrente. En el cuarto vivía un matrimonio anciano. En el tercero se balanceaba aún un letrero que anunciaba una pensión de huéspedes. Elsa sonrió: aquella pensión había sido de sus abuelos. Luego se propuso comprar tela un poco gruesa para la ventana del estudio. La luz se resentiría con ello, pero no podría trabajar si sabía que la miraban. De cualquier modo, al abuelo no le importaba una cortina de más, ni siquiera un tabique menos.

—Tú haz lo que te parezca. Esta casa es tuya —dijo, y

le tendió un llavero de arandela con unas cuantas llaves—. Entra y sal cuando quieras, que ni a la tata ni a mí nos molestas. Ya eres mayorcita para vivir tu vida. ¿Cuántos años tienes? ¿Treinta, treinta y uno?

—Por ahí. —Elsa grande sonrió. El abuelo también sonrió.

Junto con las llaves, le había otorgado el poder sobre el espacio, sobre las habitaciones. Sin preguntas.

En el salón, que aún conservaba algún tapete de encaje y un sillón forrado de terciopelo rojo, el abuelo se humedeció los dedos y, con pericia de largos años, abrió el periódico exactamente por la página de necrológicas. Casi se había olvidado ya de Elsa grande. Luego echaría una ojeada a los sucesos: asesinatos, reyertas, palizas. Niños que desaparecían. Niñas que, a veces, aparecían. El resto del periódico guardaba entre las hojas sus historias no contadas.

Durante gran parte de su vida se había preocupado únicamente por los sucesos y las esquelas. También por los anuncios de espectáculos; en el momento en el que comenzaba la temporada en el teatro leía con avidez el programa, e incluso luego, cuando ya sabía que no sería así, que era imposible que fuera así, esperaba encontrarse por casualidad con la noticia de que la compañía de Silvia Kodama pasaría ese año por Duino. Silvia Kodama y su ballet, señoritas emplumadas y cuajadas de brillantina y lentejuelas.

Cuando Silvia murió, haría ya veinte o veintidós años,

olvidó los espectáculos. Saltaba lo referente al teatro, que nunca podría ser ya lo mismo, y se refugiaba en sus páginas conocidas, los sucesos, las esquelas, las que ya de antemano le avisaban de que no esperara nada bueno.

La tata preparó la cena y repartió los platos como ofrendas sobre un mantel nuevo. Pescado blanco para el abuelo, que gustaba de las costumbres fijas. Un vaso de leche y unos dulces para Elsa, que se encontraba desganada.

—No he encontrado cerezas —dijo—, pero me he traído unas fresas.

Venían apiladas en un cajoncito de madera, y bajo la primera capa de frutos enormes y brillantes aparecían otros aplastados, de modo que la madera parecía salpicada con manchas de sangre. La tata se negó en redondo a que Elsa tomara naranja por la noche; se mostraba inflexible con ciertas manías alimenticias. A cambio, le colocó casi bajo la nariz el plato con pastelitos.

—Son de la pastelería de los abuelos —insistió, y a Elsa le quedó claro que su rechazo no afectaría solamente a los pasteles sino que se convertiría en una ofensa a la familia—. Los he traído de Virto. No has probado unos canutillos como éstos en tu vida.

El abuelo había terminado la merluza, y señaló con un gesto los pastelitos.

—Complácele. Si no, no callará en toda la noche.

Elsa, obediente, comió. Alguna ventana abierta se batía, y la corriente le golpeaba directamente en la espalda. Bajó la mirada: el vaso de leche se confundía sobre el mantel, y los platos de loza, relucientes, dolorosos para los ojos adormecidos, chocaban contra las manchas de jugo de fresas. Se esforzó por bostezar.

—Esta niña tiene sueño —dijo inmediatamente la tata.

—Un poco —mintió Elsa grande.

Les dio los regalos que su madre le había metido en la maleta y logró marcharse a la cama. Se sentía como una cría, como si el tiempo no hubiera pasado y ella tuviera quince, trece, nueve años.

Nueve años. La edad de la otra Elsa. De aquella niña a la que habían llamado siempre Elsita.

Ella, por supuesto, apenas sabía nada de la niña Elsa. Conocía, eso era cierto, que los abuelos habían tenido una niña llamada así. Ella y su prima debían el nombre a esa niña. Lo supieron por sus madres, porque los padres nunca mencionaban nada al respecto, y ellas nunca se hubieran atrevido a preguntar al abuelo. Cuando Elsa grande creció, le pareció de mal gusto bautizar a una niña, a dos, en este caso, a ella y a su prima, con el nombre de otra ya muerta.

Si es que estaba muerta. Nunca la encontraron. Por lo que a Elsa grande se refería, una tía con dos sobrinas de nombre y apellidos idénticos podría vagar por el mundo, naufragando en todas las confusiones posibles.

Entraba dentro de lo verosímil que la encontraran un día, gracias a un error burocrático.

A Elsa grande la preocuparon esas cosas en plena adolescencia; odiaba su nombre, y se aferraba a la idea de que demasiados nombres repetidos sólo conducían al caos y a la mezcolanza. Si lo que deseaban era perpetuar el recuerdo de aquella niña, ahí les quedaba la prima Elsa. Por lo pronto, las habían marcado de por vida: Elsa grande, Elsa pequeña, las llamaban, para diferenciarlas. Ella deseaba llamarse *Lilian*. O *Alejandra*. Con el tiempo, *Elsa* le pareció adecuado. Tendrían que pasar diecisiete años para que, de nuevo, quisiera ocultar su nombre.

De modo que el remite de la carta que su amiga Blanca recibiría sólo estaría marcado por tres letras, tres iniciales: E. L. V. No sentía sueño. Había querido alejarse de las manchas de sangre de fresa sobre el mantel y de la solicitud cariñosa, preocupada, de la tata. Con la maleta ya deshecha y las cosas ordenadas, lo único que podría distraerla sería escribir a Blanca y, si le sobraba el tiempo, a Rodrigo. Encontró papel, y abrió la ventana antes de sentarse. Entonces se concentró en el viaje envuelto en calor, en el olor espeso y familiar del piso del abuelo; esos detalles agradarían a Blanca. Con ella resultaba sencillo desperjase de su máscara de frialdad, llorar, y no le importaba que al recibir la carta se advirtiese que había llorado.

No podía contarle que lo que más le había impresionado de la ciudad había sido contemplar unas estrellas pintadas sobre la cúpula de una de las iglesias. La tacharía de fría, de observar su vida siempre a distancia. No entendería la manera en que le había sobrecogido al encontrarse, de pronto, en un lugar distinto, en medio de un pueblo con el suficiente tiempo libre, con la suficiente alegría como para decorar las torres más altas con estrellas doradas, con azulejos pintados de azul y verde.

El abuelo fingió olvidar sus vitaminas, pero la tata colocó los dos botecitos sobre la mesa y le vigiló por el rabillo del ojo mientras levantaba la mesa: las fresas en su cajoncito, el vaso de leche vacío, el plato con dos canutillos. Los comería ella. El abuelo no era goloso, y aunque de vez en cuando picaba alguna rosca, o una pasta, no sentía especial aprecio por los canutillos.

La tata pensaba que se trataba de los recuerdos. Cada vez que el abuelo se llevara un dulce a la boca regresarían para él los tiempos de la pastelería, cuando aún vivían su mujer y la niña, cuando no resultaba necesario consultar las esquelas, porque no había muerto nadie importante, y el interés se centraba en los vivos, y él se llamaba Esteban, y ni siquiera dedicaba un pensamiento a sus invisibles nietos, los nietos que estaban por venir.

La tata tenía buena intención, pero se equivocaba, pese a los largos años compartidos y los hábitos comunes. Al abuelo nunca le habían gustado los dulces, como a la mayor parte de la familia. Él y sus hijos, Miguel y Carlos, estaban hartos de verlos en la pastelería. Si algún recuerdo le traían, era el de las conversaciones interminables, los viajes al monasterio para conseguir el chocolate a un precio razonable, los regateos con la fábrica de mantequilla. La elaboración de los dulces, las ideas y los ensayos delicados quedaban para Antonia; tal vez ella sí se sintiera invadida por nostalgias amables cuando los comiera, tal vez por eso ella sí fue golosa. Para el abuelo la melancolía iba unida a Silvia Kodama, y Silvia se encontraba muy alejada de los avatares de la pastelería.

Además, hacía años que el negocio lo regentaba César, y con la firma del contrato el abuelo se había sentido descargado de gran parte de su responsabilidad. Nadie conocía la pastelería mejor que César, que había comenzado de aprendiz en ella cuando Antonia decidió abandonar las lágrimas y dedicarse a los hornos; mimaría a la clientela y, ante todo, cuidaría del nombre de la pastelería. César era ya viejo, porque no podían ser muchos los años que el abuelo le llevara, pero se conservaba bien, con el pelo cano, jovial y obsequioso, los mismos gestos vivos y el hablar grandilocuente de tiempos pasados.

En sus visitas semanales al pueblo, la tata no olvidaba pasarse por la pastelería y encargar los pasteles que le pareciera; no había abandonado sus maneras despóticas, y señalaba con el dedo los dulces encerrados en los féretros de cristal, sin mirar a César.

—Unas yemas. Unas bolas de coco. ¿Es buena esa tarta? No tiene una pinta demasiado...

La tarta hubiera dado envidia a cualquiera, pero la tata no era cualquiera, y para ella, los pasteles habían iniciado su decadencia en el momento en que el abuelo, el señor Esteban, había abandonado Virto.

César no rechistaba, y ni siquiera le hubiera pasado

por la mente la idea de cobrarle los pasteles. Por muchos años que transcurrieran, la pastelería nunca sería suya: se había resignado a ello. Además, de un modo u otro, siempre supo buscar cómo vengarse de la familia.

Cuando aquella semana la tata apareció por la pastelería, César esperaba un par de frases comunes, a las que podía responder aun antes de escucharlas. No se imaginaba, de ninguna manera, la noticia de que una nieta de Esteban, del señor Esteban, aparecería por Duino. Una de las Elsas.

—¿Qué Elsa? ¿La de Miguel o la de Carlos?

La tata tiró del ovillo familiar. Elsa grande, la niña de Miguel. Era pintora, y no se había casado aún.

—¿Y a qué viene una chica de la capital a pudrirse en Duino?

Con discreción, la tata calló lo poco que le habían contado. Había condescendido a enseñar al que no sabía, pero no consideraba a César digno de una charla profunda.

Se encogió de hombros.

—Querrá cambiar de aires. La juventud se aburre en todas partes. Ponme un cuarto de yemas.

César, con la curiosidad mordiéndole tras los labios, se puso los guantes y escogió los dulces. Si la tata hubiera encontrado al maestro o al alcalde, o al menos a la mujer del alcalde, una mujerona que se llamaba Patria, a la que conocía desde niña, tal vez hubiera entrado en detalles, pero el alcalde y la mujer estaban de comida en un pueblo vecino, y el maestro, el pobre, salía poco de casa desde que el asma había enraizado definitivamente en sus pulmones, y en aquella ocasión no se encontraron ni en la placita ni en el parque junto a la estación.

César, conocedor de su posición, y con una inquietud que le aceleró la respiración, no quiso saber más. Recordaba a la niña Elsa prácticamente todos los días; era el custodio de su memoria. Había atesorado los momentos preciosos de la niña: un vestido blanco y rojo que estrenó, con un bordado de pajaritos; las conversaciones con los amigos invisibles; la niña intentando llegar a los pedales de la bicicleta; la niña metiendo el dedo en la crema pastelera, y luego en la nata, para conseguir una *astrid* de dedo; la niña aburrida, rondando el horno en busca de alguien con quien jugar.

—¿Juegas conmigo, César?

—Ahora no, Elsita... Espera un rato.

—¿Cuánto rato?

—Un rato.

Desde que Antonia, la señora Antonia, había muerto, él velaba por la pastelería, él se aseguraba de que la fama no decayera. Sin revelárselo a nadie, había rectificado algunas recetas, había incluido proporciones mínimas de química para alargar la vida de la bollería y que pudiera soportar en buenas condiciones viajes de hasta dos días. Ya no se limitaba, como habían hecho siempre, a vender los dulces en los pueblos vecinos y en Duino. Exportaba trufas y turrones, y varios restaurantes de lujo se surtían exclusivamente en la pastelería. Mantenía en secreto el auge de la empresa, temeroso de que el señor Esteban le aumentara la renta, o quisiera recuperar el negocio, de modo que mantenía de cara al pueblo una fachada honrada, próspera pero no opulenta, y cargaba de madrugada las furgonetas con los envíos. No le remordía la conciencia. El dinero llegaría a él, pero el nombre que se engrandecía continuaba siendo el del señor Esteban.

Sólo dos variedades de pasteles se servían exclusivamente en el local: las estrellas, que debían freírse y servirse en caliente, y que aún no habían logrado superar la congelación en condiciones, y las *elsas*. César aducía que el merengue no soportaba el calor, y se echaba a perder antes de salir por la puerta.

Mentía.

En la carta que Elsa grande escribía a su amiga Blanca hablaba poco del abuelo y mucho de la tata, porque Elsa sabía que su amiga consideraría más interesante la existencia de una criada eterna, perteneciente a la familia, que la de un abuelo. Sin embargo, sí incluía un retrato colgado en su habitación, en el que el abuelo aparecía vestido con traje de espiguilla y un sombrero en la mano. Tenía veintidós años. Aún no había comenzado la guerra, aún nadie sospechaba que una guerra se convertiría en una guadaña de vidas. El abuelo, pese a su traje y su seriedad, mantenía la mirada de un niño. Antes de ser hombre le aguardaba un viaje de doce horas a Desrein y cuatro años de guerra.

La tata, perfectamente ignorante de su importancia en la carta, se recogía el pelo para dormir y se asomaba a la habitación del abuelo antes de acostarse.

—*Dios mío*—pensaba, al contemplar la cabeza blanca del señor Esteban sobre la almohada—, *qué triste es hacerse viejo.*

Luego aguardó en el pasillo ante la puerta de Elsa.

—Apaga esa luz, niña. Que ya no son horas. Te vas a dejar los ojos.

—Ya va, tata. Estoy terminando una carta.

—¿Una carta? ¿Por qué no llamas por teléfono, que terminas antes? Además, mañana tenemos que hablar de muchas cosas. No sé ni qué te gusta para comer.

—Cualquier cosa. Lo que sea.

—Lo que sea. Qué fácil es decir eso.

A la tata le preocupaba también la factura de la luz, y el modo en el que podrían tratar con delicadeza la cuestión del dinero que aportaría Elsa grande para el mantenimiento de la casa. El abuelo no había querido escuchar ni una palabra sobre el asunto.

—Para una vez que vienes aquí, ¿vas a hablar de pagar a tu abuelo? Dejemos eso...

Elsa grande le había dicho claramente lo ofendida que se sentiría si vivía de balde, como una invitada sin fecha de partida. Respecto a la tata, Miguel había hablado con ella por teléfono y le había ordenado que aceptara el dinero. Si las dudas de la tata hubieran persistido, aquella llamada las habría disipado. Así fuera acompañarle al infierno, ella haría siempre lo que dijera Miguel, y más aún si se trataba de atender a su hija, que se presentaba tan de improviso. Huyera la muchacha de lo que huyera. De una pena amorosa, de una enfermedad maligna o de algún peligro al que no se debía poner nombre.

De un peligro al que no se atrevían a poner nombre. Porque en Desrein, unas semanas antes, habían comenzado las cartas en blanco...

Cuando Elsa grande recibió la primera carta en blanco pensó que había sido un error. La encontró en medio de las facturas del banco y de una postal de Antonio. Se trataba de un sobre comercial con una etiqueta y su nombre mecanografiado. Mientras subía la escalera a su pisito lo rasgó y extrajo la carta, un folio limpio, doblado en cuatro. Creyó que se trataba de propaganda personalizada, y que, por descuido, habían introducido un folio no impreso.

La segunda carta llegó en un sobre idéntico. Elsa grande se detuvo en el tercer piso y observó la hoja al trasluz. Incluso recordó antiguas argucias infantiles que su hermano y ella empleaban cuando jugaban a los espías, y chamuscó el sobre y su contenido sobre una vela, por si habían escrito algo con zumo de limón, o con leche. No encontró nada. Se sentó a la mesa de la cocina, con el entrecejo fruncido. Cuando era niña habían recibido varias cartas anónimas. Debían hacer veinte copias, incluir una monedita con cada una y enviarlas sin remite a sus amigos. Un sacerdote había iniciado la primera hacía ya treinta años; la carta había dado varias vueltas al mundo, y los instaba a continuar la cadena, para difundir así la amistad y la alegría. De lo contrario, la mala suerte caería sobre ellos y su familia: perderían a seres queridos, se arruinarían, su salud se deterioraría.

Elsa grande y su madre se asustaron mucho ante aquellas cartas y, pese a las burlas del padre y de Antonio, copiaron la carta, pegaron la moneda con una tirita de papel adhesivo y repartieron los sobres por los buzones de los portales vecinos. Aunque habían sorteado la mala suerte, Elsa no quedó del todo tranquila: con esa carta extendía las amenazas a gente inocente, que caería ante el poder de la cadena. Repitieron el proceso dos veces más. A partir de entonces, Elsa grande y su hermano inspeccionaban el correo y palpaban los sobres sospechosos. Si encontraban evidencias de una moneda, la arrojaban a la papelera sin abrir.

La segunda carta en blanco que recibió al poco tiempo le hizo revivir aquellos temores, y la tuvo dando vueltas sobre la mesa y el fogón durante varios días. Acababa de mudarse de piso, pero el sobre indicaba muy claramente su nombre, de modo que no se trataba de una confusión.

Cuando llegó la tercera carta se lo comentó a Rodrigo.

—Fíjate. Y ya es la tercera vez.

Tampoco él fue capaz de encontrarle sentido. Revisó la carta y volvió el sobre del revés.

—¿No será cosa de Blanca? —preguntó, porque la consideraba capaz de cualquier extravagancia.

Para eliminar posibilidades, Elsa cogió el teléfono y

avisó a Blanca. No sabía nada. Elsa se volvió a Rodrigo con cierto aire triunfal, completamente inadecuado a las circunstancias.

—Puede ser alguno de tus vecinos. No veo matasellos en el sobre. Lo han entregado en mano.

Como el asunto no se repitió, ella no le dio mayor importancia, y apartó de su mente la idea de que alguien la espiaba y depositaba en su buzón inquietantes mensajes en blanco. Más tarde, cuando recordó que realmente sabían dónde vivía, su portal, su piso y su buzón, le entró miedo, y se descorazonó ante lo inasible de la amenaza. Aunque hubiera conservado los sobres, no tenía nada que presentar, tan sólo tres etiquetas con su nombre y tres folios vírgenes.

Con las cartas apareció la preocupación. Las llamadas trajeron el miedo.

Era viernes y en premio a lo mucho que había trabajado en las últimas semanas, Elsa decidió cerrar el estudio antes de la hora y subir a su casa temprano. Se sentía perezosa y se detuvo unos instantes a tomar el sol ante la ventana abierta de la sala. Entonces sonó el teléfono. Sin abrir los ojos, extendió el pie y atrajo hacia sí la mesita con el aparato.

—¿Diga? —preguntó con voz que parecía surgir de una sonrisa, aunque no había sonreído.

Esa argucia pertenecía a Blanca.

Hubo un silencio. Luego, colgaron. Elsa colgó también, pero no alejó el teléfono. La llamada podría proceder de una cabina demasiado voraz que se hubiera tragado una moneda antes de tiempo. Giró la cabeza en dirección al sol y se retiró el pelo de la frente.

El teléfono sonó de nuevo, y esta vez ella contestó casi inmediatamente. Sin embargo ahora no le respondió un silencio, al menos no uno mayor que el empleado en tomar aire, sino una voz masculina que repetiría una y otra vez las mismas palabras.

Elsa permaneció con el auricular en la mano, petrificada. De pronto, sintió en la cara una fiebre muy alta.

—Se ha equivocado —dijo, y colgó luego.

No encontró fuerzas para moverse. Si le hubieran escupido, la sensación de repugnancia, de sentirse manchada y ultrajada, no sería mayor. Marcó el número de Rodrigo, pero antes de que el teléfono sonara recordó que era viernes y que no trabajaba por la tarde. Tampoco lo encontró en casa.

El teléfono sonó otras tres veces hasta la noche. Dos de ellas se debieron al hombre desconocido, a la misma voz que insultaba y profería amenazas. La tercera vez dejó que el sonido se repitiera y se ahogara por sí solo. No había reconocido la voz: estaba convencida de no haberla escuchado antes.

Esa noche salió a cenar con Rodrigo, y se esforzó al máximo por mostrarse contenta y relajada, aunque él debió de notar algo.

—¿Me estás escuchando o no te interesa nada de lo que te cuento?

Elsa grande le apretó la mano por encima de la mesa. Se arañó el brazo con las púas del tenedor.

—Perdona. Estoy cansada.

—Si quieres, te llevo a casa.

—No. No quiero quedarme sola. Vamos a la tuya.

No le habló de las llamadas. No fue hasta el lunes cuando, aterrada ante la insistencia, sin atreverse ya a coger el teléfono que sonaba cada media hora, desde la mañana hasta muy entrada la madrugada, se lo reveló a sus padres.

Antonio estudiaba ya fuera, pero su presencia no pareció imprescindible, aunque si hubiera sido Antonio el acosado y no ella, sus padres le hubieran pedido su opinión, precavida opinión de hermana mayor sobre el futuro del pequeño. Elsa se lo contaría todo con calma, más tarde. Su padre la miró como si no la conociera.

—¿Te has buscado algún lío con alguien? —preguntó.

La madre se sobresaltó. Elsa negó con la cabeza.

—¿Desconfías de tus vecinos? ¿Te has burlado de alguien, has ridiculizado a alguien? ¿Te ha preguntado alguien sobre tu familia o tu dirección? ¿Tiene Rodrigo algún enemigo? ¿Y Blanca? ¿Te ha comentado algo? ¿Quién puede conseguir tu teléfono?

Ella continuó negando.

—¿Qué piensas hacer?

—Nada. Avisaré a la policía. Confiemos en que con eso se solucione.

El padre removió el café. No parecía demasiado convencido.

—Si no has hecho ninguna tontería, no veo que tengas nada que temer. Será algún gamberro. Estas cosas suelen hacerlas los novios rechazados, o cualquiera que te haya tomado ojeriza. ¿Quieres que te acompañe cuando vayas a denunciarlo?

—Pero ¿qué te decían? —insistió la madre—. ¿Qué decían?

—Nada. Insultos. Insultos, mamá.

Habían repetido lo mismo una y otra vez, en cada una de las llamadas. *Traidora. Hereje. Vendida.* Luego: *Voy a matarte.* A continuación, silencio.

Dos meses antes, Elsa grande había expuesto en la galería del Museo. Era un buen momento para las artes plásticas. Si se sabían mover los resortes, no resultaba muy complicado lograr un hueco y, si uno no olvidaba invitar a la gente adecuada, podía dar en breve el salto a una galería particular, varios compañeros de Elsa lo habían conseguido, y se fraguaban ahora cierto nombre.

—¿No estás nerviosa? —preguntaba Blanca, cien veces al día.

—¿Por qué iba a estar nerviosa? Hay muchas muestras de éstas. La mía pasará desapercibida. Ya sabes, con esa suerte que me acompaña...

Pero no fue así: uno de los retratos gustó especialmente a Ramiro Espinosa, el crítico de arte más influyente desde hacía varios años, que alabó con generosidad a Elsa. Pincelada minuciosa, admirable introspección y profundidad sicológica. Dos bancos reaccionaron con curiosidad, y se interesaron por ella, aunque el trato con el primero quedó en nada, porque ellos buscaban paisajes y edificios relacionados con el banco, y Elsa sólo pintaba retratos. El segundo compró varios cuadros, pero eso no se debió tanto a su mérito como a Rodrigo, que aconsejó fervientemente a su jefe esa compra.

—En fin —dijo Blanca, levantando una ceja—. Al final va a resultar que es útil tener novio.

—Espero que no —respondió Elsa—. Destrozaría tu filosofía vital.

Por esa misma época, el paciente trabajo de hormiguita de Elsa y Blanca comenzaba a dar sus frutos, y cuando entre la buena sociedad de Desrein se renovó la moda de hacerse retratar, todos se acordaron de ellas a la vez y los encargos las desbordaron. Blanca, que se crecía con la tensión, se desdobló para poder atender su trabajo y ayudar a Elsa: las aterraba pensar qué hubieran hecho de encontrarse en la época de bodas.

—¿Y cuando pase la moda? —se preguntaba Elsa, con un punto de angustia—. ¿Qué va a pasar cuando se aburran de posar para retratos?

—Sobreviviremos... ¿No hemos sobrevivido siempre?

Cuando decidieron trabajar juntas completaron un ciclo natural. Habían sido amigas desde el colegio, cursaron la misma carrera; de no ser por el problema de Blanca, que dificultaba enormemente la convivencia, compartirían el mismo piso. Blanca había derivado hacia la fotografía, y Elsa grande hacia la pintura, pero a veces empleaban técnicas mixtas, por las que Elsa sentía mucha atracción, y, si una de las dos no podía con todo, la otra le echaba una mano. Eso las divertía. Cuando

Blanca completaba alguno de los retratos, reían a carcajadas.

—Imagínate el desconcierto de los críticos: *Hmmmm* —decía Blanca, imitando la relamida voz de un experto afectado—. *No creo probable... estas pinceladas... la inconfundible mano... la maestra Elsa... gran hallazgo.*

Elsa se reía.

—Qué payasa eres.

De momento, les iba bien. Al menos, conseguían lo suficiente para que Elsa no tuviera que vivir de las clases de pintura para jubilados en el centro social, clases que a lo largo del tiempo había llegado a aborrecer con todas sus fuerzas.

Hacía un año que Elsa vivía sola, en un piso pequeñito, alquilado, y ni se le había pasado por la cabeza que su situación pudiera cambiar. Habían invertido casi todo el dinero en el estudio; Blanca ahorraba para un coche, y Elsa para la hipoteca de un futuro piso, porque Rodrigo y ella pensaban casarse pronto. Sabían que en Desrein, de vez en cuando, las pequeñas mafias, o los rateros, se ensañaban con un comerciante al que las cosas le fueran soprendentemente bien. Cuando así ocurría, los robos se sucedían, y una de las tiendas atravesaba, de pronto, una temporada de mala suerte. Pero nunca habían molestado a Miguel, el padre de Elsa, y ellas no pensaban que su relativa prosperidad hubiera podido atraer la atención.

Cuando las amenazas se iniciaron, repasaron concienzudamente la trayectoria de ambas: no se trataban con nadie conflictivo, no debían dinero, no las rondaban admiradores ni novios despechados que las quisieran mal. Las llamadas de teléfono habían aparecido de la nada, y parecían regresar a la nada algunos días. Pese a que Blanca, con su avasallador sentido de la amistad, consideró que las amenazas alcanzaban a las dos, a Elsa no le cabía ninguna duda. Era ella. Iban a por ella.

En Desrein ocurrían cosas extrañas y terribles, como siempre habían ocurrido y como ocurrían en cualquier gran ciudad. Sin embargo ni aquel tipo de crímenes ni las amenazas que Elsa grande recibía hubieran sucedido treinta años atrás, cuando Miguel, su padre, se había instalado en la ciudad procedente de su pueblecito. Entonces era joven y creía que escapaba de una situación desesperada.

En parte lo era. Varios años de sequía y de pérdidas en las cosechas afectaron la economía de la zona de Duino, como si la región no se hubiera despertado aún de las hambres medievales. La industria, pobre e insuficiente, estaba en manos de unos pocos capitalistas, y Miguel se veía con demasiada energía como para resignarse a trabajar para otros.

—Aquí no puedo continuar, y no valgo para la pastelería —había dicho en su casa—. Que se encargue Carlos de explotarla, si quiere. Yo mejor me voy.

Se marchó en el tren, con una maleta medio vacía y el traje de los domingos envuelto en papel de estraza. Su padre le facilitó los nombres de unos cuantos compañeros a los que había conocido en la guerra, que le ayudaron a abrir un comercio: una pequeña tienda de muebles. Baratos, funcionales, un poco toscos. La ciudad crecía, se edificaba por doquier, y no se pedía otra cosa que maderas de bajo precio y formicas.

Con el tiempo, la tienda cambió de género, y en los últimos años vendían azulejos, baldosas y sanitarios: paneles para duchas, y espejos, accesorios de baño, e incluso figuritas y polveras de porcelana de dudoso gusto. Aunque no había prosperado tanto como hubiera deseado, no añoraba Virto. Salvo a sus padres, no recordaba con agrado nada de lo que dejaba allí.

Su hermano Carlos también terminó en Desrein. Trabajaba en una empresa de autobuses, de la que se decía que había llegado a ser inspector. Se trataban poco. De no haber sido por sus mujeres, que se llevaban bien y tomaban un café juntas una o dos veces al mes, hubieran perdido todo contacto. Miguel creía que sus palabras le habían enfurecido, y que por eso no había querido hacerse cargo de la pastelería. Carlos sabía desde muy niño que él prefería morir antes que obedecer algo que Miguel hubiera sugerido. Para Miguel, Carlos era algo que había dejado en Virto. Para Carlos, Miguel le había obligado a salir de allí.

Durante mucho tiempo la preocupación mayor de Desrein fue la falta de empleo. Los periódicos incorporaban cuadernillos con ofertas y demandas, y si los políticos querían conquistar el corazón de los electores, no tenían más que aludir al paro y sus soluciones.

Sin embargo, cuando Miguel y Carlos, aún solteros, llegaron a aquella ciudad treinta y cinco años antes, se acogía con los brazos abiertos a quienes desearan trabajar en ella: hacían falta peones, obreros no cualificados, gente que por poco dinero se metiera en las nuevas empresas. Y también carpinteros, ebanistas, torneros, ferrallas, albañiles. Costureras y sastres, hombres que no sintieran miedo al trepar por los andamios y mujeres que escogieran tornillos en las fábricas. Por fin, tantos años después, Desrein se recuperaba de los destrozos de la guerra, y lo hacía con el vigor y la urgencia de un recién nacido.

Poco a poco, la fiebre se calmó; una vez construidos los pisos, y bien asentadas las industrias, necesitaban atraer a gente con dinero: inversores y terratenientes que sintieran debilidad por Desrein y quisieran entroncar con su rancia burguesía. Aún hicieron falta obreros, porque resultaba imprescindible adecentar las carreteras, planear nuevas vías y autopistas; cuando aquello terminó, el engranaje de la máquina había quedado bien engrasado, y pudo funcionar sin necesidad de ayuda. Pese a la cara lavada y la nueva riqueza, Desrein no había variado ni un ápice: los otros, los forasteros, comenzaron a estorbar.

—Yo he perdido la confianza al salir a la calle —decían las señoras que merendaban en las pastelerías—. Da asco ver cómo se está poniendo todo.

Y, en otro tono, sus maridos opinaban algo similar, y

34

estaban de acuerdo en que había que tomar medidas. No fue algo que sucediera de un día para otro: primero puso fin a las facilidades de trabajo. Luego se buscaron modos de restringir el poder de los inmigrantes: como aquello no hubiera resultado justo a los ojos de nadie, optaron por métodos discretos. Se acallaba a los sindicatos, se daba fin a las facilidades para el ascenso, las horas extras se convirtieron en un recuerdo. Con la misma suave persistencia con la que atrajeron a la gente cuando la necesitaron, comenzaron a rechazarla.

Desrein crecía, se desbordaba: los barrios que rodeaban la ciudad se infestaron de malos vientos. Faltaba dinero, sobraba la droga y la violencia. Desrein se dividía en anillos bien distintos: el centro antiguo, con su catedral y sus tiendas venerables; la parte nueva, donde tenían lugar los negocios y habitaba la gente diurna; las afueras, las casas de construcción pobre y suelos irregulares, donde gente llegada de fuera, o gente de Desrein que no había sabido prosperar, que no hallaba lugar, miraba pasar sus días.

Poco a poco todos fueron cayendo en la miseria: los mayores, los antiguos peones, los obreros no cualificados, los carpinteros y los ebanistas que sobraron, los torneros, ferrallas y albañiles que no encontraban hueco, las costureras y los sastres que fueron sustituidos por las máquinas textiles, los hombres que trepaban audaces por los andamios y las mujeres con la vista quemada tras largas horas de escoger tornillos en las fábricas. Muchos de ellos comenzaron a beber. Era común encontrar a viejos prematuros que se sentaban en los portales con una botella de vino. Pedían dinero. Algunos se trasladaban de un lugar a otro con bolsas sucias, y estorbaban en los parques y las avenidas.

Las mujeres sobrevivieron mejor a la quema. Se vieron de pronto solas, con hijos y sin dinero que entrara en casa. Fregaban suelos, cosían en casa, lograban que las contrataran de tapadillo las mismas fábricas que las despidieron. Aun así, también ellas se daban por vencidas. Nadie cuidaba de los más jóvenes, de los niños que ya habían nacido en Desrein pero que no habían llegado a pertenecer a la ciudad. Se los veía sentados en las plazas, con rostros hostiles, casi siempre con algún perro, y resultaba imposible distinguir a unos de otros.

Cuando cundió la desesperación en sus padres, los muchachos se sintieron vacíos y tristes: las antiguas creencias no bastaban. Tampoco les bastaba el alcohol; llegó la droga. En las plazas, en las esquinas, en las zonas más apacibles de los parques, aparecían jeringuillas, algodones sucios, muchachos dormidos de pómulos aguzados, con el rostro azulado, que no despertaban. Y más adelante, aparte de los paraísos imaginarios que ofrecía la droga, necesitaron un tablón al que aferrarse, un símbolo, un ídolo. Importaba poco que fuera un político, un cantante, un actor o la última reina de la belleza. Los héroes habían muerto, y habían dejado el mundo desolado y negro. En la crisis económica y la lenta conciencia de su pequeñez, les era imprescindible creer en algo.

—Y los jóvenes —refunfuñaban las mismas señoras,

aterradas ante su aspecto—, ¿quién sabe qué caminos seguirán?

—Habría que limpiar la ciudad de esa gentuza. Mendigos, miserables, basura.

No todo el mundo opinaba lo mismo. Frente a la indiferencia de las autoridades y de los bien pensantes, algunos supieron ver más allá de la pobreza, y adivinaron que la rabia y el resentimiento podrían ser armas poderosas si se sabían utilizar. Especialmente, entre los jóvenes, los más débiles y desencantados. Cuando los traficantes de drogas habían exprimido ya todo el dinero y la vida que les podían ofrecer, aparecieron mesías y líderes dispuestos a guiar a los extraviados. Se parecían a los héroes, y ocuparon su lugar. Llegaron las sectas.

Entre ellas, destacó una. Un pequeño grupo, que luego fue creciendo. Tímidos primero, más adelante hinchados por el miedo y el gran descubrimiento que suponía el poder. Defendían unas creencias místicas y una vida de guerreros. Con su ideología atraían a los ansiosos y a los desesperados; había adeptos que no llegaban a comprobar más que la cara dulce. Pero junto a la ayuda a los drogadictos, la defensa de una vida sana y estoica, el cuidado de los más débiles, también eran capaces de rastrear a una persona que los traicionara con el empeño de perros de caza. Defendían su reino con sangre, a capa y espada, y si era preciso atentaban contra los bienes de los que consideraban enemigos —quemaban sus casas o sus negocios, propinaban palizas, mataban—; ya se preocuparían de la justicia y las justificaciones más tarde. Al fin y al cabo, eso se esperaba de los héroes.

Al principio eran pocos. Luego aumentaron. Se hacían llamar la Orden del Grial.

Por supuesto, los comportamientos heroicos de la Orden del Grial constituían un delito. Nadie debía destrozar un coche, o un piso recién amueblado, por muy interesantes que fueran sus creencias religiosas, y mucho menos en la parte nueva, en la que los edificios de cristal y diseño novedoso eran presa fácil para el vandalismo. La policía los perseguía. Los jueces dictaban sentencias. Sorprendentemente, los grialistas no se resistían a ello. Callados y dóciles, cumplían sus penas y fingían una humildad propia de los injustamente acusados. La cara dulce.

Se volvieron más cautos, aprendieron a elegir a sus enemigos, y después de las primeras detenciones, los tribunales no dispusieron de suficientes pruebas contra la Orden del Grial. ¿Cómo acusar a aquella gente que se preocupaba por los desprotegidos, que acogían en sus casas a enfermos terminales, a madres solteras, a niños que nacían ya adictos a las drogas? Quienes los denunciaran debían de ser resentidos, locos, gente que disfrutaba causando problemas a los demás.

Las víctimas sintieron miedo, y en muchos casos, ni siquiera denunciaban los ataques. Era preferible perder un coche que el dolor de una costilla rota. Resultaban menos onerosas las reparaciones en la casa que los gastos de un funeral.

Como oficialmente los grialistas se dedicaban a la caridad y a la ayuda social en las zonas más conflictivas de la ciudad, las pruebas eran siempre escasas. Las muertes se producían después de una pelea callejera, o durante un atraco. Delincuencia propia de las grandes ciudades: habitualmente, reducida a los extrarradios. Allí no se alzaban altas torres de vidrio y acero, sino pisos baratos con paredes endebles. Lo que allí ocurriera, mientras sólo ocurriera allí, no importaba a nadie.

Pero no se limitaban a eso. Cortejaban también a otros ciudadanos, gentes que podrían aportarles más ingresos que los desdichados a los que ayudaban. Sus métodos eran siempre los mismos: se alimentaban de personas desorientadas a las que ofrecían auxilio.

—Usted —decían— necesita ayuda. Yo estuve como usted. Necesitaba ayuda y la encontré. ¿Por qué no le va a ocurrir lo mismo?

Los invitaban a cursos de meditación, para que encontraran su auténtico ser. Luego llegaban clases teóricas sobre temas amenos: qué esconden los sueños, existe vida después de la muerte, qué significa realmente el Grial, quién puede llegar al Grial, cómo conseguir la vida eterna. Una vez superada esa fase, venían los Ayunos, después, las Reclusiones en sedes que pertenecían a la Orden, y por último, cuando se consideraba que el neófito ya era digno de ello, se le bautizaba.

Ése era el primer paso. Después, llegaban las Purificaciones: estancias al aire libre, en contacto con la naturaleza, largos paseos y convivencias siempre bajo la vigilancia de miembros de la Orden que habían conseguido un Rango superior. Y si se seguían con severidad y devoción todos los pasos y los mandatos de la Orden, podrían llegar a la pureza máxima. Alcanzarían el Grial.

Mientras la Orden del Grial escogió a sus adeptos entre las capas más bajas de población, nadie se enteró del problema. Las señoras acaudaladas se habían cansado ya de renegar de la sociedad y de sus males, y comentaban otras cosas en sus meriendas. Incluso cuando sorprendieron a adolescentes de buenas familias matando a puntapiés a sus compañeros de colegio mientras jugaban a ser Caballeros del Grial, con las habitaciones plagadas de folletos y consignas de la secta, movieron la cabeza y renegaron de la violencia juvenil. No repararon en que los grialistas se habían extendido como las sombras con la noche, y se habían aposentado sólidamente en el cogollo de la buena sociedad. Los asesinatos existían, pero eran más numerosas las justificaciones.

Algunos se hartaron de callar, y un buen grupo de afectados, de familias que habían arrancado a sus miembros de la secta, respaldados por desreinenses influyentes y por organizaciones religiosas y caritativas, denunciaron la situación. Lograron publicar un periódico, fundaron una asociación de damnificados y armaron tanta bulla que consiguieron atraer la atención. Desrein, el coloso dormido, se volvió hacia ellos, los olfateó y les mostró su desprecio. Pero todo era confuso. Demasiados grupos empleaban las mismas técnicas, y los profesores de yoga y meditación se quejaban por encontrarse de pronto en el punto de mira por unas razones tan injustas. Un titular de prensa que habló de su misión se refirió a ella, a la asociación, como *La nueva Cruzada. Los cruzados.* El nombre se popularizó pronto.

Como era lógico, pronto se convirtieron en el objetivo de los grialistas.

Las amenazas no cesaron cuando Elsa grande cambió el número, ni siquiera cuando renunció definitivamente al teléfono. En una ocasión, al regresar a casa, encontró la ventana de la sala rota, y una lata llena de líquido sobre la alfombra salpicada de cristales. La arrojó a la basura. De la noche a la mañana, asaltaron el estudio y rociaron con pintura roja el interior: las paredes, las estanterías, dos cuadros inacabados, los caballetes viejos que Elsa conservaba, el interior del cuartito de revelado. Unos días más tarde estalló un pequeño artefacto en la tienda de Miguel, aunque apenas hubo daños, porque fue a parar dentro de una bañera, y el fuego no se extendió. Elsa palideció al verlo. Se trataba de una lata requemada similar a la que había encontrado en su piso.

Aun así, estaba dispuesta a quedarse.

—Aquí he nacido. En Desrein tengo mi negocio, a mi familia y a los amigos que conozco.

Fuera quien fuese el que la atacaba, con el tiempo y

su indiferencia se aburriría y escogería otra víctima. De no haber sido por Antonio, hubiera permanecido allí alguna temporada, pero por esos días, después de dos meses sin acordarse de su familia, Antonio llamó, y Elsa grande le puso al tanto de la situación: le habló de las llamadas, de los ataques a las dos tiendas y de su decisión de no dar más importancia al asunto. Antonio, a través del teléfono y de los tres mil kilómetros de distancia, calló por un momento.

—Estás loca —dijo—. Te confunden con Elsa pequeña. Ella sí que está metida hasta el cuello en esa mierda de los grialistas.

Ella tardó en comprender. Cuando lo logró, pasó el teléfono a su padre y retrocedió hasta la pared. Dos días más tarde cenaba con su abuelo en Duino.

Les había parecido lo más adecuado. Elsa grande se notaba temblorosa; se le caían las cosas de las manos mientras hacía las maletas, a ella, habitualmente tan serena y dueña de sí misma. Estaba empaquetando las cosas que se llevaba, y su piso, que no había acabado de amueblar, parecía desangelado y frío. Su madre había ido a echarle una mano, y se sentó un momento en el borde de la cama.

—Con el abuelo estarás bien. Te quiere mucho, ya lo sabes. Y yo no me quedo tranquila si no sé que hay alguien de confianza contigo.

—Está bien —contestó ella, que hubiera respondido lo mismo a todo.

Al cabo de un momento, la madre entró de nuevo en la habitación.

—¿Quieres que vaya yo contigo? Tu padre puede arreglarse bien sin mí.

—No, mamá. Ya verás, todo esto se acabará antes de que nos demos cuenta.

—Bueno —añadió, no muy convencida—. Como tú quieras.

No llevaría mucho peso en esa ocasión porque había pensado marcharse a Duino en autobús. La aterraba que la siguieran si alguien la llevaba en coche, y ella no sabía conducir.

—No te preocupes. Te enviaremos lo que necesites en cuanto nos lo pidas. Y dentro de dos semanas iré a verte. Ahora coge sólo lo esencial.

—Ya llevo sólo lo esencial.

Era difícil decidir qué resultaba imprescindible y qué no. Su ropa vieja, la que empleaba para sentirse cómoda en casa, las horquillas nuevas con las que se sujetaba el pelo, unos tiestos esmaltados que había llenado de plantas. Podría comprar nuevos tiestos allí. En realidad, podría comprar prácticamente de todo en Duino. Pero en su piso cerrado quedaban las otras cosas imprescindibles: cuadros sin terminar, libros, fotos, un paquete de arroz a medias. Los objetos que hasta entonces habían conformado su vida se alejaban, y quedaban sueltos, sin nombre, flotando en la memoria.

Rodrigo la encontró sentada en el suelo, escribiendo una lista de tareas pendientes que Blanca debía terminar por ella. Era día cinco, y le traía un ramo de flores, como todos los cinco y diecisiete de cada mes. Elsa grande levantó la cabeza y señaló a su alrededor.

—No quiero irme. Si me marcho, ellos habrán ganado. Verán que me han asustado, y continuarán asustando a otros.

—No seas terca. Ya has oído a los expertos en seguridad.

—Lo que deberían hacer los expertos es protegerme, en lugar de obligarme a tomar unas vacaciones lejos de aquí.

Rodrigo se sentó junto a ella y le dio las flores. Callaba. De pronto, Elsa se volvió a él.

—Ven conmigo. Vámonos a Duino, pero vamos los dos juntos. Podemos coger un piso, y así yo no tendré necesidad de vivir con mi abuelo —le abrazó. Apoyó la cabeza sobre el hombro del chico y le empujó, como un cordero que peleara contra otro—. No es así como habíamos pensado que irían las cosas, pero otros han decidido por nosotros. Puede ser una oportunidad si sabemos aprovecharla.

En realidad, quería decir: *demuestra que me amas, sácame de aquí, sé mi héroe.*

—¿Contigo? —preguntó Rodrigo—. ¿A Duino? Hay que pensar con calma estas cosas, Elsa. Supongo que estarás nerviosa... Además, ¿qué le vamos a decir a tu familia?

En realidad, quería decir: *¿qué demonios hago yo en Duino?*

—Es verdad... el trabajo... tu trabajo, quiero decir —dijo Elsa grande, y bajó la cabeza—. No tienes la misma movilidad que yo.

En realidad, preguntaba: *¿es que yo no te importo?*

—Te prometo que iré a verte siempre que pueda. De todos modos, si la situación dura más de la cuenta, puedo intentar que me destinen a alguna oficina en Duino. ¿No crees que es lo más sensato?

En realidad, imploraba: *¿no ves que yo no sería capaz de defenderte?*

Elsa cogió el ramo de flores y lo dejó en el suelo. Buscó con la mirada extraviada un jarrón, algo en lo que mantenerlas vivas. Por un momento, pareció que iba a mencionar algo, a liberarse del peso de las palabras no dichas. Pero continuó mirando fijamente el papel con la lista de tareas por hacer y sólo dijo:

—Sí.

Esa tarde Elsa había acudido a la residencia de ancianos en la que trabajaba como voluntaria de vez en cuando. Hacía compañía a algunos de los internos, y sobre todo, los escuchaba. Recordaba la temporada en la que había dado clases a jubilados en el centro social como una pesadilla, sin embargo, le gustaba ir a la residencia. Era un edificio amplio, con unos jardines muy cuidados: un hogar exclusivo, con mensualidades altísimas. La mayor parte de los ancianos habían sido personas de cierto abolengo, y la edad había dulcificado su altivez y la había transformado en dignidad.

Habló con el director de la residencia, y, con toda franqueza, le reveló lo que pasaba, y le aseguró que debía irse. Elsa grande esperaba sorpresa, gestos de cariño y comprensión; también, aunque eso no quería reconocerlo, cierta admiración por su valor y su honestidad al no desaparecer de pronto sin dar más aviso.

Sólo obtuvo la sorpresa.

—No entiendo nada —dijo el director—. Si todo esto no va contigo, ¿por qué te marchas?

Elsa se quedó sin saber qué decir.

—Porque eso es lo que la policía me ha recomendado...

—Bueno, bueno... si te lo han aconsejado, tú sabrás lo que es mejor. Imagino que ya sabrás que nos dejas en una situación muy desairada.

Ella le miraba, estupefacta.

—¿En una situación...?

—Ahora, en el verano, todo el mundo encuentra cosas más importantes que hacer. Precisamente cuando la temperatura sube, y hacen falta más voluntarios para llevar a pasear a los residentes y gente que esté pendiente de ellos...

—No es algo que yo haya elegido.

—No, por supuesto —dijo el director, en el mismo tono de voz desabrido—. Si tienes que irte, tienes que irte. Pero todos tenemos problemas. Todos vivimos situaciones difíciles. Sólo que unos nos enfrentamos a ellas, y otros nos escondemos.

Elsa grande no encontró nada más que hacer allí. Se sentía tan furiosa que le hubiera estampado contra la pared. Bajó la escalera y se marchó sin despedirse de los tres ancianos con los que tenía más trato: María Segura, Juan Bastián y Melchor Arana. No hubiera soportado que ellos también la acusaran de abandonarlos. Como si ella tuviera la culpa. Como si la culpa no fuera de la irresponsable, la cabeza loca, la caprichosa y consentida de Elsa pequeña, que jamás, en toda su vida, había pensado en algo que no fuera ella misma.

2

Cuando Elsa pequeña nació, Elsa grande tenía cuatro años, y daba saltos con los pies juntos por los pasillos de la maternidad, entusiasmada con la nueva primita, que luego sería la única.

—¿Prefieres niña o niño? —le habían preguntado los mayores.

—Niña —contestó ella sin dudar.

No tenía las ideas demasiado claras, pero suponía que habían ido al hospital a comprarla, por lo que se quedó bastante decepcionada cuando no le dejaron llevársela a casa. Ya allí, su madre describió a la nena mientras cenaban.

—Es rubita, como nuestra Elsa, pero no la he visto despierta, de modo que no sé cómo tiene los ojos. Gordita, con unas piernitas... Loreto dice que se pasa el día durmiendo.

Miguel, su padre, no dijo nada. Parecía concentrado en Antonio, que tomaba su biberón pacíficamente.

En el mundo de Elsa grande, lo que importaba, lo que hacía que una fuera respetada y considerada en el parvulario, eran los bebés y un pañuelo bonito. En los recreos, las niñas se juntaban y enseñaban su pañuelo bien planchado; quedaban excluidos de la competición los viejos o los de colores apagados; se preferían los bordados a los estampados, sobre todo los que lucían flores o muñequitos antes que los de iniciales. Elsa había quedado entre las tres primeras durante un par de semanas, con un pañuelo rosa lleno de payasitos.

Los domingos por la noche, cuando su madre le preparaba las cosas para el colegio, ella la observaba sin perder detalle.

—El pañuelo de payasitos, mamá.

Pero en aquella rígida clasificación, todos los pañuelos del mundo desaparecían ante un hermanito nuevo. Su prima recién estrenada supuso una gran baza para Elsa, en una época especialmente rácana en nacimientos, en la que ningún hermano se dignó aparecer.

Más adelante, cuando todos los niños de la clase comenzaron a tener hermanos, las cosas importantes cambiaron: importaba hacer bien los deberes, ser escogido para la fiesta de final de curso, ser rubio, tener un coche. Lo esencial para las chicas no tenía nada que ver con lo que preocupaba a los chicos: el disco nuevo, tener pechos, el lápiz de labios rosa, conseguir permiso para quedarse hasta la una, un novio agradable, entrar en la universidad, salir con honor de la universidad, lograr ese empleo, casarse, continuar trabajando, continuar casada. Tener un bebé a quien enviar a la escuela con un bonito pañuelo bordado. Hubo que luchar vehementemente por lo que importaba.

49

Entonces, cuando nació la prima Elsa, el bebé regordete y dormilón que le hizo llamarse de ahí en adelante Elsa grande, las cosas que contaban, los hermanitos, los fragantes pañuelos, se conseguían sin esfuerzo: llegaban de los ángeles, del cielo, de mamá.

De las conversaciones quincenales con la tía Loreto mamá regresaba grisácea y malhumorada. Elsa grande y Antonio procuraban rehuirla, porque ni siquiera sabían cómo tratarla. Si se colgaban de ella y le daban besos, los apartaba, molesta.

—¿No tenéis nada con qué jugar?

Si se mostraban cautos y silenciosos, ella irrumpía en la habitación.

—¿Ya ni siquiera le dais un beso a vuestra madre?

Cuando la irritación cesaba, la madre comenzaba a preguntarse cosas: primero para sí misma, mientras limpiaba el polvo, mientras ordenaba distraídamente el salón. Luego a media voz, en un murmullo que subía poco a poco de tono. Por fin, se enfrentaba a su marido.

Se preguntaba, por ejemplo, cómo era posible que Carlos y Loreto compraran un coche nuevo; cómo conseguía vestir siempre a la última y llevar a la niña de punta en blanco; cómo era que pensaban comprar una casita junto a la playa.

—Una casita en Lorda, en primera línea de playa, con tres habitaciones. Me ha enseñado los folletos. Con fotos y todo.

Habitualmente, mamá no sacaba el tema delante de

los niños, que jugaban en su cuarto, pero cuando las preguntas conseguían sacarla de quicio, las paredes no ocultaban su furia. Ella utilizaba los zapatos hasta que se deformaban y parecían bolsas viejas, y se arreglaba el pelo en casa.

—¿Cómo logra administrarse Loreto con un solo sueldo? La maldita tienda...

La maldita tienda. En lugar de aportarles un mínimo de holgura, absorbía todo, devoraba todo, hasta su sueldo, el que lograba después de ocho horas clavada a una máquina de escribir, descuidando para ello a los niños. O bien Miguel era un inepto, un completo negado para los negocios, o un estúpido: se aprovechaban de su buena fe, de su ingenuidad. Iba siendo hora de que se diera cuenta de que el mundo no se movía por pactos entre caballeros.

Mamá no callaba, y no se conmovía ni siquiera cuando Miguel comenzaba también a gritar y abandonaba la cocina. Al contrario, le seguía por la casa, y terminaba en la habitación de los niños, a los que abrazaba como consuelo, en compensación por haberles buscado un padre inepto o estúpido.

—No llores, mamá —decía Antonio, haciendo pucheros.

Su madre le sonreía valerosamente.

—No estoy llorando, tesoro.

Cuando la tienda de muebles se transformó y comenzó a vender sanitarios, las quejas de la madre disminuyeron. Ella abandonó su trabajo, y se dedicó también a la tienda. Preparaba el escaparate, redactaba cartas y preparaba facturas. Cuando se hartaba de un par de zapatos, los escondía en el fondo del armario y se olvidaba de ellos, con obvia satisfacción, pero no llegaba a arrojarlos por la ventana. Una cosa era cumplir los sueños tanto tiempo anhelados y otra muy distinta derrochar.

Después de saber que su sobrina Elsa no estudiaría en la universidad, porque no había conseguido notas altas, sus protestas cesaron definitivamente. Con toda atención siguió los altibajos y los tumbos que fue dando, una niña tan inteligente, tan sensible, echada a perder por los mimos y la excesiva protección de sus padres.

—¿No lo crees? —le decía a su marido—. Han sido Loreto y Carlos los que no han sabido criarla. Parece mentira, con lo que se parecían las dos niñas de pequeñitas, y lo que las ha alejado el tiempo.

Y suspiraba aliviada, ante lo distinta que era su sensata, reposada y laboriosa hija de aquella niña atolondrada. Para entonces, Elsa grande terminaba Bellas Artes, y Antonio planeaba continuar la carrera en el extranjero. Aunque se guardó mucho de comentarlo con nadie, y menos con su cuñada Loreto, mamá sentía que la vida le devolvía con generosidad los sacrificios pasados; para desquitarse, comenzó a declarar, a diestro y siniestro, que los estudios de sus hijos habían resultado su mejor inversión.

La modesta venganza de su madre alcanzó tarde a Elsa grande y a Antonio, a los que ya no abandonaría la idea de la riqueza de sus tíos. Incluso cuando supieron que la prima Elsa trabajaba de cajera en un supermercado, y que el puesto del tío Carlos dentro de la compañía no era tan gran cosa como les habían hecho creer, la impresión continuó. A ellos les tocaba luchar y permanecer todo el año en la tienda, mientras sus tíos veraneaban en su casita junto al mar. Ellos eran los culpables de que mamá tuviera que vestirse con harapos, mientras la tía vestía como una duquesa. En algún lugar, por mucho que trataran de ocultarlo, los tíos debían de guardar enterrado un cofre con monedas de oro.

Su pobreza no les impedía ser los favoritos de su abuelo: Elsa porque era la mayor, la que más se parecía a él; Antonio, ahijado de los abuelos, porque como único varón transmitiría el apellido. Elsa pequeña recibía los mimos de los otros abuelos, los padres de la tía Loreto, y un cortés interés por parte del abuelo Esteban. No hacía distinciones con el dinero, ni con los regalos, pero Elsa pequeña presentía muy bien su situación en la casa, y nunca se mostró tan afectuosa como en otros ambientes. Además, ella era la única a la que la abuela Antonia no había conocido.

—¿Puedo irme? —preguntaba apenas había dado un beso al abuelo, cuando los mayores amenazaban con enfrascarse en las terribles conversaciones de adultos: muertes, bodas, salud, negocios.

—Vete, vete. Corre a jugar con los primos.

Y la tata les daba a las niñas la muñeca con el pelo natural, para que se turnaran y fueran sus mamás.

Si hacía dos años que el abuelo no veía a Elsa grande, su otra nieta dejó de visitarle en la adolescencia. Aquello había decepcionado a mamá, que disfrutaba íntimamente al presenciar el desapego del abuelo, y también a la tía Loreto, que nunca había perdido la esperanza de que aquello cambiara.

—Qué duro que continúen su camino —suspiraba Loreto, que se guardaba para ella los disgustos con su hija.

Según se alejaban de la infancia, los primos encontraban menos que decirse: jugaban al parchís sobre la mesa camilla, hundiendo los dedos en el terciopelo verde que la cubría, o inventaban adivinanzas hasta morirse de aburrimiento. Era una casa sobria, de techos altísimos, sin juguetes: una muñeca descascarillada y dos barajas de cartas. Un lugar en que las tardes de domingo recalaban sin atreverse a marchar. Cuando llegaban las siete, las madres recuperaban sus paraguas, sus abrigos y a sus hijos y se despedían del abuelo. Las dos mujeres modernas se movían sin sus maridos, conducían y se pintaban las uñas de rojo encendido. Cuando la habitación quedaba en silencio, la tata se apartaba de la ventana y suspiraba: deseaba haber sido más joven, haber nacido quince, al menos diez años más tarde.

Sólo Antonio mantuvo cierto trato con su prima cuando los niños crecieron y los demás comenzaron a envejecer. Elsa pequeña se había ganado ya fama de rebelde, una muchachita inquieta que fumaba compulsivamente, bebía café a todas horas y ocultaba el resto de sus vicios a la familia. Pero no a Antonio, que comprendía la desesperación vital de su prima, y la compartía. Se entendían bien casi sin hablar, y alguna vez habían salido juntos, en la misma cuadrilla. Las dos Elsas se saludaban con cariño si se encontraban por casualidad, y prometían estrechar el contacto. Luego se olvidaban. Los años de su amistad habían quedado en la casa de Duino, la casa del abuelo, en las tardes aburridas de la muñeca descascarillada, cuando eran niñas, y rubias, y tan parecidas.

A Elsa grande la sorprendió el tremendo desorden de la casa cuando llegó. Pese al cuidado, pese a la limpieza de la tata, nada continuaba en el lugar en el que lo había dejado en la memoria: para los nietos, aquélla era una casa en formol, un piso inamovible y congelado. El abuelo sonrió mientras raspaba con la uña una maderita que había arrancado de una silla.

—Tuvimos termitas. Una plaga de termitas. Comenzaron en el barrio viejo, y saltaron luego de casa en casa. Durante varios días llegaron los empleados de plagas y fumigaron la casa. Llenaron los desagües de un líquido oloroso, nos avisaron por si veíamos cucarachas, y nos recomendaron que nos deshiciéramos de los muebles viejos. Por las termitas.

Ella quiso saber qué fue de las cortinas con flores que separaban el pasillo en dos estancias orientales y del tapete de la mesa camilla, con sus flecos de seda, con el que jugaba a disfrazarse. El abuelo se encogió de hombros.

—La tata, la tata sabe. Total, eso de poco servía. Acumulaba polvo, y si no eran las termitas, pronto les entraría la polilla. Compra tú cosas nuevas, busca telas que te gusten. Llévate a la tata.

—Podría dar una mano de pintura a algunos muebles...

—Como tú veas. Lo que tú quieras.

La sorprendía esa despreocupación del abuelo, que hubiera vivido muy bien con la mitad de las cosas que poseía; se había resignado a la ausencia de sus recuerdos como a las arrugas que le oxidaron la piel, a la progresiva huida de la juventud. Para ella, en cambio, la casa que recordaba intacta había sido saqueada, y echaba en falta una enorme caja de música con una bailarina que giraba sobre un lago de espejo y la muñeca descascarillada, con expresión atónita y un fastuoso vestido de gasa violeta y rosa. Una muñeca con pelo auténtico.

—¿Qué fue de aquella muñeca, tata?

—Ay, hija. Cualquiera sabe. A lo mejor está en la pensión.

Junto a su cama, la tata le había colocado una mesita panzuda, con un cajón y una portezuela, que durante muchos años estuvo en la habitación de los abuelos. Cuando, ya más descansada, la abrió para guardar en ella su neceser, encontró papeles viejos, y unos tarjetones impresos en papel satinado, apenas envejecido. Encontró también un trozo regular de tela fina, que debió de ser rosa y que había amarilleado. Se sentó en el suelo y comenzó a rebuscar. Acarició una astilla que había saltado en la madera, junto a la cerradura. La puerta de su habitación permanecía entreabierta, y ella estaba dispuesta a abandonar su curioseo si el abuelo se lo pidiera. No hacía nada malo, pero el corazón le palpitaba como si fisgoneara cartas de amor.

Eran menús, invitaciones a banquetes de bodas y a festejos de postín. Elsa sabía que los pasteles de la abuela habían sido muy apreciados en su tiempo, pero los tarjetones parecían anteriores; tal vez la abuela Antonia los hubiera tomado como referencia para componer sus propios platos, o tal vez fueran fiestas a las que asistió después de la guerra, cuando aún mantenía sus antiguas amistades de altos vuelos. La enumeración de exquisiteces continuaba inacabable, como si hubiera sido planeada para resarcirse de una larga hambruna.

Enlace de la señorita
PILAR SÁDABA DE PRADA
con el señor
IGNACIO ÁLVAREZ Y TRIGUERO

Aperitivos varios
Entremeses reales
Berenjenas a la imperial
Filetes de merluza verde
Perdices al jerez con patatas canasta
Melocotones helados
Tarta remilgada
Café, copa y puro

Desplegó otra carta:

Almuerzo de Hermandad de
Excombatientes Río Besra,
con motivo del aniversario
de la gloriosa acción del Frente de Besra

Consomé
Salmón a la parrilla con mantequilla y finas hierbas
Tomates en guarnición
Medallones de rape al aroma de trufa
Verduras de temporada en guarnición
Solomillo Besra con salsa Victoria
Guisantes del país en guarnición
Melocotones helados
Tarta milhojas
Delicias de almíbar
Café y copa

Solomillo Besra. Salsa Victoria. Medallones de rape.
Los lujos de aquellos años, los únicos permitidos después de la guerra. Delicias de almíbar, tarta remilgada.
Melocotones helados.

Elsa grande no era la primera de la familia que había tenido que huir de Desrein. Sin saberlo, repetía el mismo viaje que su abuelo había hecho al terminar la guerra. También él, cuando había perdido del todo la esperanza, había abandonado Desrein y se había refugiado en la tranquilidad de Duino. A diferencia de sus amigos, los otros ancianos que vivían detrás de los periódicos, Esteban nunca restó importancia a los sucesos que vinieron más tarde: no se aferró a la guerra para reprochar nada a los jóvenes, ni su cobardía, ni su desinterés, ni el desdeñoso ademán con que acogían las comodidades.

Suponía que si la situación se repitiera, surgirían hombres que actuarían del mismo modo que ellos habían hecho: con docilidad, sin convicción, con un vago orgullo por cumplir con lo que se esperaba de ellos y un miedo feroz que paralizaba las piernas y los dedos. Había salido con bien de la empresa. No había muerto, ni siquiera resultó herido; aprendió grandes lecciones sobre el valor y la ruindad, y en su mente se abrió paso, inquebrantable, la certeza de que nada podría ser peor que aquello.

Cuando estalló la guerra había cumplido veintidós años. Todavía la semana anterior se había hecho un retrato: flaco, la mandíbula cuadrada y unos ojos azules muy alabados. Como su padre, trabajaba de viajante para la misma fábrica de tejidos. Los rumores y los periódicos manchados de tinta indicaban un recrudecimiento de las tensiones. Los trabajadores estaban inquietos, y hacía días que los estudiantes repartían octavillas por las calles, pero nadie esperaba una guerra. De ahí que por esos días Esteban hubiera viajado con toda tranquilidad, sin extrañarse en exceso por la presencia de uniformes en las estaciones y en los alrededores de las fábricas.

—*Mientras yo no me meta en líos* —se decía— *no tiene por qué sucederme nada malo. Eso es lo único que trae la política: problemas, huelgas y desocupados.*

Vivía en una pensión que olía a repollo y a gato viejo. A veces uno de los gatos se colaba en su habitación a oscuras y se despertaba, sobresaltado; la noche en que la guerra comenzó estaba también despierto, y escuchó los tiros y los gritos que insultaban y maldecían. Permaneció inmóvil, con una sensación gaseosa en el cuerpo, como si de un momento a otro pudiera volar.

Todo lo vivido hasta entonces desapareció. Cuando se presentó en la fábrica, dos obreros que esgrimían unas palancas le anunciaron que habían encerrado al gerente, y que, si no buscaba problemas, era mejor que no insistiera.

—Pero hombre ¿cómo os metéis en estos fregados? —les dijo.

Los dos obreros le miraron de arriba abajo y apretaron con más fuerza las palancas, seguros de su situación. Esteban perdió la confianza.

—¿Qué hago? —preguntó, desorientado.

—Lo que todos hacen. Correr a un lugar seguro.

Al abandonar la pensión, con la maletita con la que viajaba siempre, le robaron la documentación; en esos momentos hubiera sido libre para perderse, o para montar en algún tren e intentar cruzar la frontera, pero no era un hombre resuelto, y la idea de que pudieran detenerle o matarle por indocumentado, por sospechoso, le aterraba. Como muchos otros, no encontró modos para evitar alistarse; le raparon el pelo, le asignaron un número y un uniforme y lo metieron durante doce horas en un tren junto a otros novecientos jóvenes, camino a un lugar secreto, donde recibirían una instrucción mínima.

En el vagón abarrotado, algunos, los más sensatos, aguardaban acontecimientos sin perder la calma; unos cuantos, que deberían de haber sido rechazados, por debilidad mental, o por excesiva sensibilidad, lloraban y se desesperaban, pero la mayoría cantaba a voz en cuello y se divertía dando patadas en el suelo al ritmo de una canción.

—*Mírame, que me entierro en esos ojos negros...* —patada, patada— *mírame, mujer, que te pesará tu crueldad luego...*

Eran jóvenes, y partían con unas botas nuevas y un fusil a la aventura. A la mayoría, la guerra los sacaba de casa por primera vez. El uniforme despertaba un interés insospechado en las mujeres, y ellos zapateaban por las calles, mientras las botas crujían y, en el norte, en las tierras del interior, los cañones comenzaban a desgranar otra canción que no hablaba de ojos negros pero que sabía mucho de amores imposibles.

Durante mucho tiempo Esteban se ocupó de trabajos administrativos. Redactaba cartas, y se encargaba de conducir los coches de los militares de rango superior y de mostrarse discreto, casi invisible. Luego lo movilizaron. Según le dijeron, se preparaba una gran batalla, la batalla que decidiría el final de la guerra. Esa contienda se llamó luego la batalla del Besra. El horror.

En esa primera campaña, camino del frente, Esteban trabó amistad con un compañero: se llamaba José, y hablaba con el acento suave de los desreinenses. Sus ademanes desenvueltos y calculados apenas escondían una brutalidad encubierta, al acecho. El uniforme no disimulaba el pecho cubierto de vello, que le poblaba también las manos. La guerra le tenía muy contrariado, porque acababa de casarse; se dieron muchas bodas precipitadas en los primeros días de la guerra y a lo largo de los tres años que duró; las mujeres sentían miedo al contemplar la carnicería a la que enviaban a los hombres. Mejor viudas que solas. Y los soldados repartían sonrisas, chocolate, pequeñas prendas robadas, un anillo, con tal de aferrarse por unos días a una atadura, por una foto a la que mirar cuando se encontraran lejos; por una excusa por la que regresar.

—Por una sonrisa tuya voy voluntario a la muerte —decían, aún vivos, y sin pensar en nada que no fueran los ojos frescos y la vida que estallaba.

El de José no había sido un enlace de ese tipo: la novia se llamaba Rosa, y la conocía desde hacía años, gracias al teatro; ella era bailarina, él, acomodador. Cuando la guerra terminara, José alimentaba la esperanza de convertir un local que había comprado por cuatro perras en una cafetería de postín, o una sala de baile, y las amistades de Rosa le resultarían útiles. De entre ellas pensaba conseguir artistas, cantantes y mujeres con las que los clientes pudieran tomar una copa y alquilar una habitación. Durante las tardes de calma chicha, en las que no había otra cosa que hacer más que esperar órdenes, José animaba a Esteban a que se asociara con él.

—Estos negocios jamás decepcionan. Después de estos años difíciles, la gente correrá a divertirse.

Esteban movía la cabeza, divertido, y le daba largas.

—Pregúntamelo mañana.

Despreciaba a su amigo por querer aprovecharse así de su mujer, a la que consideraba una bestia de trabajo más.

Además, él no se encontraba completamente libre de compromisos, y así lo recordaba en los momentos más inoportunos, cuando no podía dormir, o cuando los trabajos rutinarios —la limpieza, cavar o limpiar las armas— invitaban a escapar. Y para una conciencia escrupulosa como la suya, sentirse cercano a José de otra manera que no fuera la militar le rebajaba y humillaba.

Varios meses antes de la guerra, en Duino, había conocido a una muchacha; la encontró ante un escaparate. Tenía el perfil bonito y la cintura fina. Después de cavilar durante un buen rato, se acercó a ella.

—Perdone la libertad, señorita... ¿la calle del Monasterio?

Vivía en ella desde niño, pero no se le ocurrió otro modo de trabar conversación. Luego, para corresponder a la amabilidad, la invitó a un helado; ella, sorprendentemente, aceptó, y habían pasado la tarde ante la copa de helado derretida, hablando de buen modo y riendo. Cuando se despidieron, ella se negó a que la acompañara, pero, a cambio, le permitió que le estrechara la mano, tal vez para que reparara en el guante de cabritilla, de corte moderno y muy caro.

—Espero verle de nuevo —había dicho, y luego hizo

que sus pestañas aletearan como una mariposa mareada antes de alejarse de la heladería.

Esteban ya había caído en la cuenta de que se trataba de una chica de buena familia, alegre y un poco vacua, pero a la que, si le quedaba un poco de buen juicio, no debía mirar más de dos veces. Sin embargo, no pudo arrancársela de la cabeza: sentía una devoción infinita por la gente con dinero, y, además, la muchacha le gustaba. Repasó durante días enteros la conversación de la heladería, los graciosos hoyuelos en las mejillas y cómo el cabello, muy claro, con un aspecto casi vivo, con el brillo de una manzana jugosa, caía sobre ellas. Puso a un par de amigos sobre aviso, y averiguó que la chica no le había engañado: realmente se llamaba Antonia, vivía en el portal que le había dicho y frecuentaba las amistades sacadas a colación en la conversación.

Buscó ocasiones con ella, y ella no las rehuyó. Se conocía que le agradaba el descaro de Esteban, un descaro poco habitual en él y que no volvió a repetirse. Se vieron varias veces, y lo que más lamentó cuando estalló la guerra fue que no pudo despedirse de ella. Cuando, en un viaje en que él conducía, pasó de nuevo por Duino, él hizo lo posible por verla. Una tarde, la esperó en el portal, y ella se quedó en pie, con el llavín en la mano y la mirada incrédula, antes de abrazarle. Recuperó en seguida las formas, y se apartó de él. La sonrisa le había cambiado, y provocaba pliegues tristes alrededor de la boca.

—Todo un comandante del ejército mayor —se burló, tirando de las solapas del uniforme.

Entonces él se atrevió; la citó para el día siguiente. Quería verla a solas. Ella se retorcía las manos, y las llaves tintineaban como campanitas.

—¿Dónde?

—En la heladería del primer día.

—No, no —replicó ella, y movió la cabeza—. Venga usted aquí. A mi casa. A eso de las cinco. No nos molestará nadie.

Luego echó a correr escaleras arriba. Esteban dudó durante todo el día si aparecer por la casa o no. Algo no le cuadraba: o la chica no era lo que él había supuesto, o realmente la guerra trastornaba las mentes y las costumbres.

Antonia no vivía sola en la ciudad, como había llegado él a pensar: su madre y una criadita joven la acompañaban. A media tarde el piso quedaba vacío: las tres acudían al rosario de la catedral, por todos los soldados de la guerra, y en especial por su padre y su hermano.

Esa tarde ella no se encontró bien. Se tumbó en la cama con una botella de agua caliente y una manzanilla. La madre se sintió confusa por unos momentos, tironeada entre el deber maternal y la devoción.

—Id vosotras —les rogó Antonia—, y encended una vela por mí.

A las cinco en punto Esteban llamó a la puerta; llegaba escamado, y pronto a huir ante la menor sospecha de trampa. No tuvo necesidad de escapar. Antonia, temblorosa, le hizo pasar al salón, y allí continuaron charlando muy modosamente, aunque con la manita entregada entre las de Esteban.

—Debe prometerme que tendrá cuidado, y que regresará para verme.

Esteban hinchó el pecho casi sin darse cuenta.

—Ni todas las guerras del mundo impedirán que nos volvamos a ver.

Pero aun así, no estaba muy tranquilo, y temía a cada momento que alguien entrara y los sorprendiera. Él no tuvo valor para pedirle nada más. Se le habían olvidado las canciones sobre los ojos negros en los que los soldados se enterraban y que tan buenos resultados parecían dar. Cuando supusieron que la madre y la criada regresarían, la chica le acompañó hasta la puerta, y se dejó besar allí, en la escalera. Afortunadamente, quedaban ya pocos vecinos, y no eran demasiado curiosos.

Ése era el gran secreto. Antonia le había escrito varias veces, y él había contestado sin esperanza de volver a verla. *Querido Esteban: espero que al recibo de ésta... Querida Antonia: espero que al recibo de ésta...*

La muerte jugaba al escondite, y aunque llegara a esquivarla, aunque la guerra terminara y le permitiera escabullirse por esa vez, con la paz llegaría el orden establecido: deseaba regresar a su vida, al trabajo monótono pero seguro de representante de tejidos, conseguir una maletita idéntica a la que le acompañaba en sus viajes y descansar tranquilo por las noches. Pero tal vez, si deseara casarse, si el desorden hubiera irrumpido con tanta fucrza en la existencia que nada pudiera ser ya igual, la suave Antonia fuera un cauce tranquilo por donde navegar.

Entonces entraron en combate. El frente del Besra. En medio de la agitación, un extraño silencio: por primera vez mató a un hombre, soportó el retroceso del fusil sabiendo que para salvar su vida debía rasgar la de aquel hombre. El resto fue barro, sangre, la lluvia incesante que desorientó a los oficiales y que convirtió aquella batalla en una matanza.

Murió José, el desreinense. Rosa podría agotarse esperándole en vano. Muchos otros, algunos de los jóvenes que habían golpeado el suelo del tren con las botas nuevas, quedaron allí, con los ojos llenos de barro. A él, a Esteban, le tocó retirarlos, supervisar después de la batalla la lista con muertos y bajas mientras los heridos y los oficiales descansaban. Se hizo cargo de las cosas de José, y se propuso entregárselas a su viuda, la bailarina. Se juró también no intimar con nadie más: hablaría con todos, y trataría bien a todos, pero no permitiría que nadie le contara su vida, que trazaran planes que llegaran más allá del desayuno, de la cena, de la siguiente guardia.

Por el permiso de Navidad, con la alianza de boda de José en el bolsillo y cuatro fruslerías más rescatadas del desastre, se dirigió a Desrein; conoció a Rosa, a quien los retoques de la foto habían privado de una piel de leche y una mirada expresiva. Conoció también a Silvia Kodama. Conoció otra vida.

Pero también esa vida terminó a su debido tiempo, y cuando sus avatares en Desrein finalizaron, se despidió de la Kodama, regresó a Duino y buscó a Antonia; la encontró, como a todos los duineses, calentándose las manos al calor de los escombros de la ciudad. De su fortuna, que nunca fue tanta como se había supuesto, la familia perdió la mayor parte. Les quedaron las posesiones en un pueblo cercano, en Virto, y dos solares. El piso en el que Esteban había entrado mientras ardía una vela por la vida de los soldados se había desvanecido. Antonia se enfrentaba a la reconstrucción con las manos casi tan vacías como las suyas.

—Nunca pensé, ni por un momento, que hubieras muerto —dijo ella, llorosa.

—Entonces —añadió él, en voz baja— tenías más confianza que yo.

Se casó con ella porque era lo que debía hacer. Para las bodas que siguieron a la guerra la gente desenterró sus tesoros, las cuberterías de plata escondidas, un broche antiguo, latas de melocotones en almíbar y tabletas de chocolate. Antonia logró comprarse un vestido muy sencillo de lino claro, que fue confeccionado para una mujer más gruesa, y un sombrero adornado con violetas. Usó el sombrero durante muchos años, y la niña Elsa, de pequeñita, jugaba con las violetas supervivientes. El vestido, sin embargo, no volvió a lucirlo jamás. Antonia era una sentimental.

Juntos tuvieron seis hijos, de los que entonces sobrevivían dos. Se entendieron sin problemas, y nunca hubo malas palabras entre ellos. Esteban se portó bien con ella, y Antonia pareció ser feliz. Treinta y seis años más tarde, cuando la enterró ante los dos hijos, y los tres nietos, y los vecinos, que lloriqueaban o atendían nerviosos, aburridos, su mujer no había cambiado: en el ataúd la boca se le arrugaba en una sonrisa triste, y continuaba con el mismo pelo jugoso y el vestido sobrio, enternecedor, de sus veinte años.

Porque Antonia, a los veinte años, cuando Esteban apareció, bien vestido y con dinero en el bolsillo, creyó que, definitivamente, la vida era justa; desde hacía algún tiempo había comenzado a rondarle la idea de que era una novia de guerra, una de aquellas mujeres melancólicas que lucían luto por el novio y debían esforzarse en rehuir la mirada del resto de los hombres ansiosos. Y, francamente, la situación no le hacía ninguna gracia.

—Pero... ¿dónde has estado? Tantas noches sin dormir... tantos malos ratos que me tengo pasados. ¿Qué has hecho? ¿Dónde te habías metido? Todo este tiempo, por ahí perdido...

Esteban no aclaró del todo su ocupación durante los primeros meses de paz. En un principio, Antonia no quiso remover recuerdos acaso dolorosos.

—*La guerra* —pensaba— *hiere a los hombres en más sitios que en el cuerpo. Dejémosle olvidar... ya hablará de ello cuando le parezca adecuado.*

Pero bien porque Esteban no olvidara, bien porque no le pareció nunca el momento apropiado, no volvieron a tocar el tema. Más tarde, cuando debieron mudarse a Virto y vio la facilidad con la que su marido se movía para encontrar suministros y materias primas, le rondó de nuevo el interés, pero el trabajo intenso y el nacimiento de la niña Elsa enterró definitivamente la curiosidad.

No relacionó nunca aquellos meses en los que Esteban desapareció después de la guerra con su insistencia para que ella, en la pastelería, lograra descubrir la receta de los melocotones helados. Muchos trucos se habían perdido en aquellos años, muchas recetas y cocineros habían desaparecido para siempre. De los platos que figuraban en aquellos menús que Elsa grande leía tanto tiempo después, no podrían componerse ya ni la mitad. Y eso con la mejor voluntad.

Quizá en algún lugar de Desrein podría encontrarse alguien que supiera darle el toque necesario al Solomillo Besra, sangrante, con la Salsa Victoria que se popularizó tan rápidamente después de la guerra; pero, por desgracia, se perdió el modo de preparar los Melocotones helados, casi crujientes, como si la pulpa se hubiera convertido en hebras de caramelo muy finas.

Luego, cuando la cuchara llegaba al interior perfumado, al secreto hueco del hueso, brotaba un hilillo de chocolate caliente, que se abría camino entre la carne helada e inundaba finalmente el plato. Pese a sus esfuerzos, y ante la resignación de Esteban, ni Antonia ni nadie en la pastelería lograron nunca dar con el modo de inyectar el chocolate en el fruto limpiamente, sin quebrarlo, o de congelarlo sin que los dientes se estrellaran luego contra un bloque rígido o pajizo. El secreto de los melocotones se había esfumado.

Era el postre preferido de Silvia Kodama, muy capaz de comerse tres o cuatro de una vez, sin importarle los problemas que luego le traería la gula. Sufría del estómago, y el dulce del melocotón le amargaba terriblemente esa noche, hasta que se purgaba y conciliaba el sueño; pero en la siguiente ocasión caía de nuevo, y se chupaba los dedos y se manchaba el velo del sombrero al comerlos. De modo que cuando Esteban deseaba seducirla la llevaba al hotel Camelot, cuyas cocinas misteriosas producían el codiciado postre.

Y Silvia, aunque torcía el gesto y se mostraba despectiva, incluso desagradable, con Esteban, corría a vestirse para la ocasión; cuando aparecía en el salón de té del Camelot nadie la hubiera distinguido de una niña de buena familia. Llevaba las medias zurcidas y limpias, el abrigo dado vuelta y un anillo de oro muy fino, con una perla, en el dedo índice, idéntico a uno que Antonia lucía en el anular. Y aunque Silvia, a diferencia de aquellas jóvenes, poseía un par de medias buenas, y descaro suficiente como para escandalizar a todo el salón, echaba mano de sus recursos, de su actitud de buena chica, y se dedicaba, durante una hora, a comportarse como era debido y a comer melocotones.

Esteban la había visto también desmembrar el soporte helado y verterse el chocolate caliente por la boca y el pecho, tumbada boca arriba sobre la cama, medio desnuda y tensa.

71

—Más —decía—. Todo termina tan pronto... quiero más.

A veces le obligaba a vestirse, a recorrer media ciudad hasta el Camelot y regresar con dos melocotones envueltos en papel de estraza.

—Eso no te pasaría si...

—Ya, ya sé. Ya sé lo que vas a decir.

Silvia trataba de obligarle a que alquilara una habitación en el Camelot, una de las prestigiosas suites adornadas con flores y botellas de champán con las que ella soñaba y que pasaba horas describiendo. Pero en parte porque Esteban malinterpretaba el salvaje deseo de Silvia por el lujo y en parte porque eso le hubiera arruinado, nunca lo llevó a cabo.

Un día, cuando el sencillo aro con una perla fue sustituido por una esmeralda que le ocupaba toda la falange, conoció a la verdadera Silvia. Conoció las dimensiones de la ambición que escondía tras los labios desdeñosos y los ademanes de princesa vulgar, una ambición aún mayor que la suya propia. Y hubiera hecho cualquier cosa por alquilarle   na habitación en el Camelot, una planta entera del sagrado hotel.

Por entonces, se conformaban los dos, él como si se dirigiera al paraíso, ella a regañadientes, con lugares más modestos, con tal de que las sábanas estuvieran limpias y planchadas, y no pusieran pegas porque se las dejaran arrugadas y llenas de manchas. El lugar natural de Silvia Kodama era el lecho: en él cantaba, ensayaba, comía. Sabía crear lindos chitones y peplos, y disponer las mantas delgadas en pliegues micénicos bajo su pecho. Se dejaba caer sobre los codos y se abstraía peinando su pelo con los dedos. Esteban la contemplaba, desesperado por su incesante actividad y por el interés superficial, momentáneo, que mostraba hacia las funciones propias de la cama. No dormía más de tres horas seguidas, y se escurría como un pez entre los dedos para huir de abrazos y carantoñas.

—Déjame. Hace calor. ¿No te he dicho que me dejes?

Durante los últimos meses Silvia y él ni siquiera salían del café en que vivían. Esteban había conseguido una radio que hipnotizaba a Silvia. Sin pestañear, escuchaba lo mismo música que noticieros, consejos de belleza y largos seriales sentimentales; y si Esteban ocupaba o no la misma cama, si introducía su pierna entre las de ella para obligarla a prestarle atención, ella ni siquiera lo notaba. Mujer pez, mujer anguila, había escapado de su lado definitivamente.

Pero si se veían fuera, regresaban por separado al café, inventaban tareas que los habrían ocupado la tarde entera y cenaban plácidamente con Rosa, la madre de Silvia Kodama. En la cocina, la lámpara de tres brazos se balanceaba con una sola bombilla, y si fijaban mucho tiempo la vista en un punto fijo se mareaban. En la parte pública, en el pequeño salón reservado del café, la iluminación no fallaba; pero ese saloncito, almohadillado con botones de cuero rojo y dorados de brillantina, lo reservaba Rosa para Melchor Arana. Cuando terminaban de cenar, Esteban se quedaba leyendo un momento y le hacía compañía a Silvia, que fregaba.

—Déjame —gruñía ella—. ¿No ves que te voy a mojar? ¿Es que no puedes parar quieto?

A las diez se apagaban las luces. Alguna noche Esteban se había deslizado hasta el cuarto de Silvia, azuzado por el deseo, pero se había encontrado con una espalda gélida tercamente vuelta. En otra ocasión, no la encontró allí, y al regresar a su cama, iracundo y cabizbajo, había visto luces en el saloncito almohadillado.

Esteban las había buscado mediante indicaciones imprecisas, que había logrado rescatar de las conversaciones con José, el malhumorado hombre de Desrein. Sabía que el café de Rosa ocupaba todo el bajo de un gran edificio, construido por un arquitecto caprichoso que había pretendido imponer un estilo majestuoso, borrosamente egipcio, en los proyectos que había llevado a cabo. Él, Esteban, había conseguido un permiso por Navidad, y un plano antiguo en el que no figuraban los cambios que la guerra había infringido a Desrein.

Al fin, después de dar muchas vueltas, logró orientarse. Encontró el café cerrado, y tuvo que rodear todo el edificio antes de toparse con un vendedor de tabaco que le indicara una puerta medio desapercibida, una antigua portería, unas escaleras renqueantes, una puerta que se abrió tras alguna vacilación, Rosa Kodama.

—Me llamo Esteban... conocí a su marido... yo luché con él en el frente de Besra...

Rosa lloró a su marido con desesperación. Les había llegado la noticia de la muerte, pero se había aferrado a un error, a la imprecisión de la estadística arañando la esperanza y dejándose en ella las uñas. Esteban se sintió incómodo, con el sombrero en la mano y los ojos bajos, conmovido más por el dolor de la viuda que por el recuerdo de José.

En una silla baja, junto a la ventana, una muchacha se abrazaba las rodillas. Tenía el cabello rubio, casi blanco, muy largo y liso, y miraba a través de la ventana sin ocuparse de nada más. Rosa pidió disculpas y se acercó a la cocina a lavarse la cara. Esteban dio unos pasos hacia la muchacha por hacer algo; vestía una combinación vieja, con unas puntillas rosas muy gastadas. De vez en cuando se acercaba un tirante a la boca y lo mordía.

—De modo que realmente ha muerto —dijo.

—Sí —respondió él.

—¿Crees en Dios?

Esteban la miró, sobresaltado. Había vivido demasiadas atrocidades como para no creer en que existía y le protegía.

—Por supuesto.

—Yo ahora también. Dios es malvado —dijo la muchacha—. Es malvado y juega con nosotras.

No llegó a saber la diferencia de edad entre Silvia y su madre, pero debían de ser menos de quince años. Los rasgos aniñados y finos de Silvia habían perdido firmeza en el rostro de Rosa, hasta emborronarlos, pero algunas veces, cuando la chica se levantaba cansada, o cuando la atacaba súbitamente la melancolía, algún domingo ocioso y lento, el semblante de Rosa, el fantasma de los años venideros, aparecía en su piel.

Rosa había sido bailarina, como lo era Silvia; del desconocido padre, o el primer marido de Rosa, no supo nada. Parecía como si no hubiera dejado huella en las mujeres, gemelas en carácter y aspecto, como si Silvia hubiera nacido únicamente de Rosa y el aire. Cuando se referían a José, las dos callaban. Dieron por hecho que Esteban se alojaría en su casa.

—Sobra tanto espacio... —se había lamentado Rosa, y le mostró con un gesto el gran café a oscuras, con las sillas patas arriba sobre las mesas, los coquetones apartes desiertos, la plataforma para las actuaciones y los jarroncitos con unas míseras flores de plástico. Más allá de los camerinos, tres salas amplias y llenas de cachivaches, se ocultaban las habitaciones de las Kodama: una cocinilla, un cuarto de aseo, dos dormitorios y el saloncito almohadillado, a medio camino entre los camerinos y la vivienda, el saloncito donde los caballeros que deseaban saludar a las artistas aguardaban a que éstas dieran su consentimiento.

—De ninguna manera —dijo Esteban—. No puedo aceptar...

Le cohibía la indiferencia, la brutal apatía de la muchacha, e hizo ademán de marcharse. Rosa no se lo permitió. Con dos patadas limpió de trastos el camerino más pequeño y metió allí a Esteban.

—Es lo menos que puedo hacer. Por su amistad con mi marido. Aunque no sea más que en memoria de mi marido.

Lo dijo como si la memoria de José fuera sagrada, pero escondía otra razón. Eran dos mujeres solas en una ciudad en guerra. Si hubieran podido, habrían mostrado a Esteban como objeto de su propiedad, como a un mastín guardián al que pasearan con correa por los callejones destartalados.

Esa noche, dos días antes de Navidad, la guerra terminó. Sin prestar atención al frío, en Desrein la gente salió a la calle y encendió hogueras para quemar los malos recuerdos.

—¡Victoria! ¡Victoria!

Desde muy lejos, algunos contaron que incluso desde mar adentro, pudo verse el resplandor de las fogatas, y muchos pensaron por un momento que los bombardeos enemigos habían prendido en la ciudad. Luego recordaban que habían entrado en el tiempo de la paz, y movían la cabeza, aún poblada de pesadillas.

—¡Victoria! ¡Victoria!

Durante esa noche las prisiones se abrieron, y los oscuros agujeros que habían ocultado a desertores y cobardes vomitaron hombres con uniforme: buscaban comida, tabaco, mujeres. Todo se les entregaba. La euforia revoloteaba como las chispas en el fuego y, para combatir la helada de la mañana, formaron largas hileras de bailarines, que serpenteaban por las calles y hundían los pies en las cenizas. En la ciudad con los cristales rotos, los hombres de pómulos marcados y la danza incesante parecían anunciar el fin del mundo.

Esteban se retiró de la ventana y volvió su mirada al interior del café; no sabía qué hacer, si debía regresar a su división o marcharse sin pensar hacia su antigua vida. Faltaba mucho por hacer: las fábricas estaban cerradas, los obreros habían muerto. En poco tiempo nacerían muchos niños, y la gente necesitaba ropa, comida, nuevas casas. Cuando todas esas cosas se necesitaran, él estaría allí para conseguirlas. En su ciudad, en Duino, con Antonia, no en la hostil y fría Desrein.

Había visto a mujeres que se vendían por un saquito de garbanzos, muchachos que formaban bandas para asaltar a otros más débiles, los ojos redondos de los niños cuando sus madres los lavaban en un cubo, a la vista de toda la gente, y sabía que la contienda borraba los restos de pudor y moral de muchos años. Muy lejos, el grito continuó toda la noche.

—Victoria... victoria...

Pero no se fue; porque esa noche, intuyendo que las abandonaría, que se quedarían solas y sin hombre en mitad del caos de la reconstrucción, Rosa Kodama se retiró discretamente después de cenar, y Silvia, con la misma desgana con la que se enfrentaba a la vida, las ojeras violáceas bajo los ojos claros, y sin molestarse tan siquiera en desenmarañar su pelo blanco, se acercó a él y dejó caer su vieja combinación rosa.

Celebraron juntos la Nochebuena a la manera tradicional: comieron lombarda y puré de castañas, y Rosa subió del secreto arsenal de bebidas un licor fuerte y amargo que los golpeó en la cabeza y los hizo reír con la boca llena de un sabor a algodón viejo. Sin que pudiera evitarlo, a Esteban se le escapaban los ojos siguiendo a Silvia. Ella, animada por el alcohol, reía también, y la euforia le había manchado de rosa las mejillas. Trazaron planes alocados, y cuando escucharon música en la calle (victoria... victoria...), comenzaron a bailar en el café. Galantemente, Esteban tendió la mano a Rosa, y ella apoyó la cabeza sobre su hombro. El café en penumbra podía parecer, con un poco de imaginación, un salón elegante preparado sólo para ellos.

—¿Te habló José de los planes que tenía para el café? —le preguntó en voz baja.

—No hablaba más que de eso —contestó él, de buen humor.

Rosa calló.

—A mí nunca me los contaba —dijo, dolida—. No tenemos otra cosa. Si el café no prospera, mi hija y yo nos moriremos de hambre. Me he quedado sin amistades. No tengo dinero. No nos queda más que este local, y las ganas de trabajar. Observó su reacción, y luego continuó—. Aquí hay trabajo para ti. Quédate con nosotras. Lo que quieras, lo tendrás. No te costará más trabajo que pedirlo. Lo que sea nuestro, será tuyo también.

Esteban pensó en el capital que haría falta para levantar el café, en los problemas que habría que soslayar. Mucho más tarde pensó también en las cartas de Antonia y su recuerdo ya difuso.

Sin embargo Esteban, repitiendo las palabras de José, dijo:

—La gente traerá ganas de divertirse. —Rosa sonrió.

—La gente querrá lo que nosotras digamos. Como siempre.

79

Algunas tardes, Silvia se acostaba para dormir la siesta y ya no se levantaba. Tendida sobre la espalda, con la ropa de cama revuelta, fijaba la vista en el techo y dejaba que el tiempo pasara. En esos días ni siquiera bailaba. Esteban había conseguido para ella unas revistas que hablaban de las grandes compañías de ballet, aquellas mujeres irreales vestidas de tules blancos y moños adornados con plumas, y Silvia, de vez en cuando, las hojeaba y copiaba peinados.

—Estás tan guapa... —decía él, adorándola con la mirada.

—Los hombres no tenéis gusto —replicaba.

Sólo se mostraba amable cuando pretendía lograr algo; sus mimos, la inesperada dulzura de su voz, se hacían así doblemente valiosos, y Esteban, en cuanto pudo, la llenó de objetos inútiles y encantadores: sombreritos minúsculos plagados de florecitas, cajitas de porcelana que se abrían mediante un resorte, alfileres para el pecho, el anillo de moda, una perla engarzada en un hilo de oro. Cuando los apartaba de sí con aburrimiento, o se negaba a escuchar las penalidades de Esteban, que peleaba con el estraperlo, que buscaba camareros honrados y muchachas que no lo fueran para el café, a él le invadía una furia sorda, temible, un deseo urgente de estrangularla y conservarla siempre muda y dócil.

—Es muy joven —la defendía Rosa—. Le ha tocado vivir tiempos demenciales.

La madre trabajaba como un animal de carga. Había

conseguido unos grandes cortinones de terciopelo de un teatro que tiraban abajo, y durante días los cortó y los cosió con una máquina prestada. Cubrió una pared envenenada de humedad con pedazos de azulejo y espejo rotos, pintó con purpurina las patas y los respaldos de las sillas, colgó los cortinones recompuestos por doquier, compuso flores de tela para sustituir a las viejas de plástico y husmeaba en las mudanzas y los derribos en busca de marcos viejos, de cuadros desechados o de pequeños tesoros: botellas de coñac vacías que llenaba de té, cajas que fueron de puros que ocupaban las estanterías más altas junto a la barra y que contagiaban un aire de opulencia.

En la penumbra, bajo las luces veladas de los quinqués, el local tenía buena pinta. La pared con espejos rotos refulgía y el terciopelo parecía insinuar secretos e intimidades. Incluso los jarrones descabalados y los mantelitos dispares daban una sensación de singularidad, de ambientes buscados y exclusivos. Las muchachas que servían las mesas eran bonitas y, aunque algo cansinas, con el mismo aire resignado de Silvia, aún no parecían gastadas.

El café, sin nombre, porque no encontraron quien les pintara un cartel decente, comenzó a circular en boca de militares poderosos y de los hombres de negocios que querían trabar conocimiento con ellos. Más tarde, ya bajo el nombre de Café-Teatro Besra, la situación se invirtió, y eran los militares los que buscaban a los negociantes con dinero.

Pero cuando eso ocurrió, los malos tiempos habían

quedado atrás, y Esteban ya no tenía que ver con las Kodama. El café prosperó, se convirtió en paso obligado de artistas y actores que deseaban triunfar. Una vez al año, por la fiesta nacional, se llenaba de banderitas, de guirnaldas e intenciones patrióticas, y un retrato del difunto soldado José, encargado a partir de unas fotografías, mostraba su frente adusta, cargada de malas intenciones, entre las botellas de whisky; ese día, las consumiciones de los veteranos corrían a cargo de la casa.

Pese a Esteban, pese al ilustre Melchor Arana, ningún hombre importaba para ellas salvo aquél. José les había dado vida, y si Esteban se hubiera parado a pensarlo con calma, hubiera hallado que Rosa, y su hija silenciosa e indolente, habían nacido en realidad del soldado José y del aire. Muerto él, ellas habían persistido en una media vida, en algo que no era la muerte pero se le parecía. Y Esteban, que por mucho que se esforzara no lograba recordar a José sino como a un hombre tosco, vulgar y con una brutalidad encubierta que podrían muy bien convertirle en un hombre malvado, se había embarcado en el propósito de resucitar a dos muertas.

3

Esteban supo que Melchor Arana era su enemigo antes incluso de escuchar su nombre, su codiciado puesto en el cuerpo diplomático y su acento suave, pulido en escuelas llenas de curas y de buenas palabras. El café aún no había abierto, y en mitad de las mesas dispuestas y de las chicas ociosas, el diplomático parecía un príncipe extranjero dispuesto a pasar la noche entre su pueblo. Le tendió la mano izquierda; la derecha jugaba con un encendedor y un cigarro que hacía bailar entre los dedos.

—Melchor Arana —dijo, cortando así la entusiasta presentación de Rosa, alborotada como una colegiala.

Se sentó en una de las sillas doradas y echó una ojeada al local.

—Ah, era hora de que el lujo regresara a esta ciudad.

—Hacemos lo que podemos.

—Todo el mundo lo hace, pero pocos lo consiguen. Éste será mi café.

A Esteban le molestaban esos aires de conquistador de nuevos territorios. Le molestaba también el traje bien cortado y los modales desenvueltos de Arana. Pero más adelante, salvo por un par de cuestiones, llegó a sentirse anudado a aquel hombre por una estrecha camaradería; con él aprendió la utilidad de ciertos gestos, la distancia que mediaba entre un hombre cortés, como era Esteban, el pobre vendedor de tejidos, y un caballero de mundo. Supo pedir una bebida nueva sin voz ostentosa, y capear los asuntos peliagudos, incluso los del dinero, con el ademán indiferente de quien habla del tiempo. Escogió con él corbatas ligeramente atrevidas y sombreros clásicos, y llegó a distinguir, de una ojeada, quién tenía dinero y desde hacía cuánto tiempo.

—Bah, un fulano más —despreciaba Esteban cuando le presentaban a un recién llegado con fama de distinguido, y Arana asentía con la cabeza, aprobando sus palabras—. Un nuevo rico. Un nuevo rico estúpido al que no le durará la suerte.

Arana era un hombre de recursos, en esencia, y manejaba dinero en abundancia, de modo que no fue la necesidad y los negocios los que le llevaron al Café-Teatro Besra. Por lo que Esteban conocía, era íntegro en su trabajo, y no ocultaba negocios rastreros. No frecuentaba mujeres, no bebía más de la cuenta, ni siquiera le perdían el juego o las apuestas, y nunca, jamás, cerró ningún trato con otros clientes del café. Pese a sus celos, Esteban tardó en comprender que Arana había caído también en una red más sutil, una red del todo impropia de un hombre de su experiencia e inteligencia. Como Esteban, se había sumergido en el hechizo de las Kodama.

Eso fue, en el fondo, lo que los acercó a los dos, aunque nunca demasiado, y los mantuvo a la distancia justa entre el cigarrillo compartido y los celos enfermizos; de no haber sido por la insultante superioridad de Melchor en los juegos de cartas, incluso hubieran podido alejar las formas un poco más y haberse demostrado el afecto que sentían.

Pero estaban Silvia y Rosa, y algo en ellos se resistía a admitir que sabían, que sabían que el otro sabía que los dos compartían aquellas mujeres. No hubiera sido digno. Además, Esteban llevaba muy a mal que le ganara a las cartas.

—Buen vino... ¿dónde lo había ocultado?

—Me dejará que me guarde algún secreto, ¿verdad?

De modo que entre las partidas de cartas y el abrazo de las Kodama, Melchor y Esteban fingían encontrarse en el café por casualidad, charlar de trivialidades por casualidad, y acechaban a las otras, a las que los unían, por si un gesto o un equívoco en el nombre delataba que el otro ganaba, que era el momento de volver la espalda y alejarse de la derrota.

Los modales de caballero contagiados por Melchor Arana y el amor voraz, extenuante que le invadía cuando se encontraba ante Silvia le impedían pensar que se estaba aprovechando de ella. Se sentía capaz de cualquier cosa, y cuando pensaba en el café levantado de la nada suspiraba, satisfecho. A él le debían dinero, protección, el creciente prestigio. Al secretario del embajador, nada. Además, pensaba él con rabia, en poco tiempo Arana cambiaría de destino, y se pudriría en una república sureña cargada de mosquitos y aguas insalubres, mientras que él continuaría cerca, como bastión de apoyo. Y las Kodama comprenderían que no era a alguien como al otro a quien necesitaban, una mariposa de vuelo rápido y fugaz recuerdo, sino la firme estabilidad y el aliento constante de Esteban.

—Melchor es un caballero —se limitaba a decir Rosa, si él sacaba el tema—. Ojalá conociéramos a muchos como él.

Tardó en saber de la relación entre Silvia y Melchor. Durante las primeras semanas estaba convencido de que el diplomático se trataba únicamente con Rosa, más próxima a su edad y a su conversación, porque Silvia apenas miraba a Arana, y hablarle era como dirigirse a una pared:

«Sí», «No», «Bien», «Oh, déjame», era cuanto sabía decir.

No hubiera podido imaginárselo; tardó mucho en estar seguro, primero, de que Arana se entendía con Rosa. Una noche los dejó solos, charlando, y al despertar, ya muy avanzada la mañana, se los encontró en idéntica posición, frente a la cafetera vacía, con el sueño espantado y una rigidez en el rostro propia de los iluminados, de los enamorados, de los sonámbulos.

—Se nos hizo tarde hablando... —se disculpó Rosa.

—Bueno, ahora es demasiado temprano —dijo Esteban, intentando parecer ingenioso.

Quedaron claras, en otras noches con menos café y más quebrantos, las intimidades de Rosa y el secretario; y no tardaron en seguir otros juegos con la hija en el saloncito abigarrado de botones de capitoné y de forros rojos, en las noches que Silvia le negaba a Esteban. Él los escuchaba. Los ruidos animales del amor, la respiración agotada y el grito sofocado de Arana. Ni siquiera con la puerta cerrada, con el auxilio de las mantas sobre la cabeza, podía dejar de oírlos.

En varias ocasiones, Esteban pensó en coger su fusil, que no había entregado tras la guerra, y descargárselo en la cabeza al fatuo diplomático. Ahogar definitivamente su grito. Si no con balas, podía emplearlo como maza, y destrozar de un golpe al amigo y al rival. Le contenía la misma prudente desidia, la cobardía paralizante que le había impedido, al principio de la guerra, escapar de una situación que conocía de antemano. De modo que los días pasaban en el acecho constante a Arana y a Silvia, y las noches en vela le veían ingeniar modos de retener a la chica, de robarle un beso, de forzarla a declarar que le amaba.

En una noche como aquéllas, en las que no dormía hasta que escuchaba a Silvia regresar a su habitación, se encontró con Rosa entre los brazos. Se sorprendió. Por un momento, le invadieron las ganas de llorar, pero no la echó de la cama. Ni siquiera encontró fuerzas para pensar en razones. Se valió de ella como de una valeriana para calmar los nervios y encontrar el sueño.

—No hay nada que no tenga arreglo... —susurraba ella, muy cerca de su oído—. Nada que no pueda remediarse.

Por la mañana, Rosa ya no estaba, y durante varios

días sus visitas fugaces quedaron enterradas por las sombras de la noche y el deseo de Esteban de que no fueran ciertas. Creía a Rosa enamorada de Melchor, y supuso que tal vez los celos la llevaran a vengarse de esa manera. Él se consideraba un buen mozo, y no veía qué tenía Arana que no tuviera él. Tal vez Rosa se hubiera enamorado de él desde el principio, pero no había querido entrometerse en el camino de su hija. Pensó en todas las posibilidades menos en la verdadera.

Muerto José, Rosa no volvió a entregar su amor a nadie. Se miraba al espejo, y con la misma avaricia con la que contaba su dinero, calculaba el tiempo que le quedaba hasta la próxima arruga, hasta que la edad la dejara sin más arma que la astucia para lograr sus propósitos. Durante muchos años se esforzó por esterilizar de todo afecto a su hija, a la que adivinaba tierna e impresionable. No se engañaba respecto a su futuro: ni Silvia ni ella valían nada sin el café. Silvia, si lograba mantener la cabeza en su lugar, podría casarse bien. Pero tras la guerra quedaban pocos hombres disponibles, y la mayoría de ellos, callados y hoscos, trabajadores incapaces de labrarse un futuro distinto del pasado.

—Una mujer sin un hombre es poco más que un barco con el ancla perdida.

Por las noches, mientras servían las bebidas y circulaba el dinero, ella avanzaba entre las mesas y sonreía. Pacientemente, tendía su tela y esperaba. Se lograban grandes cosas con la paciencia y un oído atento.

Y así enfrentó a Esteban contra Melchor, los dos hombres que más le habían servido, los que con mayor provecho habían caído en su red. Esperaba el resultado del encuentro sin prisas, porque sabía que no eran aquéllos hombres de acción y de impulsos, y que cuanto más tiempo albergaran el rencor y la inquietud, más favores estarían dispuestos a ofrecerles a ellas: *Melchor es un caballero,* decía a uno. *Oh, sí, Esteban es un caballero,* decía al otro. *Ojalá conociera a más como él,* añadía, para los dos.

Por las noches, después de acudir al encuentro de Esteban, o de Melchor, dormía con la conciencia tranquila. Al fin y al cabo, la selección del más fuerte era algo extendido entre las hembras de cualquier especie.

De vez en cuando, Esteban, el abuelo, recordaba las hogueras de la víspera de Navidad, los aullidos de entusiasmo y de miedo vencido, pero inclinaba la cabeza para vencer el recuerdo de la combinación rosada de Silvia Kodama. A fuerza de intentarlo, había olvidado el retal de tela que había arrancado de esa prenda cuando la encontró en la basura, desdeñosamente apartada, y que Elsa miraba al trasluz, sentada en el suelo en la habitación contigua, indiferente al sabor de los melocotones helados.

Olvidar a Silvia le recordaba a Antonia. Antonia no le recordaba a nada, trabajo de largas horas, la calidez de un abrazo suave, de una tristeza muy menuda pero siempre presente, una melancolía con nombre, un nombre que buscaron varios días por los alrededores de Virto; no iba más allá. También él, su padre, había olvidado a la niña Elsa.

Buscaron a la niña durante cuatro días. Sin descanso, con una calma desesperante, peinaron cuidadosamente los campos cercanos, la montaña; trajeron una bomba de Duino para vaciar dos pozos, y removieron el agua de las acequias hasta dejarla enlodada y turbia. Recorrieron varios kilómetros a lo largo de la vía del tren, y sacudieron los matorrales y los montones de hierba.

El pueblo se paralizó, y mientras los hombres caminaban con linternas y un par de cuchillos, guiados por Esteban y sus hijos, Miguel y Carlos, día y noche, las mujeres se turnaban para acompañar a Antonia, a la que mantenían sentada o en la cama; una de ellas hablaba, o más bien la escuchaba hablar, en la habitación, y las otras curioseaban por la casa, con la excusa de echar una mano.

—¿Se sabe algo? ¿Han encontrado algo?

Se servían vasitos con anís y agua helada, y charlaban en voz baja. La rutina de la pastelería apenas se alteró, pese a la ausencia de la dueña y a que César se encontraba con los hombres, en la batida, porque la tata había tomado las riendas, sabedora de que un encargo incumplido no haría sino acrecentar la desgracia de la familia y de la casa.

—Yo no hago falta aquí —había dicho, entre el remolino de las mujeres, y se había quitado el delantal—. Si se sabe algo, venid a decírmelo al obrador.

Hacía mucho tiempo que no faltaba de casa ningún niño, ni de Virto ni de los pueblos de los alrededores. Quince años antes una criatura medio retrasada había caído a un pozo y se había ahogado, pero las malas lenguas acusaban a la madre de haberla arrojado ella misma. Y mucho antes, en la época en la que la propia Antonia era una niña y sólo iba al pueblo de vacaciones, se extendió el miedo por la región, porque varios bebés murieron repentinamente y se rumoreaba que eso había atraído a la zona a un sacamantecas, un hombre que vendía grasa de niños para confeccionar medicinas y embrujos.

Antonia estaba segura de que su hija no había corrido esa suerte, sino que se la habían raptado para entregársela a otros padres. Había leído hasta la saciedad casos similares en las novelas; imaginaba a Elsita asustada, en la verja de una mansión blanca y dorada, donde la esperaban una legión de sirvientes y una habitación con cortinas y alfombras rosas. Era una niña muy linda, con el pelo rubio, aún más rubio porque ella se lo aclaraba al sol con manzanilla, y unos ojos enormes que debieron de ser azules, manitas pequeñas y piernas delgadas.

—Una niña preciosa, un pajarito...

A nadie que la hubiera visto se le hubiera ocurrido darle trabajo; era juiciosa y tranquila, y estaban seguros de que no se había escapado por una travesura.

—Y las que buscan para las casas de mala vida —decía, negándose a pensar en esa posibilidad— son mayores, ¿verdad? Han cumplido ya los doce o los trece años.

Sólo quedaba la opción de un accidente, de que hubiera sufrido un mareo o se hubiera roto una pierna y permaneciera inmóvil y debilitada en algún rincón que aún no hubieran explorado. O, como todo parecía indicar, que se la hubieran llevado.

La vecina de turno tranquilizaba a la madre, y se asomaba cada poco al pasillo, por si traían nuevas noticias; pero Antonia no callaba. A ella también le habían dado anís rebajado para beber, y lo sentía en la cabeza, impulsándola a hablar y a dormir, a dar cabezadas y continuar hablando.

—Sin permiso no se ha escapado de casa. Ay, mi niña, mi niña... ¿Quién tendrá a mi niña, Dios mío?

Prefería que se la hubieran llevado, antes de imaginar a la nena herida y muerta de hambre en cualquier recodo del monte. Era remilgada y mala comedora, y no soportaba bien el frío. Una princesita. Aunque no volviera a verla más, confesaba entre lágrimas, prefería pensar que estaba bien cuidada.

Carlos, sin embargo, rezaba por encontrarla, aunque fuera muerta: durante tres días había dado palos en los arbustos y se había hundido hasta la cintura en el barrizal de la acequia, y sentía el cuello y la espalda doloridos y tensos. Les habían preguntado, a su hermano y a él, por escondites a los que fueran con la pequeña, por lugares secretos o cuevas que sólo ellos conocieran. Él apenas podía hablar, de modo que Miguel contestó con voz serena:

—No solemos marcharnos al monte y, además, Elsita nunca viene con nosotros. Es muy pequeña y se cansa. Si se ha marchado por el monte, de fijo se ha extraviado. No conoce el camino de vuelta y andará por ahí perdida.

A su espalda, las linternas de los hombres formaban un cortejo de luciérnagas desorientadas.

Los guardias repitieron las preguntas, e impusieron un poco de método a la búsqueda. Uno de los cabos se llevó a Carlos de vuelta al pueblo, le esperó mientras se bañaba y se cambiaba de ropa y compartió con él la comida en la cocina: carne cocida en el horno, pan y queso, y leche con sopas.

—¿Por qué no te quedas y duermes un rato? —le sugirió, con una amabilidad sorprendente—. Quédate con tu madre. Ya continúan tras tu hermana los mayores. Has trabajado sin parar durante tres días.

Carlos, que tenía aún el pelo mojado, se enfureció.

—Ya no soy un niño chico. Y al fin y al cabo, no ha sido a mí a quien se le ha escapado Elsita.

Se sintió un poco avergonzado de levantarle la voz a un hombre con uniforme y no dijo nada más. Humilló la cabeza y, mientras removía las sopas con nata y azúcar, le suplicó que le permitiera regresar al campo.

—Aunque no sea más que esta noche... sólo por esta noche, y mañana me quedaré con mi madre.

El cabo apagó la colilla que fumaba, sonrió tristemente mientras asentía con la cabeza y lo devolvió con el resto de los hombres. Anochecía ya, y entre la oscuridad y las primeras linternas, observó cómo Miguel, silencioso y pálido, permanecía en pie junto a su padre, y a César, tan angustiado como si perteneciera a la familia, rebuscando entre los bordes y las lindes.

A medianoche, Carlos desapareció.

No fue durante mucho tiempo, apenas una hora, pero los hombres y los guardias asistieron al desmoronamiento de la familia. Hosco y lóbrego, el cabo que había accedido a traerlo de nuevo a la búsqueda daba órdenes y se hundía bajo el peso de la preocupación. El padre se dejó caer sobre una piedra, y comenzó a temblar. Nadie quería acercarse al pueblo y dar la noticia a la pobre Antonia. Miguel, demasiado reservado para mostrar su dolor, o demasiado joven para comprender la gravedad del caso, no pareció inmutarse, y continuó incansable, con los ojos rojos y fijos en el suelo.

—¿A quién de los dos buscamos ahora? —preguntó, como si el cansancio no hiciera mella en él.

Permanecieron casi sin moverse, mientras el rocío les calaba las mantas con las que se cubrían los hombros y todos pensaban en los absurdos de la vida. Entonces, cuando el cielo comenzaba a clarear, escucharon unos pasos, y uno de los hombres se puso en pie para observar mejor al recién llegado. Era Carlos, con una expresión enloquecida en los ojos, que se acercaba.

El alivio que para todos supuso su regreso marcó el fin de la búsqueda. En el amanecer de aquel cuarto día Esteban se dio por vencido.

—Volvamos al pueblo. He recuperado un hijo... ya no me importa nada más.

—Me acerqué a la loma por última vez —explicó Carlos, nervioso por el sufrimiento que había causado—. Desde allí puede verse todo Virto, y la pendiente del monte. Pensé que había visto algo allí.

—¿Y había algo? —preguntó Miguel.

Carlos señaló hacia el punto que indicaba antes de contestar.

—No.

—Ya da igual —dijo el padre, y luego repitió—: Ahora da igual.

Se encaminaron al pueblo, abrazaron a la madre, ya completamente borracha, y espantaron de dos manotazos a las mujeres, que escapaban como pájaros alborotados.

Los guardias y algunos hombres rastrearon la zona unas horas más. Luego, con un suspiro, el cabo se acercó hasta la casa, completaron los informes y se marcharon. En unos pocos días, Antonia se levantó y retomó el trabajo en la pastelería. César continuaba por allí, pálido y frenético. A cada momento creía ver que la niña entraba de nuevo por la puerta.

—*Juguemos un ratito, César... ¿Has terminado ya el trabajo?*

Antonia quería ser fuerte, pero a veces la derrotaban los sollozos, y deseaba que su niña apareciera, viva o muerta, pero que se diera fin de alguna manera a aquella agonía.

—No es vida. Esto no es vida. ¿De qué me quejaba yo antes, Dios mío, si éramos felices, si estábamos juntos, si no nos faltaba de nada?

Carlos, sin embargo, rezaba para que Elsa no apareciera, para que la vida normal cayera como un manto cálido sobre ellos y alejara de una vez las sensaciones descarnadas de las noches de búsqueda, el llanto de su madre y el prolongado sufrimiento del padre.

Al día siguiente de abandonar la búsqueda, mientras los padres aún dormían y se extendía por el pueblo un aire de tragedia, él zarandeó a su hermano hasta despertarlo y lo obligó a levantarse.

—Toma —le dijo, y le arrojó una cuchilla de afeitar—, porque vamos a hacer un juramento.

Miguel se hizo un corte en el dedo pulgar y luego apretó la carne hasta que asomaron unas gotitas de sangre. Carlos le tendió un vaso de agua, y los dos mojaron el dedo herido allí. La sangre apenas enturbió el agua.

—Juremos que jamás olvidaremos a Elsa —dijo Carlos, y levantó el vaso en alto y bebió un sorbo de agua.

Luego se lo pasó a su hermano.

—Jamás olvidaremos a Elsa.

Bebió también. Arrojaron el resto al tiesto de un geranio que su madre había colocado en la ventana.

—Deberías haber cuidado de ella —dijo Carlos, y se metió de nuevo en la cama.

—¿Es que tú te preocupabas por ella cuando te tocaba? —contestó el mayor.

Carlos no contestó y, a través de la pared, escuchó que su madre lloraba. Al cabo de un momento, supo por la respiración pausada que Miguel dormía. Durante años soñó con aquella noche, con aquella búsqueda confusa y a oscuras que no dio sus frutos, con su madre llorando y hablando con la voz que daban las borracheras.

Rompió la promesa de no olvidar a su hermanita, y lo hizo mucho tiempo antes de lo que él suponía; pero ni por un momento olvidó que aquel día era Miguel quien había quedado al cuidado de Elsa.

En el monte quedó, como huella mínima, un cordel tirado en el suelo: la cuerdecita con la que Elsa, como hacían las princesas de la antigüedad, se ataba las piernas.

De aquello hacía casi cuarenta y cinco años. La mayor parte de la gente que buscó a la niña había muerto. Antonia descansaba en paz, el amable cabo que fumaba mientras Carlos cenaba también los había dejado. Los niños crecieron, abandonaron Virto, marcharon aún más allá de Duino, se casaron. Nacieron dos Elsas. Las noticias se espaciaron, y los lazos, incluso los más estrechos, se aflojaron poco a poco, como con desgana.

El tiempo también cambió; las lluvias escasearon, las acequias se secaron y durante varios años la misma sequía que asoló Duino despobló Virto. Ahora sólo quedaban viejos, y algunos jóvenes que comenzaban a escapar de la ciudad porque los pisos en el pueblo eran más baratos y las comunicaciones con éste buenas. Los fines de semana se acercaban también algunos matrimonios de mediana edad. La pastelería continuaba en el mismo lugar, haciendo esquina en la plaza techada por las ramas de los árboles, con el mismo escaparate flamante, el mismo nombre dorado sobre fondo granate. Como si nada hubiera ocurrido. Como si la Elsa de nueve años que abandonó una tarde Virto y la Elsa pintora que, cuarenta y cuatro años más tarde, había abandonado Desrein para vivir en Duino fueran la misma Elsa.

Elsa grande, la que había escapado de Desrein, la ciudad del dinero, la ciudad más al sur, cercana al mar, invadida por una niebla pegajosa y tenaz, una llovizna sutil difícil de evitar. Una ciudad compuesta por muchas telas de araña.

Pero habían ocurrido muchas cosas, demasiadas mentiras, demasiadas historias no contadas, demasiadas palabras ocultas y venenosas que se repetían una y otra vez, como si fueran las mismas. Por eso el tiempo parecía repetirse. Como los nombres se repetían (Elsa grande, Elsa pequeña, la niña Elsa, Antonia, Antonio), se repetían también los hechos, las huidas. Se repetían las palabras. Las historias.

Y aunque eso perteneciera ya al olvido, Antonia repitió una vez, al poco de casados, frases muy parecidas a las de Rosa: *no me queda otra cosa... si esto no prospera, mis hijos y yo nos moriremos de hambre... no tenemos dinero, no tenemos amigos... ¿a quién podremos vender?, ¿quién nos comprará lo que ofrezcamos?*
Y él mismo, sin recordarlo, contestó algo similar:
—*La gente comprará lo que le ofrezcamos. Como siempre.*

No comprendía la desesperación de Antonia, y sus lagrimones le estaban poniendo nervioso. La madre de Antonia acababa de morir, y había repartido salomónicamente sus bienes: el piso y la pensión de Duino, para el hermano; la casa de Virto, con la tahona, para Antonia; una cantidad de dinero, no muy grande, para dividir entre los dos, de modo desigual. La mejor parte, como cabía esperar, fue para el hermano.

—Siempre supieron llevar a mi madre por donde les convenía... mi hermano y mi cuñada, los dos. Egoístas, malas personas que sólo se ocupan de lo suyo.

—Intenta llegar a un acuerdo con ellos —le había dicho Esteban.

Antonia, consternada, ofreció renunciar al dinero si cambiaban las partes, y aunque el hermano no parecía muy remiso a ceder, la intervención con doble fondo de la cuñada dio al traste con sus esperanzas. La pensión de Duino funcionaba bien, y a Antonia le parecía un negocio más adecuado para una mujer; pero eso mismo parecía opinar la cuñada, tan poco deseosa como ella de sumergirse en la esclavizante rutina de una tahona. A ello se unía la satisfacción de poder humillar las ínfulas de Antonia enviándola al pueblo; la cuñada, una mujer de aspecto ratonil, tragaba mal los desprecios, pero los tragaba esperando el amanecer de la revancha: así Antonia se hubiera arrodillado, ella se habría aferrado a la pensión y al testamento como lapa a la roca.

—¿Qué más les dará a ellos? Lo hacen por pura mala voluntad. Sólo por arruinarnos la vida. ¿Dónde vamos nosotros con los dos niños pequeños?

99

—Cállate ya, anda. No se puede contar con lo que no es nuestro, de modo que comencemos a preocuparnos por lo que nos ha tocado en suerte.

Esteban, que no había conocido los esplendores de la familia de Antonia, y a quien asustaba poco el trabajo, se daba por satisfecho. Les quedaba un negocio bien organizado: una casa soleada abierta al aire de la montaña. Y, sobre todo, tenían a la tata, que con el nacimiento de Carlos y Miguel había dejado de ser una criadita joven para responder a su nuevo nombre; obviamente, sobre su destino nada podía indicar el testamento, pero ella escogió sin dudar la tahona de Virto.

El hermano y la cuñada no tenían hijos ni trazas de tenerlos, y ella pensaba que sería de más utilidad a la señorita. Esteban respetaba a aquella chiquita tenaz y voluntariosa, y sólo con su apoyo se hubiera dado por satisfecho. Antonia enjugó las lágrimas, quedó un poco consolada tras el último desplante que le dedicó a la cuñada, y que andando el tiempo habría de pesarle, y con un inicio de esperanza empaquetaron las cosas, abrigaron bien a los niños, porque el viaje en tren rendía lo suyo, y marcharon a Virto.

Con Virto establecería la tata firmes vínculos, hasta que llegaron a considerarla, y a considerarse ella misma, más del pueblo que los nacidos allí. Entregó todo lo que sabía dar: una lealtad furiosa, su trabajo y su cariño. No sabía querer de otra manera. De Antonia y de su madre aprendió una rigidez de espíritu, una altivez que se extendía a su alrededor como un aliento helado. Tampoco ella recordaba los años anteriores a la guerra, en los que era aún niña, y el dinero de la familia alcanzaba para mantener varias casas abiertas y veraneos junto al mar. Desarraigada de la ciudad como estaba, el único orgullo que para ella resultaba válido era el de Virto. Los hijos de Esteban y Antonia podrían haber emigrado, o incluso naufragado en la miseria. Para la tata, la auténtica nobleza radicaba en pertenecer a Virto, y entre los *notables* del pueblo, sus señores, su familia, eran los *más* notables. Llevaban una seña, un sello en la frente, contra el que no había nada que hacer.

Había vivido y trabajado siempre con ellos. No se casó. Cuando ya era una mujer madura, encontró un romance otoñal con un hombre mayor que ella que había sido médico. De Virto, por supuesto; pero los hijos del novio se opusieron con saña al flirteo.

—Sólo busca tu dinero —le advertían—. ¿Es que no ves que sólo te quiere por tu dinero?

El anciano médico no cambiaba el gesto y se arreglaba la corbata.

—Menuda novedad —respondía—. ¿Y por qué me queréis vosotros?

A la tata llegaron esos rumores, y la herida de la infamia caló más profundamente que el cariño. A ella, todo hay que decirlo, tampoco le resultaba indiferente la fortuna del médico, pero no era ésa su intención. Ella había logrado cierta cultura, y se había distraído hablando con el anciano, que tantas cosas conocía. Había pensado que ella podría cuidarle, y que se entenderían bien. Además, pese a su cáscara arisca, era propensa a la ternura, y se había dejado vencer por la ilusión del galanteo.

De modo que no fue sin esfuerzo como cortó las relaciones recién estrenadas.

—Creo que será mejor que no nos veamos más.

—Pero... ¿por qué? —había preguntado el médico, atónito, tan bien arreglado para ir a su encuentro, con el primoroso nudo de la corbata sujeto con un alfiler de perla.

La tata no pudo resistirse a una última muestra de rencor.

—Tú sabrás por qué, tú sabrás lo que has contado y lo que andan diciendo por ahí. Pero a mi lado, desde luego, no vuelvas.

Como conocía bien la moral de los pueblos, y ella misma había contribuido a formar la de Virto, se encerró en casa; sólo salía los domingos, a la misa de ocho. Durante varios meses el anciano médico madrugó para encontrarla, y, según las antiguas costumbres, darle de sus dedos el agua bendita, pero la tata caminaba frente a él arrogante como una princesa, y lo dejaba abatido, sentado en los bancos traseros, que no abandonaba hasta que la veía salir de la iglesia. Cuando el hombre murió, ella no asistió a su entierro. Encargó dos misas por su alma, unas semanas después. La ira fermentaba en su interior, como el vino en los lagares, y ascendía un poco más cada día, entre las casas del pueblo.

Y luego todo aquello había terminado y habían regresado a Duino. En la ciudad recordaba poco esas cosas. El señor Esteban se valía muy bien por sí mismo, y a ella le quedaba mucho tiempo libre: conocía de memoria las mercerías y tiendas de labores, y pasaba horas ocupada en la costura, en hilvanar un abriguito nuevo o cogerle los bajos a una falda ya usada.

Era coqueta. Una vez cada quince días se acercaba a la peluquería del barrio y se hacía teñir el pelo de colores diferentes. Se miraba con cuidado al espejo en la puerta, al entrar, y luego al salir, porque sólo se fiaba de la luz natural, y señalaba las canas supervivientes, que tenían que cortarle de raíz con una tijerita. Las clientas y las peluqueras la creían una señora de posibles, y ella nunca las sacó de su error; había aprendido del caso del médico, y hubiera matado a quien insinuara una relación sucia entre el señor Esteban y ella. De modo que observaba a las mujeres del barrio bajo el casco plateado de la peluquería, y al verse con los pelos mojados, como una gallina triste, sonreía y dejaba a las otras cacarear.

Cuando todos llegaron (Esteban, Antonia con Miguel de la mano, la tata con Carlos en brazos), Virto ya no era el pueblo que una vez fue. De los restos de la muralla, sólo quedaba la puerta Este. Las reliquias de la iglesia habían ido a parar a un convento de la ciudad. Virto se dedicaba a la agricultura, y a criar unas cuantas reses. Bajo el sol de agosto ardía la tierra roja, y el barro en las casas se cocía de nuevo, sin sombra ni consuelo de las montañas, allá lejanas. Manaba un río plagado de acequias. A comienzos de primavera, cuando las cigüeñas menudeaban por los torreones destrozados de la muralla, todos los labradores contemplaban el cielo y movían la cabeza.

—El agua tarda... el agua tarda.

Las lluvias no eran nunca suficientes, y cuando caían, se hacían temibles por su violencia. De modo que cuidaban y limpiaban las acequias con todo cariño, porque nunca se sabía cuándo volvería a llover.

Cuando llegó el ferrocarril, los hombres que colocaron las traviesas se doraron a fuego lento hasta alcanzar el color de los adobes, y dejaron a sus espaldas un rastro de metal y de ruido. La estación, pintada de verde, quedaba fuera del pueblo, y estaba adornada con un paso a nivel muy vistoso, con unas barras rojas y blancas que descendían y ascendían obedientemente y que parecían caramelos gigantes; porque entonces Antonia ya dominaba la técnica del caramelo, y el mayor anhelo de los niños era reunir los dos céntimos que costaban las piruletas blancas y rojas. Las *sabinas*.

En primavera, las vías del tren se cuajaban de unas flores menudas, amarillas y muy fragantes, y de otras rojas un poco mayores, que al cortarlas manchaban las manos de un líquido lechoso y malsano. Si se sabía buscar, entre las vías se encontraban muchas cosas: pañuelos casi nuevos, monedas que arrojaban los viajeros para pedir un deseo, zapatos desechados y trapos de colores. Cuando Miguel le daba un codazo a Carlos y proponía que marcharan a las vías, los dos sabían que iniciaban una aventura.

—¿Quieres que me lleve la navaja nueva?

—Bueno.

Pedían la merienda en la cocina y, muy sigilosos, se escapaban hasta la estación.

—Que no se entere Elsita.

—No, está durmiendo.

Si su hermana los seguía, miraban de despistarla; era pequeña, y sólo servía de estorbo.

La única vez que Elsa grande vio Virto, en un rodeo que su padre, acometido por un súbito ataque de entusiasmo nostálgico, les hizo dar, una vez que regresaban de Duino, encontró una moneda en la vía. Se la guardó en el bolsillo. El resto del pueblo ni siquiera lo recordaba. Casas de adobe, puertas blancas y verdes, una plaza de ladrillo que parecía un horno bajo el sol.

Varios hombres muy viejos estrecharon la mano de su padre.

—Supimos que tienes un negocio.

—Una tienda de muebles, sí.

—Tu padre te será de mucha ayuda... ¿Cuánto tiempo hacía que no venías por aquí? Mal hecho... aquí has dejado tus raíces.

—¿Qué dices, hombre? —afirmaba otro, muy enérgico—. La juventud no encuentra trabas en ninguna parte. Déjale que descubra mundo. Ya tendrá tiempo de regresar.

Otro hombrecillo, que no le había soltado la mano, sonreía y movía la cabeza.

—¿Y cómo se llama tu pastelería, hijo?

No les cabía en la cabeza que el hijo del señor Esteban pudiera regentar algo que no fuera una pastelería. En las vías, las mismas flores se agitaban por distintos vientos, y marcaban el camino de ida, como veletas fijas y engañosas. Ahí terminó la visita. Elsa grande subió al coche, con la moneda en el bolsillo, su padre condujo hasta Desrein en silencio, muy ufano, y los ancianos permanecieron inmóviles, bajo el sol, esperando por algo que no llegaba.

Pese a su llantina con el testamento, Antonia era una mujer animosa. La guerra le había arrancado de cuajo los remilgos de señorita, y había introducido una cuña de hielo en sus tardes de amiguitas y bachillerato, en las postulaciones por los niños pobres y las pruebas de los vestidos con modista. Había resultado mejor parada que muchas: se había casado, nadie le había robado lo que era suyo (aunque quedaba pendiente el asunto de la cuñada entrometida), y cuando sus niños crecieran, tendrían un techo y un oficio. La pastelería era la gallina de los huevos de oro.

—*Si yo paro, todo para* —pensaba—. *Todos ellos, pobrecitos míos, dependen de mí.*

Ahora que se había acostumbrado a madrugar, y se había resignado a la idea de ser panadera, sólo le faltaban unas hijas para acercarse a la felicidad. O al menos, a la idea de felicidad que se había formado hacía ya tanto tiempo.

Tiempo de soñar despierta. Tiempos de leer poemas en las revistas femeninas, que indicaban cómo colocarse los aderezos de novia, y hablaban de las visitas a hospicios de la reina, y de los vestidos, siempre bordados, siempre cuajados de cintas, de las princesitas. Antonia se acercaba la revista a los ojos, y copiaba en un cuaderno los modelos, al menos, en las ocasiones en las que el retocador no se había ensañado con la foto y se apreciaban en detalle las ropitas reales. Tiempo de bautizar a sus hijas no nacidas, que serían tres, como las princesas, con nombres de novela: Elsa, Astrid, Victoria.

No pensaba tener hijos. Los varones no eran cariñosos, no se quedaban junto a la madre. Y además, ¿cómo los vestiría? Conocía poco de los hombres, y lo que había visto de ellos no le interesaba. Algún día aparecería un caballero y, sin ni siquiera mirarla, la elegiría. A veces pensaba que sería un poeta lánguido con melena ensortijada y barbita cuidada, como los que causaban estragos entre sus amigas. O un militar. Los de Marina eran los preferidos, porque el uniforme dorado y blanco lucía al sol en los paseos de verano. O, en sus días más fantasiosos, un conde extranjero. ¿Por qué no? Una amiga de su madre lo había logrado. Cierto era que entonces corrían otros tiempos, y que si ahora aparecía un conde por Duino, así fuera calvo y regordete, iba a haber bofetadas, y ya podían todos los poetas y los tenientes del mundo darse con un canto en los dientes. Pero ¿quién sabía? Ése era el tiempo.

Tiempo de pedir antojos a la luna, de amontonar

proyectos que no se cumplirían. Tiempo de esperar, con la ilusión intacta, a que las cosas fueran llegando.

Quien apareció no fue un duque, ni un poeta, pero al menos había sido soldado. Antonia guardaba con todo cuidado las cartas que se habían cambiado durante la guerra. Luego, durante varios meses, no supo nada de él. Ella continuó escribiendo, pero temía, en el fondo, que lo hubieran matado en los últimos días de la guerra, cuando los hombres se rendían, sin saber del todo si les sería respetada la vida o no. No se atrevía a indagar más, y tampoco encontraba excusas para acercarse al cuartel y pedir datos. De vez en cuando, se acercaba a su hermano.

—No tendrás que acercarte al cuartel para algo, ¿verdad?

—No. ¿Por qué?

—Por nada...

De modo que cuando Esteban, tan trajeado en comparación con los otros hombres, regresó a ella lo tomó como una bendición. Ya no sería, como se había temido, una novia de guerra, ya no cultivaría la melancolía por un novio muerto ni se escondería del resto del mundo para llorar. Había sido afortunada. Muy afortunada. Además, la idea de comenzar una vida con un nuevo amado, un hombre de aquellos de después de la guerra que habían surgido de la nada, no le resultaba agradable.

—Ya me dirás dónde has estado. Aunque no sea más que por las noches en blanco que me has hecho pasar....

—¿Por qué quieres saberlo, mujer?

—Si fuera algo bueno, ya me lo habrías contado.

Esteban se encogía de hombros.

—Puedes pasar perfectamente sin saberlo.

Luego nació Miguel, vinieron Carlos y la niña Elsa, y Antonia encontró pronto muchas más cosas de qué preocuparse. La historia de Esteban continuó sin ser contada.

Porque se llamó *Elsa*. Elsa, Elsa, Elsita. *Victoria* se había extendido demasiado en los años posteriores a la guerra. *Victorias, Glorias, Alegrías* e incluso alguna *Patria*. Esteban se negó rotundamente a llamarla *Astrid*, y sólo accedió a *Elsa* a regañadientes.

—Tú elegiste el nombre de los chicos —se defendía ella—. Déjame al menos escoger los de las niñas.

Como Antonia, Esteban creyó que vendrían más hijas. No fue así. Los dos lo lamentaron. Para Antonia, se hubiera llamado *Palmira*. Para Esteban, *Silvia*.

De modo que los nombres hermosos que Antonia anotaba en las libretas acabaron en los pasteles a los que dedicó el tiempo. Ocurrió por casualidad, cuando miró un merengue cubierto con caramelo y la asaltó una idea repentina.

—Se parece a Elsita.

Porque Elsita era rubia, pese a que su madre se lamentaba de que no hubiera heredado los ojos azules y alabados de su padre, y redondita y dulce como el merengue. De modo que sin más pensamiento surgieron las *elsas*, y luego unas golosinas de crema pastelera y nata a las que llamó *astrids*, e incluso, pese a la vulgaridad del nombre, unas tortas de anís a las que conocían como *victorias*. Antonia copiaba la receta con letra primorosa, por partida doble, porque Esteban siempre quería conservar un recetario de reserva, y luego, con el gozo de un nacimiento, tachaba de sus cuadernos el nombre escogido, una hija menos.

Comenzó vendiendo rosquillas de vino y unos pastelitos con frutas, muy sencillos, en los que aprovechaba las sobras de la masa. En su casa, de soltera, había aprendido a hacer dulces, y cuando se vio que la gente repetía, que pedían pastas para la merienda y bollos para el desayuno, se sentó despacio con Esteban y comenzó a trazar números.

—¿Quién va a querer comprar dulces, cuando no hay dinero para otra cosa?

Esteban entrecerró los ojos.

—Así es la gente. Comprarán los pasteles, aunque no les quede el dinero para lo que realmente importa.

La tahona era grande, y le envidiaban la posición; ocupaba los bajos de una vivienda, y daba a la plaza. En la parte posterior, la puerta de las calles olvidadas, estaba el obrador. Con el tiempo, allí llegarían las furgonetas clandestinas con las que César hacía negocio. En la parte delantera se vendían los panes: roscas, panes altos, bajos, barras, panecillos de salvado, otros preñados, con la roja huella del chorizo delator, y otros más sin sal, para los enfermos del riñón.

En Virto quedaban otras dos panaderías: un horno mísero, que antes de la guerra había empleado a cinco personas, pero al que golpeó la mala suerte, y otra tahona, en la calle Nueva, que pertenecía a una familia relacionada, al menos de lejos, con el alcalde. Esteban, que observaba el negocio a distancia y con ojos críticos, trazaba planes y armaba estrategias.

—Aquí alguien debe hundirse —reflexionaba, a media voz—. Con todos, el barco no puede.

A los de la otra tahona, la de la calle Nueva, no había ni que hablarles. Lo arrojarían de allí a patadas. Pero los otros tal vez le escucharían. Una tarde se puso un traje y contempló con disgusto que le venía pequeño. Caminó hasta el hornillo de pan, dándose tironcitos en las mangas, y llamó en la puerta abierta antes de entrar.

—Vengo a hablar de dinero —dijo, ante el sorprendido patrón—, aunque la hora de la siesta sea mala consejera.

Fuera por el letargo de la siesta o por su endiablada labia, el horno quedó cerrado, y el dueño, con el aprendiz que le quedaba, un muchacho listo llamado César, pasaron a trabajar para la tahona de Esteban.

—Uno de los pasos está dado —le dijo a su mujer, y a los dos niños que enredaban, metiendo las narices en todo—. Demasiada gente cuece en casa... por el pan no podremos hacer competencia. Vayamos a por los pasteles.

La familia vivía en una casita cercana, con dos mirtos

en la entrada y un porche sombreado. Una casa muy bonita, con su escudo labrado en el frontal y unos arcos caprichosos en el piso alto. Sobre la tahona quedaban unas habitaciones, que arreglaron para que vivieran en ella los obreros. Para casi todos, aquello era de lo más práctico; para la competencia de la calle Nueva, los de Esteban daban muestra de una arrogancia, de un afán de esclavitud que los trabajadores no debían tolerar.

Si algo amaba Antonia en el mundo, aparte de a su marido, era la tahona. Un poco más atrás estaba la niña, y a distancias mínimas, los dos hijos. De habérselo preguntado, lo hubiera negado, y hubiera antepuesto a su familia; pero a menudo, en mitad de la noche, se levantaba y se acercaba a la ventana. Allí estaba la confitería que ella había encontrado como tahona, con su letrero granate y dorado, el gran espejo en la entrada, y dos mesitas diminutas con su mármol y sus patas de bronce. Miraba a su marido, hacia el pasillo donde sus hijos dormían.

—Amor mío... —murmuraba, al aire, en general.

Luego regresaba bajo las mantas.

Aún faltaba para que se cumplieran sus objetivos: quería ganar espacio al obrador y meter en el hueco cinco o seis mesitas. Quería colgar una araña con arabescos complicados, ahora que había logrado convencer a Esteban y cubrir el techo con una moldura con flores y vegetales. Quería comprar manteles de hilo y una cubertería con las iniciales de la familia, y colocar vitrinas por todas partes, para que los bombones envueltos en cajas con flores de papel y churriguerías lucieran como joyas. Y, sobre todas las cosas, quería que una de las princesas, a las que había seguido en las revistas desde niñas, entrara en su confitería, probara uno de los pasteles y la felicitara; a ella. Ya que los demás no lo hacían.

Esteban no era goloso, y probaba los dulces por deferencia hacia su trabajo, o para darle una opinión. Nunca demasiado fiable, todo fuera dicho.

—Demasiado dulce —decía, aunque fuera naranja amarga, o pasteles de hiel.

Miguel prefería también una manzana a las golosinas, y su madre procuraba tentarle, en vano, con trufas y bollitos. Su sospecha, silenciosa y perturbadora, era que si los niños no perdían el seso por los pasteles, algo les absorbería la atención, y el preciado negocio podría terminar en manos ajenas, en las de algún golfillo que apretaba la nariz contra la puerta nueva de la confitería. Encontraba un débil consuelo en que Carlos sí que parecía haber salido a ella; se subía a sus rodillas, y mendigaba continuamente.

—Otra rosquilla, mamá.

Carlos los engañaba. Arrojaba entre las piedras los dulces, desmigados, o los comía cumpliendo con un deber. Pero había observado, desde la impunidad de sus pocos años, que su madre le trataba con más cariño si él la miraba con la boca llena, y empleaba ese recurso sin rubor.

—Otra trufa, mamá.

Cuando Elsita, la rubia y blanca, la golosa sin imposturas, la que caminaba por la casa a pasos breves con las piernas atadas, le quitó la ventaja, se olvidó sin pesares de galletas y confites. Como su padre, Carlos tenía los ojos azules. Como su padre, inspiraba confianza a primera vista, y ocultaba una cobardía profunda, dolorosa, que le quemaba la garganta.

El caballero de la armadura reluciente se embarcaba en discusiones interminables con los monjes de la abadía para conseguir el chocolate en ladrillos, oscuro, amargo, y regresaba cansado y con un mal humor que disimulaba ante la dama del castillo con mirtos. Los niños hacían mohínes ante los postres, y se molían las piernas a patadas bajo la mesa. La nenita, aún muy tierna, sufría cólicos agudos y lloraba continuamente, e incluso la tata y los mozos de la pastelería no la trataban con la consideración que hubiera deseado. La dama, la desventurada dama Antonia, acariciaba las yemas de leche y los huesos de santo, los hacía rodar sobre el mármol para darles forma y se empeñaba en vivir en un cuento de hadas.

No hubo funeral por la niña Elsa: su nombre, una lápida en mitad del olvido, no habitaba en el cementerio. Cuando Antonia murió, dudaron en inscribir los dos nombres: la princesa madura, vestida con su traje de novia y la sonrisa cansada, y la damita desaparecida, arrebatada por un dragón cruel. Pero el padre negó con la cabeza.

—Dejemos estar las cosas —dijo, con la boca seca.

—Puede estar viva en alguna parte —añadió Miguel, cautelosamente—. Nunca puede saberse.

Carlos volvió la cara. Él sabía, desde un principio, que no se añadiría el nombre en la tumba. Escondía una historia que no había sido contada. Sabía, también, que el fantasma de la niña revoloteaba cerca de la superficie, entre las lagartijas y las hormigas, y las raíces de la retama, apenas cubierta por una capa de arena. Y que un viento enfurecido podría desenterrarla y traerla de vuelta entre ellos. Sólo un momento, un viento, y estaría de nuevo entre ellos. Y pensar en ello, en la fragilidad de la muerte y del descanso de los muertos, le aterrorizaba. Eso, y no otra cosa, era el miedo.

4

Para la niña Elsa, en cambio, el miedo era rojo y palpitante, el miedo de la fiebre y la enfermedad, y se encontraba en muy pocas cosas. En la lepra, quizá, o en la peste. No le daban miedo los muertos. Ni los sapos, ni las ratas, ni las salamanquesas que de vez en cuando se encontraban entre las piedras húmedas. Ni la oscuridad ni las alturas la hacían llorar. Tampoco encontraba nada repulsivo en las babosas y los limacos que sus hermanos se empeñaban en pisotear.

—¡Dejadlo! —lloraba—. ¡Dejadlo!

Pero ellos no le hacían caso, de modo que si Elsita se encontraba uno cruzando el camino, cogía un palito y lo empujaba persuasivamente hasta la cuneta con hierba. Una vez observó un limaco negro que avanzaba con toda tranquilidad sobre la vía del tren; con el sol, la vía brillaba entre las flores amarillas, y el bicho pareció por unos instantes casi hermoso. Movía la delicada cabeza mientras tanteaba el terreno sobre el metal recalentado.

Ella no tenía prohibido acercarse a las vías, porque a sus padres ni se les hubiera ocurrido que jugara por allí. Pese a que se mostraba obediente y buenecita, era incapaz de parar quieta un solo instante, y se escapaba de su madre y de la tata no bien volvían la cabeza. Cuando no estaba en casa, o en la plaza frente a la pastelería, bien a la vista, sus hermanos eran los encargados de cuidarla; una semana Miguel, otra Carlos. Elsita se sentía un poco humillada con aquellos chaperones.

—Pero si no quieren jugar conmigo —se quejaba.

Antonia no se dejaba conmover.

—Ya encontraréis algo a lo que jugar juntos.

Acababa de cumplir nueve años, y ya sabía cuidarse sola. Y habría cosas que sus hermanos, los chicos, jamás comprenderían.

Por ejemplo, que no había nada más femenino que atarse las piernas.

Antonia llevaba siempre a la niña muy arreglada, con unos vestidos festoneados y plisados y lazos a juego. Para los domingos le habían comprado unos zapatos de charol con una flor que parecía un repollo y una pamela de paja con dos cerezas en la cinta. Cuando los vestidos comenzaban a quedarle pequeños, les bajaba el dobladillo, les añadía un par de alforzas en los costados y le permitían que los usara a diario. Si encontraban tiempo por las mañanas, le marcaban tirabuzones con las tenacillas, en lugar de las dos trenzas.

Destacaba entre las otras de una manera casi impúdica, y aunque era simpática y sociable, sólo había logrado trabar amistad con Leonor, la niña del maestro. Salvo Patria, todas las otras la miraban sin envidia ni mala idea, pero como se mira a una santa en la iglesia, a alguien escasamente humano. Y ella se sentía cohibida porque las demás niñas se traían pan con tocino a la escuela, y a ella le daban mostachones y buñuelos. Su vestido favorito tenía unos pajaritos bordados en rojo en el cuerpo y el cuello.

Esteban no le veía el sentido a todo aquello.

—Vais a echar a perder a la niña con vuestros mimos. Anda, anda... ¿Es que no puede ir como las demás? ¿Tiene que llamar siempre la atención?

Pero la madre y la tata le hacían más bien poco caso.

—Va así porque podemos. Si los otros también pudieran, ibas tú a ver cómo miraban de humillarnos y de echarnos por la cara lo que tienen.

Le habían comprado una medalla de oro, y un collar de plástico rosa y verde, con pendientes, anillo, ajorcas y hasta una peineta a juego, para que jugara a ser gitana. Y le habían prometido que si llegaba al bachillerato le regalarían un reloj de verdad, un reloj dorado de señorita. De modo que Elsa soñaba con su reloj, y en cuanto se descuidaban, en la escuela, se pintaba con tinta azul la esfera con los dos bracitos, y una correa temblorosa en la muñeca. En él el tiempo no avanzaba, pero no importaba, porque Elsita aún no sabía leer la hora.

Había nacido después de dos partos malogrados de Antonia, y aún quedaba otro por llegar, cuando Elsita no había cumplido el año; en esa ocasión la madre estuvo a punto de morir desangrada, y el médico aconsejó tajantemente que no tuvieran más hijos.

—Tenéis tres niños sanos. Otras familias no tienen tanta suerte. ¿O queréis que se queden sin madre, a esta edad?

Se resignaron. La niña era espabilada y muy bonita, y tan cariñosa que, después de los dos chicos hoscos y encerrados en su propio mundo, parecía un regalo por alguna cosa que hubieran hecho bien. En las noches en las que les costaba dormirse, en las que Esteban y Antonia permanecían tendidos, muy quietos, sin rozarse, los proyectos para los hijos tomaban forma.

Miguel aprendía rápido. El maestro hablaba maravillas de él, y si todo salía bien, lo mandarían a Duino para que estudiara. Médico.

—Médico... Si yo viviera para verlo...

En la rama familiar de Antonia hubo varios médicos con algún renombre, que murieron o se dispersaron en la guerra. Carlos era de otra manera: belicoso, hostil, aunque deferente con los mayores. Para él destinaban el negocio. En cuanto fuera un poco mayor, tal vez cuando Miguel se encontrara ya en la ciudad, le irían introduciendo en los misterios del pan y el azúcar.

—Mientras le quede la pastelería, siempre tendrá algo a qué agarrarse...

La pequeña... la pequeña podría hacer lo que le viniera en gana. Le sobraba ingenio. Esteban pensaba que sería una buena maestra. Un hijo médico y la otra maestra. ¿Qué más podían desear?

—Si yo llegara a verlo... —suspiraba Antonia.

Y Esteban asentía.

—Sí...

—¿Y por qué no va a poder ser así?

—Sí, mujer. Será lo que tiene que ser.

La habitación de Elsita quedaba enfrente del pasillo, y la de los chicos, junto a la de los padres. Miguel se dormía en seguida, sin cargos de conciencia ni nada que perturbara su descanso. Carlos daba vueltas en la cama y a veces se levantaba y pegaba la oreja a la pared contigua; conocía, de las noches en las que el sueño tardaba, los planes de sus padres, los avances de la pastelería, los momentos de ternura. Regresaba al lecho tiritando.

Por el día observaba a los empleados de la pastelería, a César sudando ante el horno con las manos llenas de quemaduras. Se preguntaba qué mal había hecho él para que le condenaran a una vida allí, amasando panes y soportando las llamas del fuego, mientras sus hermanos, el señor médico, la señorita maestra, marcharían a la ciudad y regresarían ricos, respetados.

Como no dormía bien, a veces le vencía el sueño en la escuela, y el maestro le dejaba dormir sobre el pupitre. Ya habían decidido que no era un niño listo, que no valía para estudiar. Leer, escribir, las cuatro reglas, poco más, como la mayoría de los del pueblo. Suerte que tenía la pastelería como soporte. Suerte que sus padres velaban por él.

Al principio, cuando Elsita comenzó a ir a la escuela, la tata le tomaba las lecciones; luego, cuando se hizo amiga de Leonor, la del maestro, no hizo falta. La propia maestra se encargaba de ello. Por las tardes leía historias a su hija y a Elsita, y se aseguraba de que las dos tomaran la delantera al resto de las niñas. Se dolía de que Leonor tuviera la memoria tan flaca.

—Es aplicada, ya lo sé, es muy obediente... Pero ¿de qué sirve que quiera hacer las cosas si luego no se acuerda de hacerlas?

Ellos eran gente de posibles. El maestro, antes de serlo, había estudiado en el seminario, pero se arrepintió antes de cantar misa. Durante la guerra sirvió de enfermero en el hospital militar, en Duino, y muchas veces, el médico, el mismo que luego rondaría a la tata, le consultaba casos dudosos; esa deferencia ufanaba mucho al maestro, que tenía sus pequeñas vanidades ocultas.

—La guerra —concluía, mientras se tomaba algo con los amigos—, la guerra tiene muchas cosas malas. Pero tiene también su parte buena. A ver si no dónde hubiera aprendido yo todo lo que sé.

Había terminado en Virto porque le detectaron un pulmón un poco picado, algo que, sin cuidados, podría terminar en tuberculosis. Aire libre, sol, buena comida. Su mujer, que enseñaba francés en un colegio de señoritas, sintió miedo de quedarse sola, y vendieron a toda prisa lo que tenían para escaparse al sol.

El hombre sabía que tenía prohibido fumar, pero se le escapaban unas miradas tan elocuentes ante un cigarro de picadura que los fumadores sanos carraspeaban y terminaban por apagarlo. Por un buen puro hubiera vendido hasta a su hija. Pero se sobreponía; la salud era la salud. A sus pupilos les hablaba de la importancia de la higiene, de lavarse las manos hasta la exageración, de la gimnasia. Era un fanático del alcohol y la desinfección.

—Durante la guerra —decía, ante los niños calladitos y asustados— más de uno salvó una pierna, o un brazo, gracias al alcohol.

También les hablaba de las vacunas, de los microbios malignos o bondadosos que libraban batallas dentro de su cuerpo.

—Las vacunas han terminado con enfermedades que eran el azote de la humanidad. La peste, la lepra, la rabia, la viruela. De haber vivido en otra época, ni la mitad de nosotros estaríamos ahora aquí.

Era tan elocuente, que despertó en Elsita un miedo atroz a la lepra y a la viruela. Cada vez que se acatarraba, lloriqueaba y se quedaba en cama, bien abrigada bajo tres mantas, convencida de que se iba a morir.

Además, el maestro se preciaba de que sus alumnos destacaban siempre en Historia Sagrada. Al contrario que otros en su misma situación, recordaba con agrado los años pasados en el seminario, y sabía contar a los niños las historias de la Biblia como si fueran ocurrencias graciosas. Los judíos del Nuevo Testamento tenían enormes narices y barbas de cabra, y andaban siempre tramando maldades y frotándose las manos. Los del Antiguo Testamento, en cambio, poseían actitudes dignas, cientos de hijos, cabras y camellos, y eran otra cosa.

En su casa guardaba muchos libros, y le regaló a Elsita una enciclopedia escolar que él ya no utilizaba. Allí se enseñaban matemáticas y geometría, lengua, botánica, geografía, todo lo que un bachiller debía conocer. Incluía láminas de colores, y unos dibujos en blanco y negro muy aparentes. La niña de Esteban se enamoró de la Historia Universal. Allí aparecía la malvada Cleopatra, con su serpiente y todo, griegos y romanos vestidos con faldas, como las mujeres, y caballeros medievales que mataban a dragones en cuanto una doncella se encontrara en peligro.

Allí leyó que las grandes princesas de sangre real de los tiempos legendarios recibían como regalo de nacimiento una cadenita de oro que usaban cuando comenzaban a caminar. Al llegar a los nueve o diez años, la cadena no se ensanchaba más. Así las jóvenes se acostumbraban a caminar con elegancia y mesura, y mientras permanecieran solteras, no se libraban de la cadenita que, además, era garantía de que preservaban su pureza.

Elsita pasó por alto la mención a la pureza, que no entendió del todo, pero se entusiasmó con la idea de la cadena. Al fin y al cabo, era hija de Antonia, y si no se dedicaba a leer novelas sentimentales era porque no las había encontrado a mano.

—*¡Llevo nueve años de retraso!* —pensó, desalentada—. *Debo remediarlo inmediatamente.*

Probó con la cadena de la medalla, pero no era suficientemente larga, y si la rompía, su madre la mataría. Los hilos se rasgaban fácilmente, y las cuerdas acababan por hacerle daño en los tobillos.

Al fin encontró un cordelito embreado que había venido con uno de los paquetes que enviaban los tíos de Duino. Lo cogió con entusiasmo, y se lo ató. Cuando su madre la vio quiso quitárselo, pero se agarró un berrinche tal que la dejaron tranquila.

—No es propio de ella ponerse así —dijo Antonia, preocupada.

La tata le restó importancia.

—Todos los niños tienen sus rarezas. Demasiado normal es ésta. Ya se le pasará. Además, dice que lo leyó en la enciclopedia del maestro.

Antonia sonreía, orgullosa.

—Lo que no lea esta niña...

Aquella enciclopedia reconcilió a Elsita con el maestro y le hizo olvidar que él fue el primero que les había hablado de la peste; en las páginas que dedicaba a la Edad Media, describía los horrores de las plagas con tanto detalle, que tenía pesadillas con ellas, y su madre, o su hermano el mayor, el futuro médico, debían acudir a consolarla.

—No te preocupes —le decía la madre entre besos—. Ya no hay peste, ni lepra. Era un castigo que Dios enviaba a los herejes, a los malos cristianos. De eso hace ya mucho tiempo.

Y, según Antonia, los castigos de Dios habían terminado.

A los niños, en cambio, Antonia les dedicaba menos atención y los vestía de igual modo. Pantalones cortos, color mostaza, una chaqueta de lana azul marino, primorosamente tejida por la tata, una camisa blanca. Para los domingos, la chaqueta era granate. Con la ropa idéntica, Carlos parecía menor y más rollizo. Llevaba casi siempre la peor parte en las peleas, y el pantalón mostraba las rodillas desolladas y unos moratones impresionantes.

Sin embargo, Miguel raramente iniciaba una riña; mucho más pacífico, confiado en su estatura y en su fuerza, se limitaba a defenderse de los ataques ciegos de su hermano.

—¿Es que no podéis jugar sin pelearos?

—¡Ha sido él! —gritaban los dos.

Sus tíos, los de Duino, les habían regalado una bolsa llena de canicas; no las brillantes bolitas metálicas que recordaba Esteban de su infancia, sino unas perlas de vidrio, con láminas de colores dentro, que los chavales contaban una y otra vez, y miraban al trasluz. Habían adjudicado un precio a cada una.

—Ésta, dos.

—Esta otra, cuatro.

Miguel peritaba las bolitas de vidrio con ojo experto.

—No, no creo que nadie te dé cuatro por ella. Tres, como mucho.

—Voy a pedir cuatro —insistía Carlos.

El hermano mayor se encogía de hombros.

—Tú sabrás.

Algunas tardes se juntaban con los otros niños a organizar una subasta en la plaza frente a la pastelería: sus canicas por las bolas metálicas de los demás. Los chicos, acostumbrados a acompañar a sus padres a los mercados de ganado, regateaban duramente, y adoptaban los mismos gestos de los adultos: las piernas separadas, la cabeza ladeada en una mirada astuta.

—Por ésta me daban tres.

—¿Quién te las ha ofrecido?

—Manuel.

Y el aprendiz de comerciante marchaba donde Manuel a iniciar otra negociación... Tal vez si los dos se aliaban...

Los niños de Esteban nunca cedían al trato. Sabían muy bien que su poder radicaba en poseer las canicas nuevas. Tampoco los otros niños se hacían ilusiones, pero por un rato podían sopesar las preciadas bolitas, sorprendentemente ligeras.

—Si yo tuviera las canicas de Miguel —solían decir—, ibais a saber vosotros lo que era jugar.

Porque tal vez como consuelo para los demás, los dos hermanos tenían fama de no ser demasiado diestros con las canicas. ¿Qué más pruebas se querían de que el mundo era injusto?

Ajenas a los avatares caniqueros, las niñas tomaban el banco bajo los árboles, el que quedaba más a la sombra, y se ocupaban en sus juegos. Marcaban una rayuela en las losas y saltaban del cielo al infierno. Como ninguna de ellas tenía una muñeca, escogían a la niña más pequeñita para cuidar y jugar a las mamás.

—Siempre me toca ser el padre —se quejaba una de las chicas, la más alta, pero permanecía inmóvil mientras le colocaban un bigote hecho con pelo de caballo.

Algunas veces, cuando había suerte y la mayor parte de los niños debían ayudar en el campo, quedaba un niño solitario que accedía a jugar con las chicas y a ser el padre. Niños y niñas guardaban en absoluto secreto esa concesión. Los que poseen tesoros aprenden pronto a ser discretos. Carlos se ufanaba al pensar que era mejor padre que su hermano, a quien las chicas, por verlo demasiado mayor, no se atrevían a pedirle nada. Si no se encontraban con ánimos para los papás y las mamás, jugaban al pañuelito, o a brincar a la comba.

Elsita las miraba a distancia, mientras jugaba en otra esquina al sol con Leonor. Las dos niñas sudaban y se acercaban continuamente a beber a la fuente, pero las órdenes eran que debían jugar allí para que a Leonor le diera el sol, y obedecían heroicamente. La mayor parte de las veces, Elsita se aburría. Leonor era lenta para aprender reglas, y no tenía imaginación, de modo que a ella le tocaba siempre todo el esfuerzo.

—Vamos a inventar un juego nuevo.

Y Leonor la miraba interesada, con su mejor intención, pero no iba más allá de obedecer lo que Elsita proponía. Otras veces, cuando la maestra creía que hacía frío, o mucho calor, o que Leonor debía saberse mejor la lección, Elsita tenía que jugar sola. Echaba de menos a la niña del maestro, que era buena amiga en el fondo. Durante el invierno no había mucho problema, porque podía leer su enciclopedia, o jugar en casa con sus hermanos, y si no, estaban los amigos invisibles, pero con el buen tiempo esos consuelos se acababan.

Miguel y Carlos continuaban cuidándola, pero como

se consideraban ya mayores para jugar con una nena, se limitaban a echarle una ojeada de vez en cuando y a que no se alejara mucho de ellos; el sol invitaba a abandonar los libros, y Elsita salía a la plaza a probar suerte. Si se lo pedía con educación, con buenos modales, como decía su madre, tal vez Patria le permitiera entrar en el juego de la comba.

Patria, una de las niñas mayores, tenía la boca torcida y las manos grandes. No había visto en su vida todo junto el dinero que le daban a Elsita para que lo metiera en su hucha. En la escuela se sentaba en las últimas filas, porque era alta, y aprendía muy poco, de modo que contaba a quien quisiera oírla que al año siguiente se iba a colocar de criada en Duino.

—Criada... —murmuraban las niñas, admiradas.

A todas les parecía algo muy distinguido.

Detestaba a Elsita tanto como adoraba a Miguel. Con él se mostraba discreta y sonriente, muy pronta a darle la razón.

—Hola, Miguel...

—Adiós, Patria.

—¿Adónde vas?

—Al río, a pescar.

—¿Con este calor?

—Es que me están esperando.

—Ah... —decía ella, y hacía un esfuerzo por sonreír.

Miguel, que cuando hacía calor aún echaba mano de los pantalones cortos, le devolvía la sonrisa, pero ni siquiera se había dado cuenta de que existía. Pese a que albergaba la convicción férrea de que algún día Miguel y ella se casarían, Patria se llevaba sus chascos y sus malos ratos. No era mala chica; jamás dejaba sola a su madre cuando el padre, un borracho, regresaba bebido. Si tocaban palos, apretaba los dientes y callaba. Ella sabía que no se marcharía de criada a menos que pudiera llevarse también a su madre y a sus hermanos.

—¡Cerdo! —le gritaba, y por dentro pensaba en palabras mucho más horribles que no se atrevía a decir—. ¡Marrullero! ¡No la toques! ¡No la toques! ¿Quién te cuidará cuando seas viejo? ¿Eh? ¿Quién te va a cuidar, si nadie te quiere?

Cuando Elsita, con su vestido bordado con pájaros rojos, pasaba ante ella, la contemplaba como a un ser de otro planeta, entrecerraba los párpados y se burlaba de ella.

—¿Puedo jugar? —preguntaba Elsita, después de reunir el valor suficiente.

Una de las niñas que agitaba la comba se encogía de hombros.

—Pregúntale a Carmen. La cuerda es suya.

Elsita comenzaba el peregrinaje.

—Pregúntale a Patria —terminaba por ser la respuesta.

Patria sonreía.

—No.

—¿Por qué no? —preguntaba ella, que nunca se acostumbraba al rechazo.

—Porque ya somos muchas.

Cuando Elsita, cabizbaja, se alejaba del grupo, Patria murmuraba maldades.

—Hala, hala, a presumir por ahí. La muy boba.

Antonia, alborotada, siempre con algo pendiente y urgente, prestaba poca atención a las penas de la niña.

—¿Quién no te deja jugar?

—Patria.

—Bueno, pues pídeselo otra vez con educación y de buenos modos.

Ella movía la cabeza. Antonia, que manejaba la manga pastelera a toda velocidad, ni siquiera la miraba.

—Entonces vete a jugar con Miguel y Carlos.

—No me dejan. Están con los chicos.

—Hija, no sé. Entreténte un ratito sola, y luego, cuando saquemos las pastas del horno, me ayudas a envolverlas —recordaba de pronto—. A lo mejor César está libre y puede jugar contigo.

A veces César no tenía nada que hacer y jugaba al escondite con Elsita, o le enseñaba cómo hacer bailar una moneda sobre el suelo durante mucho tiempo. Otras, César andaba atareado, avivando el fuego de los hornos, y la niña Elsa se quedaba sola. Se sentaba a leer, se ataba las piernas o, sencillamente, pensaba que el día se había enfurruñado.

Menos mal que tenía a los amigos invisibles.

Aunque era Antonia la que dedicaba la mayor parte de su tiempo a la pastelería, nadie prestaba mucha atención a sus gritos ni a sus súplicas. Quien mandaba en la pastelería, quien era obedecido ciegamente, era su marido. Y quien gobernaba la casa era la tata. Sin embargo, tanto Esteban como la tata mantenían un secreto pacto, una alianza para que Antonia nunca lo supiera. Para sus adentros, Esteban temblaba al imaginarse a su mujer al frente del negocio. Poseía tanto sentido común como una oveja.

El reino de Antonia, el lugar donde nadie se hubiera atrevido ni siquiera a sugerir nada, era el obrador. Allí ensayaba y probaba las recetas de un libro de repostería europea que le habían regalado los cuñados de Duino. Por desgracia, lo habían escrito en francés e inglés, y Antonia no tenía ni idea de ninguno de los dos idiomas, de modo que le pidió a la maestra que hiciera el favor de traducírselo.

Puso en un compromiso a la maestra, que se defendía con el francés, o al menos llegaba al nivel exigido en un colegio de niñas, pero no entendía apenas palabra de inglés. Como no estaba dispuesta a reconocerlo, hizo lo que pudo, que no fue suficiente para convertir a Antonia en una experta en dulces europeos. Se familiarizó con las crêpes y los bavarois, pero los marrons glacés dejaron durante años pucheros con trocitos de castaña desperdigados e hilos de caramelo difíciles de quitar.

Como no le quedó otro remedio, se inventó lo que era el plum-cake. Le añadió zanahoria por su cuenta, pero salvo ese detalle, se acercaba bastante al original. Los dibujitos del recetario también eran una ayuda. Antonia miraba las palabras del recetario europeo como si fuera chino, y su opinión sobre la maestra subió muchísimo después de la rudimentaria traducción.

Si Carlos o Elsita se sentaban en la encimera para observarla, les pedía su opinión.

—Anda, abre la boca y prueba esto.

También a ellos les daba los moldes sin limpiar.

—¿Quieres limpiarlo?

Elsita aprovechaba los restos del molde con el dedo, merengue, o mantequilla batida, o la masa de algún bizcocho, y luego lo llevaba al fregadero. También ayudaba a rallar el chocolate, o adornaba con flores de papel y galleta las tartas.

—Muy bonito —decía Antonia, que colocaba la tarta en una de las vitrinas. Luego daba un paso atrás y observaba la obra—. ¿Qué iba a hacer yo sin mi niña?

En una alacena con puerta de madera, para que la claridad no estropeara los tesoros que se guardaban dentro, Antonia reservaba las delicadezas que se usaban con poca asiduidad: Elsita se distraía ordenando los frasquitos de cristal amarillento y unas vasijas de porcelana blanca con flores azules y tapaderas muy graciosas. Pasaba el dedo por la superficie y leía los nombres escritos.

—Adormidera, eufrasia, corteza de sauce, arrayán...

Antonia las había conseguido en la botica. El coco rayado iba a la vasija de eufrasia.

También en un armario oscuro guardaba las mermeladas de mora y las frutas blandas y de temporada, que conservaban en almíbar, porque la temporada era corta. Como había que aprovecharla todo lo que se pudiera, porque los habitantes de Virto eran muy aficionados a las moras y a las fresas, Antonia reclutaba a toda la chiquillería, les daba unos cubos y los mandaba a buscar entre las zarzas. Como recompensa, recibían un pastelito cada uno, y quien le trajera mayor cantidad en el cubo, una *sabina* de dos céntimos.

Era el regalo más apreciado. Los pasteles se fundían en seguida en las bocas ansiosas, pero el caramelo blanco y rojo perduraba toda la tarde. Los afortunados enseñaban a los demás sus lenguas teñidas de rosa; durante esos meses se extendía un auténtico contrabando de moras.

En cestas, a media altura, conservaban las pasas, los dátiles y los orejones. Antonia no sentía mucha afición por ellos, y a veces fermentaban y se echaban a perder. Elsita olfateaba de vez en cuando las cestas.

—Mamá...

—No me digas que...

Elsita asentía con la cabeza, compungida.

—Bueno, no pasa nada —decía su madre, torciendo la nariz ante el olor avinagrado de los dátiles—. Se los daremos a César, para que los eche a las gallinas. Así papá no sabrá nada.

Y la niña, que iba conociendo la importancia de que papá no supiera nada en determinados casos, callaba, y se prometía ser más vigilante. Menudos eran los amigos invisibles, que no la ponían en alerta sobre esas cosas.

Pero la parte secreta de la pastelería no terminaba allí; también cocían membrillo, vendían aceitunas en salmuera y, a temporadas, conseguían un queso de cabra muy apreciado que Esteban compraba a un pastor. Almacenaban varios sacos con nueces y almendras, tabletas de chocolate que parecían ladrillos, trabajo de monjes, y café en paquetitos que se cuidaban mucho. Había también miel de romero y unas cuantas botellas de aguardientes y vinos dulces que Antonia mimaba como a criaturas. Ajenjo, licores con endrinas de espino negro y palos de canela.

El café se vendía; el chocolate, si el cliente se encontraba en mucho apuro y había confianza, también. Con los frutos secos, Antonia era sorda a las protestas: algunas tardes se reunía toda la familia en la cocina y cascaban las nueces; los niños las separaban de las cáscaras, y las iban guardando, una a una, en un bote, como si arrojaran monedas a la hucha. Las nueces no. Eran como una familia.

Las botellas tampoco estaban a la venta. Las reservaban para regalos de mucho compromiso.

Uno de los amigos invisibles más cariñosos de la niña Elsa vivía allí, en los rincones del chocolate y los frutos secos. Se llamaba Manzanito porque, antes o después, aparecía en todas las manzanas asadas. A Elsita le bastaba asomarse sobre el plato y mirarlo fijamente. Al cabo de un momento distinguía entre la piel arrugada la cara del amigo invisible. Entonces sonreía.

—¿Qué haces, jugando con la comida? Anda, come de una vez.

Manzanito le hacía mucha compañía. Estaba también Toby, que charlaba con ella cuando tenía que quedarse al sol con la hija del maestro. Toby, era evidente, se parecía a un perro, y la obedecía siempre, no como la mayoría de los perros del pueblo, que la miraban como si no la comprendieran.

Elsita había intentado en vano interesar a Leonor en el juego de Toby. Leonor abría mucho los ojos y procuraba entender de lo que le hablaba, pero no se podía contar con ella. Toby se tendía a sus pies, junto al banco, como un buen perro invisible, y de vez en cuando Elsita le guardaba huesos invisibles para que los enterrara.

Había también otro amigo invisible, pero se negaba a revelar su nombre. Vivía en casa, en el horno, aunque estuviera encendido, y era un hombre bajito y malhumorado con barba. A veces se sentaba en el rincón de la leña. Elsita le tenía un poco de miedo, y procuraba no molestarle. Hubiera preferido encontrarse con otro tipo de amigo invisible pero así eran las cosas. No eran muchos, sólo tres, pero que Elsita supiera, era la única niña del pueblo que los tenía. Debía de ser algo parecido a la medalla de oro, o a la promesa del reloj del bachillerato. Ella no decidía sobre aquellos asuntos, ni sabía quién ordenaba a un amigo invisible ser amable o arisco. Había que aceptarlos, como a sus hermanos, o como a la compañera de mesa que le asignaran en el colegio. Además, era mejor que el amigo del horno no se enterara de su antipatía.

5

De vez en cuando, Esteban cogía el tren y se marchaba a Duino. Allí conocía varias tiendas de ultramarinos, y uno de los mayores placeres de su existencia era regatear con los dueños. Por cualquier cosa, por herramientas que no pensaba comprar, por el mero placer de convencer al adversario. Avisaba a su mujer con dos días de adelanto.

—Si quieres que te traiga algo, vete pensándolo.

Antonia suspiraba, porque ese *algo* se refería a utensilios para la pastelería o a compras menudas. Si le pedía que le mirara unas medias, o un simple paquetito de horquillas, encontraba mil excusas.

—Yo de es‹ no entiendo, ya lo sabes. Uno de estos días vamos los dos, y compramos lo que quieras.

—No puedo dejar la pastelería sola.

—Mujer, porque César se encargue de ella por un par de días no va a pasar nada.

—No me fío. Además, no me digas que te costaría tanto comprarme unas medias.

—Que no, que no. Que yo de eso no entiendo.

Le había bastado para hartarse la temporada en la que se manejaba a sus anchas con los estraperlistas y regalaba lindas chucherías a Silvia Kodama. No quería caer en lo mismo. Inflexible, preparaba lo que necesitaba para el viaje y se despedía. Ya en el tren, leía la lista que Antonia le había metido en el bolsillo.

Batidor de alambre
Cuchillo que NO tenga filo de hierro
Pesajarabes
Guantes de caucho GRUESOS
Nitrato amónico
Goma arábiga
Laca para el pelo

Incluso le había metido un botecito con spray para la laca.

—*Qué le hará esta mujer a los pesajarabes* —pensaba—. *Es el tercero en lo que va de año.*

Sonreía y se recostaba contra el respaldo. A veces descabezaba un sueñecito, que se interrumpía de estación en estación, y que le dejaba fresco y despejado al final del viaje. No mentía a su mujer: iba a Duino a comprar y a pagar, y a cumplir como buen vecino con todos los recados que el resto de los de Virto le encargaban. Dormía en casa de sus cuñados, y mantenía unas sobremesas interminables con ellos.

—Deberíais veniros una temporada al pueblo.

—Sí... a ver si para el otoño echamos allí unos días.

—No lo vais a reconocer. Han cambiado tantas cosas...

La cuñada se afanaba en atenderle bien, y le servía siempre más comida de la que él era capaz de terminar.

—Qué barbaridad, mujer. ¿Me ves cara de hambre? Regresaba con unos juguetes para los niños y todos los encargos cumplidos. En la maleta, una maleta de viajante, llevaba el frasquito con laca, envuelto en dos pañuelos, para que no le manchara nada. Traía también una amargura enterrada entre los recados, doblada apaciblemente con la ropa limpia, tan oculta que todos le comentaban lo bien que le sentaba visitar la ciudad. Y él callaba, asentía, sonreía y escondía aún más su pena.

Tampoco en aquella ocasión la compañía de Silvia Kodama había actuado en Duino.

No es que él la buscara. En los primeros años de su matrimonio, odiaba a Silvia Kodama con toda la fuerza de la que era capaz. Se sentía nervioso, se entristecía por cualquier cosa. Despertaba en mitad de la noche angustiado. Antonia lo notaba, y lo comentaba con la tata.

—¿Qué le pasaría en la guerra?

—Es mejor que no queramos saberlo.

Su mujer suspiraba.

—Lo que habrán tenido que presenciar estos hombres...

Y se esforzaba por mostrarse solícita y cariñosa. Mimaba a Esteban, y aunque él lo demostraba poco, se lo agradecía. Antonia cocinaba siempre algo especial para él, porque era quisquilloso con la comida, y cuidaba de sus ropas como si fueran seres vivos. Incluso durante el embarazo de Carlos, en que caminaba a rastras por toda la casa, con las piernas hinchadas y el mareo constante, se desvelaba porque todo estuviera al gusto de Esteban. Pero en aquella ocasión Esteban la miraba poco, y no se lo agradecía en absoluto.

Cuando Antonia murió y, unos días después del entierro, los hijos también se fueron, Esteban se sentó en su sillón, en el piso de Duino, y pensó en ella. Salvo la pastelería, no había poseído nada propio; ni siquiera una opinión. Era él quien se las dictaba. Hubiera debido hacerle más caso, haberse preocupado, al menos mínimamente, por lo que ella deseaba. Le pesaban las medias que no le había comprado, las horquillas que ella echó de menos y que él se había negado a buscar en las tiendas.

Sintió que su entereza flaqueaba y se repuso. Al fin y al cabo, Antonia había sido feliz con aquella vida sumisa, y una esposa así, sumisa pero feliz, era lo que él había deseado. Después de abandonar a Silvia y a Rosa Kodama, se había jurado que jamás tendría nada con una mujer que supiera lo que quisiera.

—*Le conseguí la pastelería* —pensaba—, *le di los caprichos que quería. Logré que nos viniéramos a Duino, como ella deseó. Yo le quité esas ínfulas de niña y la convertí en una mujer honrada y trabajadora.*

Continuaba sentado en el sillón, paralizado.

—*Entonces, ¿qué es lo que me pasa?*

Muchas mujeres no tuvieron tanta suerte. Recién casadas, o a punto de estarlo, la guerra les cortó de cuajo las esperanzas. Las que sobrevivieron desarrollaron una piel dura como un cuerno. Como Rosa Kodama, regentaron un negocio sin escrúpulos ni dudas, o tiraron de sus hijos trabajando en lo que pudieron. Otras no resistieron la prueba: caminaban por las calles, enloquecidas, o marchaban a trabajar a otras ciudades, y a veces no regresaban ni se volvía a saber nada de ellas. Los niños quedaban al cuidado de los abuelos. Crecían flacos, con los ojos enormes y siempre hambrientos de atención, de cariño.

Eso era lo normal: que desaparecieran los padres en la guerra, que desaparecieran las madres, incapaces de soportar la presión. Los niños no desaparecían. Todo lo más, se largaban durante una tarde, en mitad de una travesura, y regresaban al anochecer, con hambre, sucios, un poco avergonzados. No se desvanecían en la nada y dejaban atrás padres, hermanos, una tata, amigos invisibles que ya no tenían razón de existir. Eso no se hacía. No eran ésas las leyes.

Y Elsita no solía saltarse las leyes.

Eso quedaba para Carlos y Miguel.

Nos les quedaba otro remedio si pretendían seguir siendo los dueños del pueblo. Ellos eran sólo dos. Algunos de los niños de Virto tenían siete hermanos, y muy pocos escrúpulos a la hora de tirar una piedra. De modo que si era necesario faltar a la escuela, o actuar como un muchacho responsable y recto y revelar el nombre de quién había roto un cristal o de quién había soltado la vaca en el sembrado, se hacía sin más problemas. Los adultos los trataban con consideración, y los niños, a regañadientes, soportaban sus manejos. Carlos se llevaba la peor parte, porque con Miguel ni siquiera se atrevían a quejarse.

—Eres un cerdo.

—Espera que se lo diga a mi hermano.

—Tu hermano, ¿qué? ¿Me vas a asustar tú con tu hermano?

Pero si Miguel se asomaba por allí, el atrevido callaba. Miguel se acercaba a él con calma y total parsimonia.

—Si me entero de que le tocas un pelo a éste —señalaba a Carlos—, te rompo el cuello.

Miguel leía aventuras de indios y vaqueros, y eso se notaba. Si hubiera estado en su mano, hubiera conseguido un sombrero y se lo hubiera ladeado sobre una ceja. Ante los demás, no había hermanos más unidos.

Mientras jugaban juntos, se vigilaban. A veces torturaban a su hermanita hasta hacerla llorar. Disfrutaban con las matanzas de las babosas, o escondiéndole su enciclopedia. Elsita nunca los delataba. Se limitaba a seguirlos, con las lágrimas temblándole al llegarle a la barbilla.

—¡Dadme el libro! ¿Por qué no me lo dais?

Entonces, sin razón aparente, uno de ellos se volvía contra el otro.

—Déjala. Déjala, ¿no ves que está llorando?

141

—Se pasa el día llorando.

Los dos hermanos se empujaban.

—¿Tú qué quieres? ¿Pelea?

Elsita se metía entre los dos.

—No os peguéis...

Lo postergaban hasta que estuvieran solos; los padres no decían nada siempre que la niña no se hubiera hecho daño. Los moratones y los arañazos de los chicos se curaban con nada, pero no querían ni pensar que a la niña pudiera ocurrirle algo. Por la cuenta que le tenía, Carlos procuraba parecer inocente y cariñoso con ella. Él era quien arrastraba la fama de sentir celos de Elsita.

Una vez, cuando la niña era poco más que un bebé, Esteban lo había sorprendido pellizcándola. Carlos era también muy pequeño, y no recordaba por qué lo había hecho. Su padre le había agarrado por un brazo y le zarandeó.

—Si te vuelvo a pillar... si te vuelvo a pillar...

Lo había llevado ante Antonia y la madre se había quedado con la boca abierta. Luego le dio dos azotes.

—A la pobre niña... debería darte vergüenza... con ella sí que puedes, ¿verdad, canalla?

Carlos lloraba y movía la cabeza. Sus padres le obligaron a besar a la nena, que miraba a todas partes, muy despierta. Aquello ya no lo olvidaron nunca.

—Son buenos chicos —decía Antonia de sus hijos—. Bueno... —añadía luego, y les dedicaba una mirada a los ruborizados niños—. Miguel le tiene un poco de pelusilla a Carlos, y Carlos a Elsita... esas cosas de chiquillos.

No sentían envidia por Elsita. La cosa iba entre ellos.

Durante aquellos años, Esteban veía poco a sus hijos. Cuando Elsita ya no estaba, cuando los mozos crecieron y anunciaron su decisión de marchar a otra ciudad, se sintió repentinamente solo y viejo. Por primera vez en mucho tiempo nadie se alzaba entre Antonia y él, y no había excusas, ni mantequilla que comprar, ni nada que mandar a un hijo. Le invadió una nostalgia insondable, y esperaba con impaciencia las visitas de Carlos y Miguel.

En su vida ya no había proyectos. No había trabajo. Sencillamente, el tiempo de la siembra había pasado, y le quedaba recoger los frutos.

—*Me estoy haciendo viejo* —pensaba. Luego miraba a Antonia—. *Menos mal que la tengo a ella.*

Antonia se ocupaba cada vez de más cosas, de más trabajo. Había envejecido menos, relativamente menos de lo que envejeció después de la desaparición de la niña. Conservaba sus esperanzas, su mundo. A diferencia de su marido, añoraba poco a los hijos. Su niña, la señorita maestra, vivía perdida por esos mundos de Dios en una mansión lujosa, y estaba segura de que algún día la encontrarían de nuevo, crecida y hermosa. Su hijo, el señor médico, no sería ya médico, pero hallaría el modo de enriquecerse. El otro hijo, que no regentaría ya el negocio, seguiría sus pasos. Eran listos, eran jóvenes. ¿Qué importaba? La vida daba con una mano lo que robaba con la otra.

El resto de sus sueños permanecían intactos. De nuevo sola con su marido, su príncipe azul canoso y callado, Antonia sentía la vida por delante. No tenía la impresión de que nada hubiera ocurrido realmente. Cualquier día despertaría y se encontraría que la guerra aún no había comenzado, que ella era joven y soltera, y que todo había sido un mal sueño. Mientras tanto, leía novelas rosa que luego le pasaba a la tata, y vivía como si fueran suyos los noviazgos que sus hijos le contaban por carta.

—Fíjate si llego a tener nietos —le decía a su marido—, la abuela tan joven que seré.

Entonces, recién casado el hijo mayor, Esteban entró en el salón y ella le notó, por la sonrisa insegura, por el temblor con el que andaba, que escondía una mala noticia.

—¿Qué pasa? —preguntó.

Su marido se sentó junto a ella.

—Una desgracia.

Antonia pensó en la pastelería. Sin levantarse, miró por la ventana. El letrero granate y dorado permanecía en su lugar.

—Dime qué es.

Eran dos muertes: su hermano y su cuñada, aprisionados en un autobús que había volcado.

—Sin hijos —se le escapó a Antonia, antes de comprender que era a su hermano a quien no vería ya más, y recordó de pronto unos juguetes menudos, unos solditos por los que habían discutido de niños, y se echó a llorar.

Fue así como, al cabo del tiempo, el piso de Duino y la pensión, con sus problemas y bendiciones, fueron a recaer sobre Antonia. Como ninguno de los dos se veía con fuerzas como para comenzar de nuevo un negocio, dejaron la pensión en manos de una viuda que tenía fama de muy cumplidora, y se quedaron con el piso.

—Vamos para mayores —dijo Esteban, de pronto, un día—. Dime tú qué necesidad tienes de matarte a trabajar en la pastelería. Ya no tenemos que preocuparnos por los hijos. Es mejor que vendamos esto, que marchemos a la ciudad. Con lo que tenemos ahorrado, malo será que no nos llegue para vivir.

Antonia inclinó la cabeza, dócil, como siempre, a las órdenes de su caballero. Se doblegó sin lucha. La muerte de su hermano le había revuelto los recuerdos, y durante el último mes recordó con renovada amargura que ella nunca quiso acabar en Virto, en una pastelería vulgar y extenuante.

—*¿Qué hago yo aquí?* —se preguntaba, cuando freía las *estrellas*, convencida de que nadie sabía hacerlo como ella. Estrellas de huevos, leche, harina y azúcar—. *¿Qué hago yo aquí, como una campesina más, en lugar de recuperar el lugar que me pertenece?*

Todo su amor por el negocio, las horas en vela cosiendo mantelitos para las mesas y buscando una lámpara en condiciones la atacaron de pronto y le provocaron un asco sin límites. Quería marcharse de allí, quería regresar a la ciudad, su ciudad, y no mover un dedo para trabajar jamás.

—Dios castiga sin palo ni piedra. Fíjate cómo los años ponen las cosas en su sitio —decía, ya en camisón, sentada sobre la cama. Esteban, que la oía sin escuchar, asintió por costumbre—. Si ellos hubieran accedido a vivir en Virto, se hubieran hecho cargo sin esfuerzo del negocio, fíjate tú, sin hijos de los que ocuparse, con lo que nos hubiera facilitado la vida continuar en Duino. Vaya uno a saber si ellos no continuarían vivos ahora. Yo sé —añadía, bajando la voz— de una que continuaría viva si eso hubiera sucedido.

Luego se interrumpía de golpe, porque recordaba que ella debía creer que su niña continuaba viva. Viva, en una mansión lejana, con todos los lujos y comodidades. Y junto con las lágrimas por Elsita acudía el remordimiento por hablar así de la cuñada ratonil, insignificante, rencorosa, a quien tan mal había tratado siempre. Y ahora estaba muerta.

—*Me hubiera costado tan poco mostrarme amable con ella* —pensaba—. *¡Qué grave falta es el orgullo!*

Traspasaron la pastelería, pero no vendieron la casa de Virto, porque la tata amenazó con abandonarlos si lo hacían.

—Yo no conozco otra vida. No conozco otro pueblo. Me voy con ustedes si me prometen que podré regresar a Virto cuando quiera y que podré venir aquí, a esta casa. ¿Qué voy a hacer sola en la ciudad, a mis años?

Aún no había cumplido los cincuenta.

Deshacerse de la pastelería tampoco les resultó fácil. En el último momento, Antonia recordó de otra manera, con más aprecio, los malos momentos, y a Esteban le invadió el temor de haber sido muy despreocupado, de haber calculado con demasiada alegría el dinero para el porvenir. Tal vez las rentas no les dieran lo suficiente.

—En fin —resolvió Esteban—. Ahora ya no hay nada que hacer. No vamos a volvernos atrás.

Se marcharon en tren, un día de otoño árido y frío. Desde las montañas el viento barría los matorrales, y las flores que crecían en las vías habían muerto hacía semanas. Llevaban apenas una maleta con la ropa que les quedaba, porque en días anteriores habían trasladado ya a Duino todo lo que habían escogido. No mucho; pensaban continuar utilizando la casa del pueblo, animados por el ejemplo de la tata, y al piso del hermano no le faltaba de nada.

Casi todos los notables del pueblo se acercaron a la estación verde, ya descascarillada, para despedirlos. El alcalde, el nuevo, el que se había casado, lo que eran las cosas, con aquella niña Patria. El maestro, viudo, que se había quedado solo después de la marcha de su hija Leonor, un mes antes. El médico que pretendía a la tata, un poco cohibido entre el resto de la gente, intimidado ante la feroz mirada que ella le había dedicado.

—Los hombres —le dijo ella luego a Antonia, con la voz temblorosa— no conocen las formas, no saben de vergüenza ni de moral.

Aparte de las mujeres, los hombres despidieron a Esteban. Le dieron la mano, le guiaron por el hombro hasta el andén. Bromeando, recordaron deudas pendientes y pasados días.

—¿Y cuando vino el lechero y puso el grito en el cielo, porque el coche...?

—¡No quisiste reconocerlo, pero buen susto que te llevaste!

—Demontre de hombre... con lo pequeño que era y lo mucho que se movía.

Sonreían con tristeza. César, que había abandonado el negocio por un momento, pero sin despojarse del delantal, como nuevo dueño y señor que era, también sonreía, pero sin tanta tristeza. El mandil acentuaba su barriga, y él trataba de meter tripa y de sacar pecho. Las mujeres rodeaban a la tata y a Antonia, que contenía a duras penas las lágrimas.

—Haces bien en irte. Al fin y al cabo, ¿qué no podrías haber hecho tú en otro lugar y con más medios?

Todas estaban convencidas, después de años de escuchar las quejas de Antonia, de que la parte de herencia de la ciudad era mucho mayor, un tesoro fabuloso; creían que Antonia regresaría repartiendo oro.

—Sí —asentía ella, y movía la cabeza.

Subieron al tren, y sacudieron la mano para despedirse de la gente notable. El viento cortaba, y agitaba los mantones y los abrigos. Esteban miraba las cercas confeccionadas con palos, las hierbas resecas que se inclinaban, como si el tiempo no hubiera transcurrido y antes de ayer hubiera terminado la guerra.

—No es más que una casa —dijo a su mujer, que lloraba ya sin disimulo—. Unas cuantas piedras, un techo. Vamos. No dejas aquí ningún muerto.

En el monte, el fantasma de la niña Elsa se había puesto en pie entre las piedras y contemplaba el tren que comenzaba a moverse y se llevaba a sus padres.

—Volveremos siempre que lo desees. Vamos, no llores.

Antonia disfrazaba a sus comadres del andén; eran damas con vestidos de satén y pañuelitos de encaje que venían a despedir a su reina. Y la reina era ella, que marchaba al exilio, quién sabía por cuánto tiempo.

—Vamos —repitió su marido, con más cariño—. Deberíamos haber dejado este lugar hace años.

El tren tomó velocidad, y pronto la estación menuda y verde, la estación con barreras de caramelo, se perdió entre las líneas del paisaje. Los viajeros continuaban inmóviles en sus compartimentos; habían pasado por Virto como por cualquier otro pueblo perdido, sin darse ni siquiera cuenta de que habían estado allí.

Nadie había sabido verlo —ni los padres, ni la tata, ni mucho menos el maestro—, pero Miguel, de niño, era un elegido. Sabía imponerse sin elevar la voz. Sabía callar rumores sólo con su presencia. No hubiera estado más claro si alguien le hubiera colocado una señal en la frente, pero al parecer todos estaban ciegos. Alguien, sin embargo, lo había intuido: Patria, la cabecilla de las niñas. Se casaría con Miguel. Lo había sabido siempre. Aunque eso supusiera soportar durante toda su vida a la pavisosa de Elsita o enfrentarse a Carlos. Con el resto de las niñas presumía un poco y se inventaba pequeñas hazañas.

—¿De verdad que te besó?

—Claro que me besó... ¿Qué pasa? ¿No te lo crees?

La otra niña se amedrentaba.

—Sí. Sí que me lo creo.

—Porque si no te lo crees, ya puedes irte marchando de aquí....

—No, no. Que sí que me lo creo, Patria. Sí que me lo creo.

Miguel, explicaba Patria a las otras, no quería que nadie lo supiera.

—Cuando yo me vaya a la ciudad, a colocarme como criada, él irá también.

—¿Y en qué va a trabajar?

Patria dudaba.

—Ya le saldrá algo.

Miguel corría con el resto de los niños, sin saber que sería médico, ni esposo, ni otra cosa que no fuera el dueño del pueblo. A veces se acercaba corriendo a la pastelería, y se plantaba ante César, acalorado y jadeante, con la mano extendida.

—Dame dinero.

César dudaba un momento y luego rebuscaba alguna moneda. Si Antonia andaba por allí, Miguel no abría la boca. Esperaba hasta encontrar a César solo. Sabía que le manejaba a su antojo, que, por alguna razón, César le tenía miedo. Él no pretendía indagar razones, ni descubrir por qué un mocetón que le doblaba la edad cedía sin resistirse. Cogía el dinero, regresaba corriendo a la plaza y se marchaba a comprar petardos.

En verano, si traían alguna película buena, Antonia y Esteban iban a verla. La proyectaban sobre la pared de la iglesia; era lo más adecuado, porque la mayor parte de las veces trataban sobre mártires arrojados a los leones o sobre caballeros con armadura que salvaban damiselas en peligro. La primera vez que Esteban le anunció que verían la película, Antonia corrió a buscar su cuello de zorros y el broche para engancharlo; pero lo habían guardado entre naftalina, y no había manera de que se le fuera el olor, de modo que Antonia, muy a su pesar, llevó un pañuelo de seda y los guantes blancos.

La mujer del médico y su hermana habían andado más listas y lucían sendos cuellos de piel. Esteban se las señaló y se rió en voz baja.

—¿Has visto algo más pueblerino que esto?

Antonia también rió, con el rostro rígido. A partir de entonces ya no se preocupó por arreglarse en exceso para el cine, y hablaba de ello con sus amigas con aire displicente.

—La sencillez es la base de la elegancia —decía; era una de las frases que más repetían las revistas de moda, las de las fotos retocadas de la reina y las princesas—. Una mujer recargada es una mona adornada.

—La sencillez, claro, la sencillez —decían las mujeres del pueblo, que consideraban que si una había conservado joyas, o si había invertido sus valiosas horas en convencer a sus hombres para que se las regalaran, lo menos que podía hacer era lucirlas.

La única que realmente entendía de lo que Antonia hablaba era la maestra. Ella también defendía ardientemente la sencillez. A la pobre no le llegaba el dinero para otra cosa.

La mujer del médico fue la última en enterarse de la

rechufla que se traían todos con su cuello de pieles. Cuando lo supo, ni siquiera sintió fuerzas para enfurecerse. Tenía en alta consideración a Antonia, que era, al fin y al cabo, una señora de la capital. Cortó el cuello de pieles en pedazos y forró con ellos una zamarra de su marido.

Cuando en el invierno Antonia rescató sus zorros y los vistió, orgullosa, en un entierro, y todos comentaron lo sencilla y elegante que iba siempre la de la pastelería, la del médico no entendió nada. Desde entonces miraba con un poco de rencor la zamarra abrigada del marido.

Antonia copiaba los peinados de las damas y de las cristianas mártires que veía en el cine en un cuaderno parecido a los de las recetas. Ella llevaba el pelo corto, en rizos foscos alrededor de la cabeza, de modo que no podía imitarlas, pero en menos tiempo del que nadie pensara, Elsita haría la primera comunión, comenzaría a conocer chicos, se casaría. Una chica peinada como una dama siempre se encontraría en mejor posición para toparse con un caballero. Era mejor estar prevenida.

Por supuesto, no encontraría ningún caballero en Virto. Antonia se había propuesto que Elsita no intimara en exceso con ningún niño, ni mucho menos con algún joven que pudiera conquistarla en poco tiempo. Si le permitía a César tanta confianza, se debía a que no sabía que a César, por ejemplo, le gustaba espiarlas a ella y a la tata cuando se desnudaban, allá de madrugada, y él continuaba de guardia en el obrador. Le gustaba también mirar a las parejas del pueblo, y era quien conocía todos los escondrijos habituales de los amantes. Varios padres celosos de su honra hubieran dado casi cualquier cosa por esos informes, pero César se sentía mejor callando los secretos más oscuros y guardados. Nunca se sabía para qué podían servir.

Se enteraba de los noviazgos y de las rupturas por las charlas de la tata, que se olvidaba de él con extraordinaria facilidad. Mientras ponía a Antonia al tanto de las novedades, César caminaba con pies de gato y se alejaba del horno. Si la niña entraba en la pastelería, Antonia la mandaba callar.

—¡Chist! Viene Elsita.

Sabían que era ella porque caminaba con pasitos cortos, a la máxima velocidad que la cuerda le permitía. Y él también tenía tiempo de aparentar que regresaba a su trabajo. A veces Elsita le tiraba de la mano.

—Vamos... juega conmigo... si no estás haciendo nada.

—¿Cómo que no? ¿No ves que tengo que atender esto?

La voz de Antonia llegaba desde la parte anterior.

—Juega un ratito con ella, César. En cuanto yo termine, te aviso.

Con Elsita era capaz de sentirse gracioso y suelto. Con las otras mujeres se le confundían las palabras, y acababa por hacer todo al revés. Bajaba la cabeza, acentuaba su sonrisa servil y se apresuraba a atenderlas. Le gustaba comer y, a escondidas, bebía bastante. En seguida perdió su aire juvenil, y trataba de ocultar su barriga apretando las cintas del delantal.

Poseía la capacidad de pasar desapercibido en todas partes. Cuando se hacían planes, se olvidaban de él sin mala intención. Él sacaba el mejor partido posible de esa cualidad. Si se escapaba media hora a la zona alta del monte, siguiendo discretamente a algunos novios furtivos, su ausencia no significaba nada. Y regresaba, acalorado e inquieto, a ocupar su lugar junto al horno.

A veces era más de media hora. Se prolongaban hasta que Antonia le echaba en falta, y se acercaba hasta la leñera. Pero siempre, en el último momento, antes de que ella pensara que César descuidaba su labor, él regresaba con un recado, un mensaje o dos cubos con carbón y ella se arrepentía de haber desconfiado de su empleado más fiel.

Faltó más de media hora, por ejemplo, la tarde en la que Elsita desapareció. Cuando Antonia se acercó hasta la casa de los maestros para felicitarlos, porque era el santo de la maestra, César acababa de descargar unos sacos de harina que le habían llevado. Y cuando Antonia regresó, divertida por la merienda y la compañía, estaba barriendo las cenizas que volaban del horno y que daban mal gusto al pan.

Entremedias habían transcurrido casi cuatro horas.

Los hombres de Virto tenían poco de disipados, pero de vez en cuando se embarcaban en alguna calaverada; antes de que alguno se casara, o cuando el mozo de tal casa se marchaba a quintas. A las mujeres les decían que se acercaban a Duino, a ver el fútbol, y con la conciencia más tranquila y la seguridad que daba el grupo se iban a correr la juerga.

—¿Quién falta? ¿Estamos todos?

—¡Quien falte ya no viene!

En Duino resultaban inconfundibles. Hombres de pueblo, con la cartera llena de billetes sobre el corazón. El maestro y Esteban procuraban caminar un poco aparte, para que se distinguiera bien que eran de otra clase. Al principio les costaba encontrar tema de conversación.

—¿Y Elsita? ¿Avanza en el colegio?

—Esa niña será lo que quiera ser. Yo que usted, pensaría en darle estudios.

Esteban reventaba de orgullo.

—Bueno, hombre, bueno —decía, reprimiéndose—. Se hará lo que se pueda.

Les impresionaba la gran cantidad de mendigos que había por las calles. No se veían pobres en Virto, salvo algún vagabundo de paso que pedía el favor de algo de comer. En Duino las esquinas estaban ocupadas por mujeres con niños sucios y viejos derrotados y llenos de piojos. Mendigaban con la mano extendida y una expresión quejumbrosa que los niños no tardaban en imitar.

—Esto es una vergüenza —decía Esteban.

—¿No habrá habido tiempo desde la guerra para acomodar a esta gente?

El resto de los aldeanos pasaban con cierta aprensión ante los pobres. Compartían la idea de que en la ciudad les robarían, o los estafarían, que no podían fiarse de nadie, y que todos leían en sus rostros que llevaban dinero, y que a la mínima oportunidad saltarían sobre ellos para quitárselo. De modo que los viejos mendigos y las mujeres cargadas de hijos se quedaban sin su limosna, sin su piedad y sin su tiempo.

Visitaban una casa de citas que se daba ciertos aires, con una patrona muy peripuesta y varias chicas jóvenes y monas que no compartían las ideas de la elegancia de Antonia. Las rubias eran las preferidas. Como Sanidad se les echaba encima a la mínima, las chicas cambiaban con cierta frecuencia. Paseaban ante los hombres, de la cortina del fondo hasta la ventana y vuelta. No se sentaban en sus rodillas, ni hacían carantoñas, como se estilaba en otros lugares. Los hombres se sentían con ello respetados. Visitar a las chicas venía a ser, poco más o menos, como ir al médico, como elegir un médico. Escogían la que más les agradaba, cumplía, y le pagaban. Si les agradaba cómo los habían tratado, añadían una propina.

—¿Cómo se llama ésa, la tercera?

—Sara.

—Yo me voy con Sara.

A veces dos de ellos se encaprichaban de la misma

chica. No había problemas. Se jugaban al cara o cruz quién iba antes. La patrona se recostaba contra la cortina que hacía las veces de biombo y suspiraba, satisfecha. Si todos los clientes fueran así, la vida resultaría mucho más sencilla. Para todos. Pero siempre llegaba el dinero a complicarlo todo. O el alcohol. O el amor.

No siempre iban al mismo sitio. En una ocasión, alguien vio en un periódico el aviso de una compañía de variedades, con bailarinas afamadas, y se le ocurrió que sería interesante. El periódico pasó de mano en mano, y a todos les pareció estupendo.

—*La compañía de Silvia Kodama* —leyó uno—. *Sólo por unos días, con su exclusivo espectáculo* Las Mil y una noches.

Esteban levantó la cabeza, como si hubiera recibido un mazazo.

—¿Silvia Kodama?

Pidió el periódico. Silvia podía ser cualquiera de las muchachas de la ilustración, coronadas por un penacho de plumas impresionante y con pantalones moriscos de gasa. Podía también no ser ninguna.

—¿Tú conoces esa compañía, Esteban? ¿Merece la pena?

Negó con la cabeza.

—No, no la conozco. Sólo...

Ni siquiera pensó qué decir.

—El nombre me sonaba. Pensé que tendría algo que ver con alguien a quien yo había conocido. Un tal José.

—¿José Kodama?

—No, no. José, a secas. Uno que murió en la guerra. ¡Yo qué sé! Imaginaciones mías.

Quedó resuelto que acudirían al espectáculo. Las mujeres creían que la temporada de liga o de copa se extendía interminable, y nadie iba a sacarlas ahora de su error. Acudirían todos, salvo el médico, que no consideraba ético ausentarse por esos motivos y dejar a los enfermos desatendidos.

—No, no. Imaginad que ocurre cualquier desgracia y yo no estoy aquí porque he ido a Duino a ver a las señoritas del ballet. No me lo perdonaría nunca.

De modo que el médico se quedaba. Y César, el de la pastelería, que sonreía con aire adulador ante las historias de las conquistas, pero nunca había mostrado deseos de unirse a los demás.

Esteban pensó largo tiempo si acudir o no. Al fin, con la sensación de mentir a su mujer por primera vez, asistió. En el tren, mientras los demás bromeaban y hacían cábalas sobre hasta qué punto las bailarinas serían bailarinas y hasta qué punto odaliscas, él apoyó la frente contra el cristal y recordó el hotel Camelot y sus melocotones helados vertidos sobre Silvia, los modales de conquistador de Melchor Arana y la demoledora energía de Rosa Kodama. No solía preguntarse qué había sido de ellos. Para él, todo había terminado cuando cerró la puerta y dejó tras ella a Silvia y a Rosa sorprendidas, suplicándole que regresara, y una carcajada después.

Quizá alguna vez, cuando las cosas no le iban especialmente bien, cuando derretía manteca, por ejemplo, una tarea que Antonia siempre le reservaba, porque ella se ahogaba con el calor, pensaba, deprimido, que estuvieran donde estuvieran aquellas mujeres y su protector estarían mejor que él, exprimiendo la manteca y sazonando los chicharrones.

De la función de la compañía regresaron todos contentos, menos Esteban.

—Yo nunca pensé que existirían esas mujeres... —le contaban al médico, que sonreía, bondadoso—. Antes de venirnos les compramos unas flores y se las dejamos en los camerinos. ¡Y si vieras con qué soltura nos dieron las gracias! Cuando regresen, tenemos que volver a verlas. Qué movimientos, qué elegancia...

Evidentemente, los hombres de Virto tampoco comprendían el concepto de elegancia de Antonia.

—Bien —contestaba el médico—. Ya veo que estáis hechos unos conquistadores.

Durante varias semanas no hablaron de otra cosa. Si sus mujeres se acercaban, bajaban la voz y se hacían guiños cómplices.

Esteban no. No comentó la función. Antonia le notó taciturno, como en los peores tiempos de después de la guerra.

—¿Qué pasó? ¿Perdieron?

—¿Eh?

—El partido. ¿Perdieron?

Con las prisas y la mala conciencia se había olvidado incluso de consultar el resultado.

—No, son otras cosas... cosas del negocio... Dicen que va a subir mucho la harina... yo ya he hablado con Roque, pero...

Antonia mordía el anzuelo, y compartía la preocupación.

—Pues dile que si va a cambiar el precio, no vamos. Sí que están los tiempos buenos para aumentar los gastos.

—Eso le he dicho yo, que no son buenos tiempos.

No eran malos. Ni buenos. Eran los únicos que tenían.

Silvia Kodama, al menos, tendría sus joyas con las que enfrentarse a la vida. Un anillo con una perla. Otro con una esmeralda.

Fue lo único que les preguntó a sus amigos, a los que entraron a ver el espectáculo exclusivo de *Las Mil y una noches*.

—¿Visteis si llevaba joyas?

—¿Quién?

—La dueña... la primera bailarina... esa Silvia Kodama.

—No... sólo salió a saludar, al final. Las otras chicas aplaudían.

Él se había quedado en el vestíbulo del teatro. Le palpitaba el corazón. Creía que si continuaba allí, Silvia sabría, de alguna manera, que él la esperaba, y que los dos se encontrarían al pie de la escalinata. Y sin duda, como había pasado siempre, al verla renacería la pasión, el punzante deseo de poseerla de hacía tanto tiempo.

Durante los primeros meses sin Silvia, la tentación de llamarla junto con el odio, el deseo de salir a su encuentro aunque sólo fuera para abofetearla luego había sido muy fuerte; pero se sobrepuso a ella. Al final, con el paso de los años, le pudo la certeza de que ella habría cambiado. Se habría convertido en Rosa, el rostro ajado y con el óvalo perdido. Y él, eso no le cabía duda, había cambiado también.

Le costaba creer que él, el honrado padre de familia, el avispado comerciante, había conocido otra existencia. Tratos con hombres enloquecidos por la guerra, que se reían cuando mataban a alguien en la calle, y se vanagloriaban de que nadie se les ponía por delante. La suave perfidia de Melchor Arana. Un local al que no había vuelto, que se levantó de la nada, con licor conseguido de contrabando, muchas sonrisas falsas y trabajo, siempre trabajo. Había compartido con otro hombre una madre y una hija. Y no hacía tanto tiempo.

O tal vez sí...

Demasiado tiempo...

Aquella noche en el teatro escuchó los aplausos, y Silvia aún no había aparecido. Ni tampoco ninguna mujer mayor a la que pudiera confundir con Rosa. El vestíbulo se llenó de gente, de caballeros con los ojos dilatados y sin habla. Fumaban, reían y mostraban su entusiasmo. Tal vez la función fuera buena, pero aquello era una reunión social, no un encuentro de aficionados a la revista. Entre ellos había también alguna señora, muy sonriente, delgada y elegante, a la que era adecuado llevar a esos espectáculos porque no daban opinión si no se les pedía, y callaban el resto del tiempo, sorbiendo con distinción su vasito de licor.

Sus amigos tenían prisa por irse a cenar y comentar lo que habían visto.

—Vamos, vamos... ¿Dónde te quedaste, Esteban? No te he visto.

—Estabas tú como para ver nada —replicó él con la boca seca.

Volvió la cabeza; el teatro continuaba con todas las luces encendidas, y era imposible figurarse dónde quedarían los camerinos. Y Silvia en ellos, medio desnuda, envuelta en plumas, en joyas o flores de admiradores.

—Éste parece atontado...

Esteban se dio cuenta de que estaba dando la nota.

—Estoy un poco cansado... no me hagáis caso.

Y caminando con paso decidido se alejó de ella por segunda vez.

Regresó a su pueblecito, y terminó luego en una ciudad tranquila de misa de doce, de adoquines biselados y un sol austero que caía con la misma calma con la que brotaba la nieve. Un poco más desilusionado, y con los recuerdos embellecidos por la distancia.

6
—

Y muchos años después, mientras el abuelo Esteban buscaba esquelas en el periódico, mientras Elsa grande pedía un préstamo para abrir con Blanca su negocio, mientras la niña Elsa continuaba muda y quieta en el olvido, mientras faltaban aún un par de años para que esta historia comenzara, Elsa pequeña (la prima Elsa, Elsa cabeza loca, Elsa aficionada al café) caminaba por una senda intrincada en mitad del monte: le habían atado las manos, y las dos trenzas con las que se sujetaba el pelo le golpeaban contra la cara.

Era la tercera de la comitiva; otras siete personas la acompañaban, las siete apresadas por las muñecas, las siete vestidas con ropas estrafalarias y agotadas por la caminata. Otras cuatro figuras a caballo custodiaban la corta hilera; no hablaban entre ellos, ni se detenían a descansar. Elsa pequeña avanzaba arrastrando los pies, en el tercer día de la Purificación, y pese a todo se sentía feliz. Durante las noches dormían al raso, acurrucados unos contra otros, y sus ojos, agudizados por el hambre y la estancia en las montañas, se cuajaban de estrellas. Elsa comenzaba a distinguirlas, y recitaba sus nombres sin señalarlas.

—Boyero... Merak...

Cuando pasaba la semana de la Purificación, los hombres a caballo los conducían a un punto determinado, habitualmente un cruce de un camino con una carretera, y aguardaban allí a que llegara un autobús. Entonces les soltaban las ataduras y los saludaban inclinándose levemente. En ningún momento se habían librado de las máscaras que les cubrían la cara. Erguidos sobre los animales, con unas capas rojas y negras confeccionadas con un material vaporoso que se desgarraba entre las zarzas, y en las que destacaba el bordado del Grial, despertaban todos los temores que se habían olvidado en algún momento, al crecer.

Muchos de los compañeros de Elsa se impacientaban; deseaban superar los diez grados de Purificación para convertirse en uno de los Caballeros, aunque fuera del Rango Inferior. Admitían también mujeres entre los Caballeros, aunque su misión habitual dentro de la Orden fuera muy distinta.

Elsa pequeña no deseaba ser Caballero. No deseaba tampoco ser Sacerdotisa, mientras que la mayoría de sus compañeras no tenían otro objetivo. Su Guía charlaba a menudo con ella y la tentaba hablando de revelaciones y mitos.

—Siempre has sido una chica inteligente, con los pies en la tierra. El mundo necesita gente como tú. Sólo mediante el sacrificio conseguimos la sabiduría, y sin sabiduría no lograremos la Victoria en la Lucha. Y hablamos del bien y el mal, Elsa. Del bien y el mal.

Ella, por no defraudarle, intentaba mostrarse interesada en el ascenso jerárquico. Se llevaba a casa los folletos profusamente ilustrados de la Orden, y los dejaba entre la publicidad del supermercado en el que trabajaba. Ésa era otra de sus funciones, anunciar y dar a conocer la Orden, pero ella se sentía especialmente incómoda abordando a la gente y contándoles cómo su vida había cambiado, y pidió con timidez que la relevaran de esa tarea.

—No muestras suficiente entusiasmo.... no te esfuerzas lo suficiente.

Elsa pequeña bajaba la cabeza y callaba.

—No puedo hacer más... de verdad, no puedo.

Vivía con lo justo, no visitaba a sus padres, no llamaba a sus amigos. No se relacionaba con nadie que no perteneciera a la Orden. Pagaba puntualmente el diezmo. Cuando por las mañanas se recogía el pelo en los vestuarios del supermercado, comprobaba en el espejo que la mirada asustada que desde siempre la había acompañado había desaparecido.

– Ésta soy yo... o no soy yo...

La sorprendía lo mucho que podía cambiar una persona en tan poco tiempo, con apenas unas ideas nuevas y la orientación adecuada. Como su Guía, una persona amable, una cara dulce.

En las pausas del trabajo, en las que se tomaba sus dos cafés negros, muy cargados, cerraba los ojos y se veía en el monte, demasiado cansada para pensar, un paso tras otro, las muñecas rozadas por las cuerdas, el pecho ahogado por el corpiño, pero libre. Libre. Entonces abría los ojos, volvía a su puesto, sonreía a la siguiente clienta y continuaba cobrando productos lejos de las estrellas.

La Orden daba una exquisita importancia a las vestiduras, que debían ser pudorosas y reflejar, al mismo tiempo, la jerarquía de la persona; antes de cada Rito, difundían las normas propias. La ropa actual, decían, exaltaba demasiado el cuerpo y apelaba directamente a los sentidos. Era necesario recuperar el antiguo espíritu, el ascetismo medieval que perseguían. Y Elsa repetía las palabras que le habían enseñado:

—Si el cuerpo se corrompe, ¿cómo podrá habitar en él el alma?

Las normas generales, impresas a todo color en un papel barato, exigían botones de madera, forrados en el caso de las mujeres, o sustituidos por cordones. Las faldas no debían mostrar el tobillo; durante los Ritos al aire libre, las Purificaciones o las Cazas, podían acortarse, pero en ese caso, una saya larga por debajo impedía escapes al deseo carnal. Las mangas debían ocultar los hombros y los brazos hasta el codo. El rojo y el violeta quedaban reservados para los miembros antiguos, el blanco para las Sacerdotisas y los Sumos Sacerdotes y el verde no se usaba salvo para los Ritos más sagrados.

—Que nuestra pureza acalle todos los rumores de los maliciosos —decían los Guías—. ¿Podéis creer que alguien pueda acusarnos de ir en contra de nuestros propios miembros?

Y todos reían, atónitos, ante tal desvergüenza. ¿Acaso no cuidaba la Orden de todos ellos? ¿Acaso no les indicaban el mejor modo de invertir su dinero, acaso no llegaban a indicarles su manera de hablar, de moverse, de vestirse?

Elsa pequeña guardaba plegada en el armario una lana muy fina, con mezcla de seda, de un vivo tono escarlata. A veces se la colocaba ante el cuerpo y ajustaba con sus manos la tela. Daba dos vueltas, bailando. Cuando le volvía la cordura, doblaba todo y lo ocultaba. Cosía muy bien, como sabía hacer bien otras muchas cosas, y por eso gozaba de alta consideración en la Orden; dentro de su jerarquía, por supuesto.

—Si lograras doblegar tu orgullo... —le indicaba el Guía—. Eres inteligente, y lo sabes. Y puede que esa inteligencia traiga tu perdición. La modestia, la confianza ciega en los designios de la Orden serán tu salvaguardia.

Y Elsa, a quien hacía mucho tiempo que nadie llamaba inteligente, inclinaba la cabeza, halagada, pero entristecida, en el fondo, porque reconocía que era cierto, que su orgullo terco le había causado demasiados problemas en la vida.

—Sé que poseo muchas habilidades —se confesaba a su Guía—. Pero me falta constancia para perseverar en ellas.

Cuando abandonó los estudios había aprendido a cortar patrones, coser y bordar; había dado clases de expresión corporal en un gimnasio, seguido de varios cursos de cocina avanzada y logrado un diploma que la capacitaba para ser practicante y hacer curas en cualquier hospital. Podía conducir cualquier vehículo, salvo camiones de gran envergadura, y tocaba la guitarra estupendamente.

—Estás desperdiciando el tiempo —decía su padre, exasperado—. ¿Adónde quieres llegar?

—Deja a la niña —replicaba la madre, la elegante tía Loreto—. Que al menos ella tenga oportunidad de escoger a qué quiere dedicarse.

Cuando se cansó de dar tumbos, quiso ser peluquera, y ese título se amontonaba, junto a los demás, en una carpeta. Durante una breve sustitución en una floristería aprendió a juntar con gusto flores secas y vivas, y a darles un aire oriental que entonces estaba de moda. Para entonces su madre ya no la defendía con tanto ardor, y de vez en cuando comparaba su vida alocada con la carrera firme y sin tropiezos de sus primos.

—Elsa grande y tú os parecíais tanto de niñas... Y ahora, ya ves, sois muy distintas.

Como no estaba dispuesta a soportar más discusiones y recriminaciones, se marchó de casa de sus padres, animada por unos cuantos amigos que compartían su filosofía de vida. Eran jóvenes, y pretendían exprimir a fondo sus días.

—Se presta demasiada atención a los títulos y a los estudios... ¿dónde queda la auténtica experiencia, la sabiduría que se obtiene mediante la vida?

Pero poco a poco sus amigos se asustaron ante el poco aprecio que se le daba a sus experiencias y a su sabiduría, y buscaron dónde colocarse. De pronto se vio sola. Nada de lo que había decidido servía. Ella también comenzó a trabajar en el supermercado cuando se le terminaron los ánimos y decidió no dispersar más sus fuerzas. Se encontraba cansada y sola. Ni siquiera lograba las fuerzas necesarias para arrojar de su casa a un novio egoísta, que la menospreciaba y que se negaba a renunciar por ella a amigos y borracheras.

—Veríamos adónde ibas sin mí —se jactaba.

Y Elsa pequeña bajaba la cabeza, y apretaba los dientes, dispuesta a tragarse las lágrimas en silencio, a acostar al novio hasta que le desapareciera la borrachera, a cualquier cosa antes que a reconocer ante su padre que había errado su camino.

Aquello era antes.

Porque hacía ya un par de años, una tarde, mientras esperaba al autobús, se le acercó un hombre alto, bien parecido. Pidió disculpas por molestarla, y se sentó junto a ella.

—Creo que tiene usted problemas —le espetó, sin más rodeos—, problemas que no comparte con nadie. Y creo que la están derrotando.

Elsa pequeña rompió a llorar. La idea de que los demás pudieran adivinar su indecisión y el temor que le causaba vivir siempre en el aire, alimentarse de nada, regresar a aquel piso hostil donde trataba de mantener una relación ya destruida, la aterrorizaba. La vencía, una vez más, su orgullo; y podía ser terca hasta la insensatez. El desconocido soportó pacientemente el llanto y las ideas entrecortadas, y se mostró dulce y comprensivo.

—Yo —dijo, y miró al vacío— he vivido así tantos años... Usted me recuerda tanto a mí... Caminaba también perdido, sin causa, sin rumbo...

Hablaron durante mucho tiempo. Tomaron un café, y luego otro. Elsa le contó gran parte de su vida, y los dos se sorprendieron al comprobar que parecían conocerse desde hacía mucho tiempo.

—Nada ocurre por casualidad —dijo el desconocido. Hurgó en los bolsillos y colocó una tarjeta sobre la mesa—. Los viernes nos reunimos para meditar. Un ritual milenario en esta sociedad moderna y pervertida. Al menos, ya tiene allí a un amigo.

La Orden del Grial. El Centro de la Orden del Grial.

Durante algunas semanas acudió a las clases de meditación, pero encontró ridículos algunos ceremoniales. No conocía el significado de la cruz templaria, ni los preceptos en los que la Orden se inspiraba, y pese a su espíritu tolerante, le costaba contener la risa ante algunas personas que se presentaban vestidas con atavíos medievales. Los locales, sin embargo, le gustaban. Espaciosos, llenos de luz, con un zócalo de azulejos celestes que le hacían sentirse en una piscina, y una moqueta mullida que permitía caminar descalza sin temores.

Aprendió a relajarse, a arrojar problemas de su mente y a dejarla limpia, como una pizarra en la que pudieran escribirse nuevas ideas. Se sentaban en el suelo, con la espalda reclinada contra una silla o la pared, y hablaban de sus problemas. Elsa pequeña leía manuales por su cuenta y se tranquilizaba. La Orden del Grial no se apartaba de las milenarias técnicas que habían guiado y ayudado a tantas personas. Se admiró ante la capacidad de entrega y sacrificio de algunas personas, que dedicaban su tiempo a los drogadictos más desdichados; y sintió como suyos los logros de los demás.

—*Y yo* —pensaba— *que he desperdiciado mi tiempo y mis fuerzas de manera tan egoísta...*

Tras la meditación llegaron las clases teóricas, un rayito de esperanza en la oscuridad. Comenzó a distinguir los Rangos, aprendió el significado de los Ritos, y pronto supo distinguir una Purificación de una Caza. Frente a la humanidad malvada y saturnina, el Centro de la Orden representaba un barquito para náufragos, el oasis en el desierto. Elsa pequeña se mostraba ansiosa por aprender, y devoró las enseñanzas que le dieron a una velocidad mayor de la normal. Escogió como Guía al desconocido de la parada de autobús.

—Las casualidades no existen —reían los dos, y Elsa se sentía orgullosa de que el resto de los Novicios envidiaran su buen entendimiento con su Guía.

Tras las clases llegaron los Ayunos. Pretendían favorecer las visiones, y a quienes así lo deseaban, les suministraban unas esponjitas impregnadas en líquido, que aceleraban el proceso. Animales totémicos, viajes a otras dimensiones, regresiones a vidas pasadas, vistazos al futuro... Después de un Ayuno todo parecía al alcance de la mano. Elsa pequeña caminaba de un lado para otro debilitada, con los ojos plagados de chispitas blancas y rojas, pero había dejado de interesarse por el cuerpo y su dolor.

—Estoy bien —decía a sus padres por teléfono—. Dejadme en paz de una vez.

Tras los Ayunos, llegó la Reclusión. Durante varios días oraban y meditaban, sin apenas dormir, ni comer, en un edificio de cemento completamente remodelado en el interior. Paredes encaladas, vigas oscuras, unos cuantos crucifijos. Un monasterio. Las mujeres y los hombres sólo se veían en los paseos: uno matutino, en el que recorrían un patio interior en el sentido de las agujas del reloj, y otro crepuscular, en dirección inversa. Ni miradas, ni guiños, ni gestos entre ellos.

Cuando la Reclusión finalizó, Elsa pequeña fue bautizada con agua y sangre en el nacimiento de un río.

—Bien venida al seno de la verdad, a los brazos de la auténtica doctrina. Sé una hija obediente y útil, y abre tu corazón a la luz.

Las Sumas Sacerdotisas, con sus aladas túnicas blancas, daban vueltas alrededor de los neófitos y cantaban tonadas entretejidas con alaridos agudos. Esa noche, ya como miembro de la Orden de pleno derecho, pudo elegir a un compañero para romper, por unas horas al menos, su voto de castidad.

Como para todos resultaba previsible, escogió a su Guía.

Las dos Elsas, según el sentimiento general, se habían llevado lo mejor de la familia: el cabello color arena y los ojos azules, grisáceos en el caso de Elsa grande. Sus padres tenían también los ojos azules, pero el cabello oscuro. La niña Elsa, recordaba César, cuando la veía de nuevo en la imaginación correr por las calles, era rubia, pero no ojigarza. Antonio, el único varón entre los nietos, debía todo a otra rama familiar: moreno, fornido, con unos dientes de animal salvaje y dos cabezas más alto que su hermana.

Quizá porque ellas eran menudas, con manitas de ramas y piernas finas y endebles, sentían debilidad por los hombres de elevada estatura. Los novios de Elsa pequeña apenas cabían por la puerta. Cuando pensaba que podían volverse contra ella, y estrellarla contra la pared de una bofetada, la conciencia de su pequeñez, de su fragilidad de cáscara de huevo, le resultaba deliciosa. Elsa grande tenía menos donde elegir, pero tampoco le llegaba al hombro a Rodrigo. Las madres movían la cabeza con aprobación. Al decir de todos, hacían muy buena pareja.

Entre ellas guardaban poco parecido; el aire de familia se había diluido. La mandíbula de Elsa pequeña era cuadrada, y denotaba obstinación. Llevaba el cabello largo, muy rubio en las puntas, y caminaba encogida, moviendo las piernas ahogadas en las faldas largas como una ave taciturna en busca de calor. Tenía los dientes un poco oscuros, con el matiz opaco que da el café y el tabaco.

Su prima era, al decir de los entendidos, menos linda, pero más atractiva. Seguía la moda con interés, y rompía con plena conciencia de ello los tópicos sobre los originales atavíos de las pintoras: trajes severos de corte estricto y, sobre la nariz punteada de pecas, unos ojos llenos de aristas gélidas.

Cuando Elsa pequeña alcanzó el grado que le permitía participar en las Purificaciones, sus padres comenzaron a sospechar.

—Ya no sabemos nada de ti. Es como si quisieras librarte de nosotros. ¿Estás enfadada? ¿Te ha dicho tu padre algo que te pareciera mal?

Su Guía le recomendó que fuera a verlos.

—Por supuesto, es preferible restringir el contacto con las personas que estén fuera de la Orden. Sólo tratarán de corromperte y de alejarte del camino correcto. Pero son tus padres, y se merecen todo el respeto... Visítalos al menos una vez.

Elsa pequeña fue. Su madre se había preocupado en cocinar arroz, su plato preferido, pero ella no sentía hambre, y removía la comida con el tenedor.

—¿Ya estás escogiendo en la comida? ¡Come de una vez, mujer! —decía su padre, y cuanto más se lo decía, más incapaz era ella de continuar comiendo.

La Orden informaba puntualmente a los neófitos de todas las calumnias que se vertían sobre ellos, de modo que por prudencia no mencionó nada a sus padres sobre ella, y los persuadió a cambio de que se había unido a un grupo de senderismo. La escucharon hablar. Estaba bronceada, enjuta, y mostraba una decisión que antes le faltaba. Además, hacía casi medio año que continuaba en el mismo empleo.

—¿Te hace falta dinero? —preguntó su padre.

Ella se encogió de hombros, riendo.

—Siempre me hace falta dinero.

—No te preocupes. Te ingresaremos algo.

La madre la vio marchar, tranquilizada.

—Al fin se ha asentado.

—Eso parece.

—Es bueno que haga nuevos amigos.

Se encontraban animados por buenos presentimientos. Amaban a su hija, tan rebelde y quebradiza, y estaban convencidos de que, pese a todas las revueltas, terminaría en el buen camino: asentada y feliz, olvidadas del todo las veleidades con las que los había torturado en la primera juventud.

—Si diera al fin con un buen chico... alguien que la ayudara a estabilizarse...

Carlos asentía.

—Sí... las compañías le influyen tanto... Un hombre sensato, alguien con cabeza...

Pensaba, aun sin darse cuenta, en Rodrigo. Algunas tardes Carlos controlaba, desde el interior de la estación de autobuses, las idas y venidas del novio de su sobrina. Le cogió afecto al muchacho, con el que no había hablado en la vida. Parecía alguien serio, un buen chico de corbata y gemelos, y si no hubiera sido por un inaprensible sentido del ridículo, hubiese averiguado más sobre él. Le hubiera sido fácil; el edificio acristalado en que trabajaba quedaba justo enfrente de la estación. No albergaba sentimientos contrarios hacia sus sobrinos, y le hubiera alegrado que a la chica le fueran bien las cosas; y así sería, a menos que bajo la fachada pulcra y convencional el joven de la corbata escondiera a un jugador, a un borracho, a una mala bestia.

Si su hija... si su hija...

Pero su hija había escogido ya. Y los hombres que la rodeaban tenían cabeza. Demasiada cabeza, y un cuidadoso programa fiscal. Con un buen grupo de asesores financieros. Y Elsa pequeña descubrió que su abuela estaba equivocada cuando, tantos años antes, hablaba de los castigos divinos.

Los castigos de Dios existían. A veces, en mitad de la noche, cuando se encontraban en el campo, en los distintos niveles de la Purificación, aparecían Caballeros con capas rojas y negras, y escogían a las mujeres que más les gustaban. No debían resistirse. Aquellos hombres habían alcanzado un grado de pureza mucho mayor que la suya. Se les permitía que disfrutaran del sexo como les parecía, y ellas debían sentirse honradas si las elegían como compañeras.

No debían resistirse.

Si lo hacían, comenzaban los castigos y las palizas.

Elsa pequeña mantenía los ojos muy abiertos, fijos en las estrellas. Las agotadoras caminatas por el monte, la sensación de libertad al aire libre, continuaba siendo lo que más le gustaba de todos los preceptos de la Orden. No buscar miembros nuevos que quisieran conocerlos, o las clases en las que les hablaban del amor divino que se alcanzaba a través de la obediencia ciega a los superiores, o las drogas que les suministraban para que atisbaran más fácilmente el camino a seguir.

—Es dócil, no muestra iniciativa propia —decían los que la observaban—. Pero tampoco sirve para nada si no le gusta lo que tiene que hacer.

Si hubiera podido elegir, se hubiese limitado a caminar durante días con sus vestidos largos primorosamente confeccionados, el corpiño floreado, la falda que cumplía las normas más severas de la Orden, y las manos atadas. Árboles, montañas, quizá algunas flores que colocar en un jarrón o en el pelo... Ningún compromiso, ni pasado, ni miedos al futuro. Tan sólo caminar, un largo paseo en soledad.

No se resistía. Cuando alguno de los Caballeros, envuelto en el flotante desorden de las capas de tejido misterioso, se tumbaba a su lado y le levantaba la falda, ella extendía sus muñecas amarradas por encima de su cabeza y evitaba mirar la máscara terrorífica con que ocultaba sus rasgos. Contaba las estrellas, la muda indiferencia del cielo silencioso.

Luego no fueron únicamente los Caballeros de las Purificaciones. Elsa pasó a ser un regalo valioso. Poco a poco quisieron conocerla hombres de grados superiores: hombres cercanos a la santidad deseaban levantar su falda. Su Guía la alababa.

—Posees grandes dones, Elsa. Sin duda, serás una de las elegidas del Grial. Eres rica en cualidades, y debes compartirlas con los demás.

Una de sus virtudes más valoradas era su cacareada capacidad de obediencia. Otra, su belleza, sus sumisos ojos azules, tan dulces. Pero sin duda la que la convertía en el valioso regalo, en la mujer perfecta, era su imposibilidad de quedarse embarazada. No habría que vaciarla de cargas indeseadas, ni esperar a que su figura recuperara la esbeltez. Con ella no existía el miedo a dejar huellas. Su cuerpo menudo y su largo cabello ni siquiera parecían reales, sino propios de aquellos ángeles traslúcidos de los que no cesaban de hablarle.

Y ella misma comenzaba a pensar a veces que no existía. Abandonó su trabajo. No lo necesitaba; sus compañeros en la Orden cuidaban de ella. Una vez al mes llamaba a sus padres, siempre ante el oído atento del Guía.

—Estoy bien... un poco cansada. Es el trabajo. Trabajo sin parar.

—¿Necesitas dinero?

Elsa pequeña miraba a su Guía. Éste, sin perder palabra de la conversación, asentía.

—Siempre necesito dinero —contestaba ella, después de una pausa.

Si sus padres le ingresaban mucho o poco, ella no lo sabía. Pasaba directamente a las cuentas de la Orden. Olvidó lo que era el dinero. Cuando le preguntaban qué era lo que deseaba, ella siempre respondía lo mismo:

—Regresar al monte.

Comenzó a llorar más a menudo y con menor dulzura. Había olvidado también lo que era vivir de otra manera.

Durante las Purificaciones los conducían siempre por los mismos montes. Alguna vez ella había tratado de orientarse y de calcular dónde estaba, porque no podían ser tantas las montañas que se encontraran a esa distancia de Desrein. Entonces, un día, los Caballeros los llevaron hasta una ladera.

Desde allí se divisaba una llanura, un pueblo recorrido por acequias, un lugar que, de pronto, le resultó conocido.

—¡Virto! —gritó, señalando el pueblo lejano, y los Caballeros que custodiaban a los de menor rango no supieron cómo reaccionar, porque por lo normal ella caminaba en silencio y abstraída.

Había visitado algunas veces el pueblo, más que sus primos; pero además en una de las paredes del salón colgó durante años una acuarela de Virto, encerrado por el río y sus acequias, y el perfil difuso de las montañas. Por un momento, se sintió dentro de la acuarela. Allí asomaba la torre románica y chata de la iglesia, la plaza bajo las ramas entrelazadas de los árboles y, en la esquina de la plaza, una tienda granate y dorada, una pastelería. Interrumpió la marcha, y cuando la obligaron a continuar (había olvidado que se encontraba en una Purificación, en las incesantes caminatas que agotaban el cuerpo pero convertían el espíritu en una concha preparada para recibir el Grial) volvió la cabeza, hasta que el paisaje se perdió. Bajaban monte a través, llenándose el calzado de piedras y tierra. Los pies de Elsa pequeña chocaron contra algo duro. Bajó la vista y se estremeció. Parecían huesos.

—¡Quiero irme a casa! —dijo, de pronto, y la comitiva se interrumpió—. ¡Quiero irme a casa! ¡Quiero irme a casa!

Uno de los Caballeros quiso acallarla, y Elsa pequeña le escupió. El hombre, incrédulo por un momento, la abofeteó. Luego, en la otra mejilla. La descalzaron y continuó caminando sin quejarse, con los pies rotos por las piedras y las espinas. Esa noche lloró, y se negó a que nadie se acostara con ella.

—Devolvedme a casa —musitaba, mientras la obligaban a acceder por la fuerza—. Por favor.

Ya no la perdieron de vista, y descendió bruscamente de categoría. Había dejado de ser un regalo. Ahora era un peligro. Se le prohibieron las llamadas a sus padres. La enviaron al monte permanentemente, pero no en una estancia concedida en premio a su obediencia. Estaba recluida en un elegante chalet de la zona, con otros individuos que podrían hacer daño a los grialistas. Y luego la mantuvieron encerrada en el monte, en los territorios de caza de la Orden. Como animales salvajes, sin más que una cabaña vieja de pastor para protegerlos por las noches, y kilómetros y kilómetros por delante.

Los árboles comenzaron a hablarle. Las rocas, los ríos que transcurrían por el fondo de los montes, que abrían un desfiladero cortante en la loma. Le enviaban mensajes. A veces pensaba que le mostraban el camino de huida. Otras le parecía que le abrían los brazos hospitalarios para acogerla. Cuando caminaban cerca de un barranco fijaba tercamente la mirada en el suelo. Sabía que, de otra manera, no sería capaz de vencer la tentación de acercarse al borde y saltar al fondo, al descanso, a la nada. Continuaba andando, y se apartaba como podía el pelo que le golpeaba en la cara y ocultaba sus facciones, pero otro barranco o la cima de una montaña llegaban antes o después, y ella escuchaba de nuevo sus llamadas.

Sentía que no podía controlar su mente. Que sus pensamientos ya no le pertenecían.

Sin duda, eso significaba alcanzar el Grial.

Sus padres la vieron regresar atónitos. Abrieron la puerta y la encontraron entre dos policías. Se le marcaban los pómulos y la línea de la mandíbula bajo la piel, tenía los ojos extraviados, y bajo las mangas de una chaqueta prestada las muñecas mostraban huellas moradas, de raspaduras y golpes.

—¿Qué le ha pasado?

—Está bien... no se preocupen. No ha querido ir aún al hospital.

Se abrazaron. Los policías dieron un paso atrás, discretamente. No sabían cómo había logrado escapar. Estaba medio desnuda, con los pies destrozados, deshidratada.

—Me tenían en el monte... cerca de Virto... en cuanto me cure, los llevaré allí.

Los Señores de la Orden, los que la custodiaban, no podían adivinar que ella conocía ya el monte mejor que cualquiera de sus captores. Así le había sido posible dejarlos atrás, pese a que la habían seguido a caballo por las laderas, mientras ella corría a favor del viento y se ocultaba en los lugares que los árboles y las piedras le indicaban. Huyó de los barrancos, que sabrían atraerla con sus encantos, y al fin, con la visión borrosa por la debilidad, llegó a Virto.

Mucha gente salió a las calles, alertada por el revuelo y las sirenas de la policía. César abandonó el trabajo y se asomó a la puerta de la pastelería. Vio a una mujer desgreñada y quemada por el sol que no apartaba su vista del rótulo dorado, y el corazón le dio un vuelco. Pensó que era la niña Elsa ya crecida, que regresaba. Luego las fechas dejaron de bailarle, recordó que él era ya viejo, que todo había ocurrido hacía mucho tiempo y que nadie, salvo él, se acordaba ya de aquella niña. Entonces, ¿quién era aquélla? ¿Quién era?

La mujer aparecida en el monte entró en una ambulancia, sin dejar de mirarle, y se la llevaron. A Desrein.

No quiso hospitales hasta ver a sus padres. Durante una tarde aturullada les contó todo, al menos todo lo que recordaba. Los policías charlaron entre ellos un momento, y luego le dieron instrucciones precisas.

—Debe salir de aquí. No tardarán en encontrarla, y Elsa los conoce demasiado bien como para que se olviden de ella fácilmente. Nadie sale con bien de estas sectas. Si no desaparece por un tiempo, no respondemos de su seguridad.

—Cuando sane —repitió ella— los llevaré hasta allí.

No hizo falta. La policía peinó el monte, como lo habían hecho otra vez, hacía muchos años, cuando una niña había desaparecido, y regresaron con las manos vacías. El chalet del que hablaba Elsa pequeña se encontraba a treinta kilómetros de distancia, y era propiedad particular. No había campamentos con gente obligada, ni Caballeros con capas y máscaras. La cabaña del pastor no era más que un montón de madera apilada. Ni siquiera se cruzaron con una míscra excursión de aficionados.

Una vez más, nada.

Se la llevaron, primero al hospital, luego a algún piso protegido en otra ciudad. Carlos y Loreto la vieron marchar desde el balcón, erguida y decidida pese a su aspecto de loca. Dos trenzas le enfilaban el rostro e impedían que el resto del cabello la molestara. Fijaron bien la imagen en el recuerdo, porque, ateridos por el dolor y la sorpresa, no sabían cuándo volverían a verla.

Cuando ya casi habían olvidado todo, cuando les informaban de los progresos de Elsa pequeña, que recuperaba la salud y la proporción de las cosas, y consideraban todo una pesadilla pasada, Carlos recibió en su trabajo la visita de su sobrina Elsa. Surgió de la nada tan rápidamente que ni siquiera le dio tiempo a fingir aplomo ni a quitarse la chapa de identificación. Elsa grande se encaminó hacia él, sin rodeos.

—Me marcho —le dijo—. Esta tarde cojo aquí mismo el autobús. Alguien cree que soy tu hija, y me han amenazado de muerte, ellos sabrán por qué razón. Y yo también quiero saber en qué problemas se ha metido Elsa.

Ya que voy a responder por ella, al menos debo conocer sus pasos.

Carlos tardó en comprender. Restó importancia a los hechos, pero Elsa grande no se dejó engañar.

—Han dicho que quieren matarme, y si pueden, lo harán. Yo no voy a juzgarla. A mí me da igual lo que haga mi prima. ¿Qué es? ¿Drogas? ¿Debe dinero por drogas?

—La Orden del Grial —contestó, al fin.

Elsa grande no se sorprendió.

—Algo así imaginaba. ¿Continúa con ellos?

—No. Se escapó. Los ha traicionado.

—Los ha traicionado —repitió ella, sonriendo tristemente—. Al menos, es una buena causa. ¿Dónde vive ahora?

—No lo sabemos. La protege la policía.

—Y a mí —añadió, después de una pausa, y su voz sonaba amarga— ¿quién me protege?

Se marchó sin despedida, egoísta con su propia situación. Ni siquiera se fijó en que, pese a las especulaciones de su madre, Carlos no vestía de traje, ni ostentaba ningún puesto de honor dentro de la estación de autobuses. Ordenaba los turnos de los chóferes, vigilaba que las cosas estuvieran a punto y en su lugar. Llevaba un pantalón azul marino y una camisa a rayas, y una pequeña gorra de hule que se ponía para no ensuciarse de grasa cuando se metía bajo los coches. Pero recordaba aún con cierto rencor los tiempos en los que le vestían como a Miguel: los pantalones cortos de color mostaza, las chaquetas azul marino sobre las camisas blancas.

En poco tiempo, Elsa pequeña cambió mucho: sin pensarlo dos veces, se había cortado el pelo, su hermosa melena nacarada, y había engordado un poco. La habían llevado a Lorda, y más adelante, cuando se sintiera con fuerzas, se había prometido bajar a la playa y tumbarse al sol con los ojos cerrados y el mar cerca de los oídos. De momento, se conformaba con bajar las escaleras y hacer la compra.

En un principio, durante el primer mes, había vivido con otras dos mujeres, una de ellas policía. No dormía durante las noches, se sentía apática, con una debilidad que hacía esperar un ataque de llanto que no llegaba. Se había enterado de que no habían encontrado a nadie en el monte, y de que el chalet había aparecido desierto y limpio, como si hiciera mucho tiempo que nadie pasara por allí. De vez en cuando, sufría algún acceso de pánico. Tenía la sensación de que aquello no era más que otro engaño de los grialistas, de que en cualquier momento la encerrarían de nuevo en el monte y le darían caza.

La otra mujer había escapado también de la secta. Se mostraba muy amable con Elsa, le preparaba el desayuno y se lo llevaba a la cama cuando ella no se encontraba con ganas, y le cortó el pelo cuando se lo pidió.

—¿Cómo te diste cuenta? —le preguntó una vez Elsa.

—Cuando ya no me quisieron. Cuando entraron mujeres más jóvenes en mi Rango y ya nadie me quiso.

La policía las acompañaba de continuo, discreta, silenciosa. Cocinaba muy bien. Tres veces a la semana,

Elsa pequeña acudía a un centro de ayuda. Hablaban, enseñaban las marcas y las heridas. Algunas resultaban visibles. Otras habían herido otros lugares, los lugares inaccesibles: la confianza, el cariño, la fe. Lloraban.

Allí fue donde Elsa pequeña se enteró de que otros grupos de la Orden trabajaban con adolescentes, incluso con niños. Los padres no sospechaban nada. Creían que eran un grupo de Tiempo Libre, que se llevaban a los niños de excursiones, al monte, para que observaran de cerca la naturaleza y la vida en libertad. Abejitas, y flores y pajaritos. Irónicamente, los padres habían tratado de alejar de esa manera a sus hijos de la marginalidad y el peligro de las calles.

Aunque profesionales especializados se encargaban de atender a los menores, de vez en cuando alguna adolescente se unía al grupo de mujeres. Todas ellas, jóvenes y mayores, habían padecido abusos y humillaciones, pero en el grupo destacaban dos: una niña con unos ojos verdes bellísimos y aterrados y Elsa pequeña. Las dos habían sido las favoritas, las elogiadas, las niñas mimadas. Dos regalos.

Más adelante, cuando consideraron que Elsa ya podía vivir sola, aunque localizada en todo momento, y bajo unas estrictas normas de seguridad, le plantearon que trabajara en la asociación de víctimas.

—Eres joven, y has sufrido mucho. Pero por eso mismo puedes guiar a otros. Siempre te he creído sensata, y muy inteligente. ¿Por qué no te propones ayudar a quienes están pasando por lo mismo que tú?

(Inteligente, con los pies en la tierra, Elsa. El mundo necesita gente como tú. Sólo mediante el sacrificio conseguimos la sabiduría... la Victoria... el bien y el mal, Elsa. El bien y el mal.)

Elsa pequeña levantó la cabeza.

—No.

—Pero tú te ofreciste... al principio... habías dicho que cuando te encontraras mejor colaborarías con nosotros.

—No.

Durante varios meses la respuesta fue siempre la misma. Estaba harta de historias terribles, de confesiones, de contar a todos una y otra vez un relato repetido. Había llegado a su límite de presenciar horror. Y la mitad de las veces, ni siquiera recordaba con exactitud lo que le había pasado. Las mujeres de la asociación la dejaron en paz. También ellas habían visto demasiados casos.

Entonces su memoria comenzó a recordar los hechos que se había esforzado por enterrar. En vez de las estrellas y la reconfortante seguridad de la tierra bajo su espalda, se le aparecieron en sueños las máscaras grotescas con las que los Caballeros ocultaban sus rostros. En lugar de las cuidadas estancias de la Orden, sintió de nuevo besos que ella no había buscado y, con toda claridad, se vio traída y llevada, como los puros o los licores que se ofrecían al final de las grandes comidas, los obsequios a las autoridades. Se esmeró en recordar el rostro de su Guía, y por primera vez reparó en que era un hombre escurridizo, un hombre que debería ser pintado en verde y negro, con los dedos de una mano ligeramente amarillos de nicotina.

Todas las tardes se sentaba en la terraza, con una taza de café en la mano, y los recuerdos, que al principio acudían tan desordenados y dolorosos, comenzaron a tomar forma. A veces anotaba unas palabras en un cuaderno. Desde su pisito protegido no se veía el mar, pero algunas gaviotas revoloteaban y gruñían, y en los días de viento, llegaba en el aire la sal.

Cuando agotó toda su memoria y se sintió segura de que no podría recuperar ningún detalle, ninguna humillación más, se presentó en la asociación. Habían pasado varios meses, su cabello había crecido de nuevo.

—Quiero ir a por ellos. Pero no pienso quedarme aquí, presenciando en otras muchachas lo que me hicieron a mí. Quiero que paguen un ojo por el ojo que me arrancaron. Estoy dispuesta a declarar contra ellos.

La mujer que había compartido piso con ella no salía de su asombro.

—Nadie se atreve a continuar los casos. Se han desestimado la mayor parte de ellos. Y ya sabes que esta gente no repara en nada... ¿Vas a correr el riesgo de exponer así tu vida?

—Mi vida está ya destrozada. Me la destrozaron a conciencia. Aquí está todo. Todo lo que recuerdo.

Elsa pequeña colocó una bolsa sobre la mesa; había logrado llenar de notas nueve cuadernos. El resto, las pequeñas infamias y los grandes dolores, permanecían en un lugar más seguro, en el mismo lugar de las heridas que no sanarían.

Tardaron aún cuatro meses en presentar cargos contra la Orden. Gran parte del tiempo se les fue en inventar argumentos convincentes que atrajeran a más testigos. Se encontraron con demasiados secretos, demasiadas historias no contadas que no deseaban ser reveladas. Luego, no muy convencidos de su cruzada, como si hubieran llegado a creer en la invulnerabilidad de sus enemigos, se lanzaron a la batalla.

El bien y el mal. Una mujer rubia, frágil, un regalo para cualquier hombre. La lucha había comenzado.

Elsa pequeña, que en sus días normales hubiera dado cualquier cosa por mantener la calma, por no vivir en un constante fluir de emociones y dudas, de confusión y debilidad, pidió permiso para dirigirse, antes del juicio, a los pocos testigos que habían conseguido, que en la sala que les habían asignado parecían tan indefensos.

—La vida no es, como nos han enseñado, una página escrita que nos aguarda. Cada día, a cada momento, escogemos lo que somos, lo que sentimos y lo que creemos. Nuestras palabras y nuestros hechos no son otra cosa que elecciones. Yo escogí moverme en la delgada línea que separa el bien del mal, y cerré los ojos. Entregué a otros mi vida y permití que ellos decidieran qué sería yo.

Tomó aire. En la sala callaron, con los nervios súbitamente aplacados.

—Y ahora, cuando he abrazado esta cruzada, comprendo que hace mucho que debía haber escogido. Si entretanto, si antes de tomar la decisión de marchar contra esta gente, me hubiera muerto, ¿qué recuerdo hubiera quedado de mí? ¿Quién hubiera recordado a Elsa? El miedo me impidió siempre arriesgarme. Veía el bien, veía el mal, contemplaba cómo el mal al que los demás me sometían me devoraba y me destruía poco a poco, pero callaba. Aún no sabía elegir.

Continuó hablando, y las familias, los cruzados, los dos policías que la escoltaban hasta los juzgados se miraron y sonrieron. Se daban por aludidos. Ellos eran quienes, muchas veces por la fuerza, arrancaban a gente como Elsa de las garras de la Orden. Luego, los pensamientos se dispersaron, y se dirigieron a la comida, al tiempo que duraría el juicio. A cómo besaría Elsa, cómo cerraría los ojos cuando se inclinara sobre la cama. Otros pensamientos. Era lo que ocurría siempre cuando una muchacha bonita hablaba durante tanto tiempo

Y así había sido toda la vida. Tampoco nadie había prestado mucha atención a Antonia en la pastelería. Ni a Elsa grande cuando juraba y perjuraba que deseaba dedicarse a la pintura. En realidad, nadie escuchaba a nadie.

Una semana más tarde, después de aquel emotivo discurso de Elsa pequeña, Elsa grande recibió la primera carta en blanco. Así había comenzado su pesadilla.

Nadie se imaginaba que unos caballeros, con sus capas, sus cotas de malla y sus armaduras, pudieran hacer daño a unas mujeres. O a unos niños. Aquello hubiera sido inconcebible en las películas que Esteban y Antonia iban a ver. Lo que era más, los caballeros enmascarados ocultaban siempre a un rey destronado, a un paladín especialmente generoso, a un joven heredero que regresaba para recuperar su reino. Había un caballero y una dama, y todos sabían que, ocurriera lo que ocurriera, terminarían juntos.

En esas historias el malvado se limitaba a desear a la heroína de lejos, cortésmente, o, todo lo más, a besar sus manos con pasión. Eso era todo. Ni noches de insomnio, ni cacerías en el monte, ni drogas, ni siniestros robos. Nadie estaba preparado para desconfiar de unos caballeros.

Tal vez por eso la mayor parte de los medios de comunicación que habían confirmado su existencia ni siquiera aparecieron cuando comenzó el juicio contra la Orden. Elsa pequeña y los miembros de la asociación que la respaldaban se vieron solos y sacaron fuerzas de flaqueza.

—Da igual —decidieron—. Es mejor así. Cuanto antes podamos regresar a nuestras vidas, mejor.

El público, por lo tanto, continuó preocupado por el fútbol, por los escándalos que protagonizaba fuera de la pantalla una actriz a la que se le habían pasado los años de esplendor y porque la sequía parecía regresar.

Sin embargo, para los grialistas aquel juicio supuso una estocada en el costado. Nadie había dado tantos nombres, ni había reconocido sin asomo de duda a sus miembros. Aquella muchacha no dudaba; parecía poseída. La secta se tambaleó.

—¿Quién la introdujo?

—No lo sé...

—Entérate.

Los hombres que hablaban pedían a gritos que se les hiciera un retrato en verde y negro, los colores propios de los intrigantes, de los seres sin escrúpulos, de los sepultureros.

—Ni siquiera sé de dónde ha salido.

—Vivía en Desrein. Ya tienes de dónde ha salido. Ahora busca el resto.

Lo hicieron. Sólo que había dos Elsas. Y que una, la que buscaban, ya no vivía en Desrein.

Elsa pequeña se tomó todo el proceso con filosofía. La aterraba pensar que sus padres pudieran estar allí, en primera fila, escuchando sus penas. Su madre, con las lágrimas prontas. Su padre, los ojos azules fijos en ella. Como cuando era pequeña y se debía enfrentar a alguna trastada, a la consecuencia de algún capricho. Se sintió mejor arropada por las familias de las otras víctimas.

Se había enfrentado siempre sola a sus problemas. Si su madre la llevaba de la mano a la escuela, se escapaba corriendo y fingía no conocerla. Fingía también no ver a su padre si pasaba frente a la estación de autobuses. A solas soportó sus primeras borracheras, y se tragó las decepciones amorosas. No hacía amigos con facilidad. Se quedaba en un rincón, silenciosa.

Cuando llegó a la adolescencia, se convirtió en un imán para los chicos. Al principio, sus padres intentaron controlarla.

—Con amigas, lo que quieras. Pero...

—¿Pero no puedo tener amigos? —preguntaba ella, con sorna.

—A tu edad no te hacen falta esa clase de amigos.

Elsa pequeña callaba. Nunca se había enfrentado directamente a sus padres. Sólo la llamaban chicas de su clase, y regresaba sola del instituto. Tampoco parecía aficionada a salir los fines de semana, ni suplicaba que le permitieran marchar a excursiones. Era mucho más discreta, más sutil que eso. Más descarada y resuelta. Seducía a los chicos sin esforzarse demasiado, y no se mostraba recatada ni hipócrita. Lo único que le interesaba de ellos era desobedecer a su padre. Iban al parque, a la parte trasera del patio del instituto. Aunque el sitio que Elsa pequeña prefería era el portal de su propia casa.

Luego se marchó de esa casa. Comprobó que era una victoria pírrica al ver la expresión de su madre.

—Si no me voy ahora —le confesó a su madre—, me marcharé de malas maneras, mamá. Yo no puedo soportar mucho tiempo esta situación. No aguanto a papá.

—No digas eso...

—Es que es verdad. Yo no puedo vivir controlada. No quiero dar explicaciones de lo que hago a nadie.

La tía Loreto temió que de continuar por ese camino perdiera definitivamente a su hija, y la apoyó ante Carlos.

—Déjala que se marche. No le vendrá mal un poco de responsabilidad. No puedes atar a la gente.

—Esto es una locura. Es demasiado joven.

—¿Qué edad tenías tú cuando te fuiste de casa?

Accedieron, al fin. Le hicieron prometer que comería en casa una vez a la semana, y que si se encontraba en algún apuro, el que fuera, los llamaría. Ella dijo a todo que sí.

—Lo que sea. Si es dinero, como si es apoyo, o si quieres charlar un rato con alguien. Aunque nos separemos, seguimos siendo tus padres.

—Sí —dijo ella, y trató de parecer emocionada.

No le pareció adecuado decirles que le importaba poco que fueran sus padres. No los había elegido, no sabía cuándo se había sentido alejada de ellos por primera vez. Desde pequeña, rodeada de juguetes, con una madre joven y elegante y un padre que la llevaba en palmitas, sólo había vivido la soledad.

En su mundo ya no existía sitio para otra cosa que no fuera la Orden, la venganza y el dolor punzante de las humillaciones pasadas. Ni siquiera se le había pasado por la cabeza la idea de que la marejada del juicio pudiera salpicar a su familia. Ni mucho menos a su prima. No era egoísmo. Si alguien se lo hubiera señalado, se habría sorprendido de no haberlo pensado antes. Pero nadie, como después se comprobaría por la Orden, sabía que Elsa pequeña tenía una prima.

Por lo tanto, se sentía libre de dedicarse a su juicio; echó a faltar en la sala a su Guía. Le hubiera gustado verlo.

—¿Qué le dirías? —le preguntaron en la asociación.

—No sé —reflexionó—. Cuando le conocí me contó que él había vagado como yo, mucho tiempo, sin un horizonte claro. Le preguntaría que dónde está él ahora, si ha llegado a donde yo estoy.

Una pregunta muy apropiada y sensata; pero si se hubiera topado con él no hubiera tenido el coraje de preguntar nada. Se hubiera encogido, como un caracolillo, o se hubiera arrojado sobre él como una tigresa. Los otros dos Guías que declaraban se parecían. Eran escurridizos, balbuceantes, inseguros. Tal vez todos los guías del mundo se parecieran. Las víctimas, sin embargo, tenían su propia historia.

7

Si los padres de Elsa pequeña envidiaban la sensatez y la cordura de su sobrina la mayor, los padres de la otra Elsa, en cambio, hubieran preferido que su hija viviera más, que no siguiera una pauta tan marcada. Como las orugas de las procesionarias, Elsa grande parecía seguir un sendero trillado y desbrozado por otros antes; estaban seguros de que si arriesgara un poco más, su talento conseguiría grandes logros.

—Viaja, conoce mundo... ¿Cómo pretendes saberlo ya todo a tu edad? Eres pintora, debes buscar imágenes nuevas, historias no contadas que plasmar. Hace falta una gran curiosidad, deseos de no atarse a ninguna parte para ser artista.

Pero Elsa grande quería pintar retratos, casarse joven, dedicar mucho tiempo a la familia y a la casa. Y así, tranquila, estudiar y profundizar en lo que le pareciera a cada momento.

—Pero ya tendré tiempo para viajar, mamá. Cuando envejezca no tendré ya cerebro ni deseos de estudiar, pero siempre me quedará hueco para viajar.

Así vivieran cien años, sus padres no la comprenderían. Entre ellos acusaban a Rodrigo de pisotear las alas de Elsa y de colocarle primorosas orejeras de sentido común.

—La juventud pasa pronto —le advertían—. Aprovéchate de ella ahora.

—La juventud pasa pronto —se decían Rodrigo y Elsa—. Debemos aprovecharla. Es el momento de sentar bases, de tender puentes. ¿Qué será de nosotros si no cuando no podamos valernos, cuando lleguen los años débiles?

En los presagios fúnebres coincidían los dos. Los ataba el convencimiento de que las desgracias, aun las más peregrinas, los acechaban tras cualquier mal paso, y que nada de lo que hicieran para prevenirlas sería poco. Cuando en su banco trasladaron a Rodrigo al departamento de seguros, su precaución se vio recompensada. ¿Sabían los otros, los despreocupados, que un meteorito, un incendio, una cosa tan tonta como un tiesto de petunias en la cabeza, podría...?

Unidos en una jocosa alianza, los padres de Elsa grande y su amiga Blanca se burlaban de ellos y los llamaban *las hormigas*. A veces se unían para enredar a Elsa y sacarla de su trabajo, en una expedición de ataque en el que se creían cigarras.

—Ven, te invito a comer. Vamos al cine... ¿Es que no piensas en otra cosa que no sea trabajar?

Elsa grande se quejaba de esas interrupciones, pero le servía de poco.

—Si al menos se te contagiara algo de la alegría de vivir de Blanca —decía mamá, mientras las dos freían pescado. Elsa enharinaba las sardinas, y la madre cuidaba de que el fuego no las arrebatara—. Algún día te arrepentirás de haber pasado tu mocedad encerrada y seria como un búho.

Elsa grande concentraba su atención en cubrir las escamitas plateadas con harina y callaba. Adoraban a Blanca. Sus padres la querían porque era cariñosa y divertida, tuteaba a la madre y mostraba un respeto sólo a medias burlesco con el padre. La querían porque, a diferencia de cuando Rodrigo iba por casa, escuchaban las risas en la habitación cuando las dos se juntaban, y porque durante años ni siquiera había avisado cuando venía a comer. La querían porque, pese a provenir de una familia acomodada, prefería a Elsa antes que a cualquier otra amiga. La querían porque había compartido con su hija regalos y situaciones que, de otro modo, hubieran estado fuera de sus posibilidades. La querían porque a veces se refería a ellos como *sus otros padres*, y porque siempre, incluso cuando ya habían montado el negocio juntas, y sus vidas tenían poco que ver con las de las niñas que fueron, Blanca continuaba abandonando la casa de mala gana, y se despedía con besos de todos.

Cuando su madre se lamentaba, con la más sana intención de provocarla, de que no fuera como Blanca, ella callaba. Debía defender su fama de búho.

El búho. Un búho de ojos redondos, siempre a la espera de las desgracias. Blanca, el colibrí. Un colibrí centelleante, inquieto, visto y no visto. Un pajarito veloz, perseguido por la alegría y la angustia.

Blanca. A menudo su alegría, su angustia cubrían el cielo entero, y con ademán resuelto, como si firmara una sentencia de la que estuviera íntimamente convencida, abría la nevera. Las dos solas, después de una tarde de confidencias, o de estudio, o sencillamente de tumbarse sobre la cama a contemplar musarañas. Blanca comenzaba con dos yogures, con la plateada elegancia de sus tapas arrancadas.

Luego, mientras Elsa grande chupaba algún bombón, o mordisqueaba una pera, llegaba el resto. Comía un tomate; la ensalada que había troceado para la cena, con una lonja de salmón ahumado envuelta en papel aceitoso; zanahorias a las que limpiaba la tierra con un paño, de modo que a veces sus dientes rechinaban con alguna piedrita; jamón cocido; mortadela salpicada con aceitunas, y un fiambre de cerdo que llevaba pistachos.

Comía paté que comenzaba untando con parsimonia sobre pan tostado, y que terminaba devorando a cucharadas; chorizo que no se molestaba en dividir en rodajas; lomo; tallarines que habían sobrado del mediodía, mezclados con salsa de orégano; trozos de tocino blanco que reservaba para alguna fritura; queso que rayaba precipitadamente o que mordía hasta arrancarle medias lunas onduladas; latas de anchoas y sardinas que conservaba en la nevera; leche tan fría que le quemaba la garganta. Para entonces había recorrido todas las baldas de la nevera, y las había vaciado; quedaban los huevos tambaleándose en la puerta, y alguna verdura que debía cocerse.

Entonces se giraba, sin apenas moverse, y abría de una patada la alacena. Allí conservaba las galletas; las tabletas de chocolate, nunca más de dos, que restallaban al romperse con un ruido particular; las magdalenas para el desayuno; la leche condensada, que dejaba en sus labios el sabor de alguien que había muerto hacía mucho tiempo; el pan, que untaba con mantequilla y azúcar, o con aceite y sal. Y así, en medio del desastre, con el suelo de la cocina cubierto de migas, los envoltorios de celofán destrozados y las uñas sucias con restos del festín, comía hasta que al final no quedaba lugar ni hueco en su cuerpo para la alegría, ni para la angustia, y durante un momento el mundo permanecía en calma, indoloro. Flotante.

Elsa grande la miraba comer sin mover un dedo, concentrada en su bombón, hasta que la amargura del chocolate le cortaba la lengua y se la entumecía. Veía cómo Blanca se ponía en pie y caminaba por el pasillo; cuando regresaba del cuarto de baño volvía a ser la misma. El colibrí. En su vientre, torturado y quemante, se albergaban las mismas emociones que le daban vida: la alegría, la angustia. Sólo en último lugar, como un resto de algo muy lejano, la comida.

De modo que en sus cartas, cartas más detalladas y frecuentes que las que destinaba a Rodrigo, no le hablaba de los dulces que traían de Virto, ni del plato típico de Duino, que la tata dominaba con una pericia casi insultante: la pava asada, con su relleno de castañas, alfóncigos, piñones y una farsa de jamón picado, pan y perejil. Allí latían infinidad de historias no contadas. Le hablaba de los naranjos con naranjitas amargas que crecían por las calles, de las cúpulas de las casas viejas, pespunteadas con azulejos, de sus paseos interminables hasta el fin de la ciudad; de una platería que había en la plaza, con unas bandejas de plata anticuadas y, por tanto, extrañamente aristocráticas, y de la crueldad de un cartel que se mantenía en la misma calle y que rezaba «Carne de potro».

Sin embargo, faltaban los olores verdaderos del barrio del abuelo: el de las almendras garrapiñadas de la churrería, que se extendía, espeso como una mancha visible, por los pisos altos; el de la parrillada de los domingos del restaurante más próximo; el olor yodado, femenino, de la mejor marisquería de la ciudad, que ostentaba sus langostas vivas y amordazadas en grandes tanques de agua ante el escaparate.

No podía separar la luminosidad de la calle con la alegría de la comida, que en Duino saltaba a los ojos a cada paso. En Desrein los edificios nuevos y sin vida, el acero y el cemento delataban acusadores a los que se entregaban a la gula. Comer una manzana por la calle resultaba tan impropio que podía ser interpretado como una provocación. Los duineses, en cambio, colocaban toldos en las terrazas para protegerse del sol, bañaban en aceite una lechuga melancólica, la salpicaban con sésamo y alcaparras y organizaban con ella un festín.

En Desrein la comida vivió épocas gloriosas. Los tiempos del hotel Camelot.

Budines de leche cuajada adornados con brevas abiertas en forma de flor. Uvas encerradas en cápsulas de hojaldre, rellenas con una avellana. Tocinos de cielo temblorosos, agobiados bajo estrellas de nata. Melocotones helados.

Cuando el hotel Camelot cerró, después de cambiar varias veces de dueño y de vender hasta las toallas con la coronita bordada, se rumoreó durante algún tiempo que el edificio sería derribado. Atrancaron con maderas la puerta y tapiaron las ventanas bajas. Entonces, de pronto, alguien recuperó las escaleras señoriales y los pasamanos encargados al extranjero, y el viejo hotel regresó a la vida.

Lo convirtieron en un banco. Las remodelaciones de la planta baja fueron mínimas. Aprovecharon los zócalos nobles. En las habitaciones instalaron las oficinas. Aquello respondía admirablemente al espíritu de Desrein; nada sobraba, todo podía utilizarse nuevamente, y la reconstrucción del Camelot fue muy admirada. En los tiempos confusos en los que ya no existían ni los buenos valores del pasado, ni el estilo y el refinamiento, aquel banco les hacía recordar las épocas en las que todas esas cosas contaban. Señoras con zapatos y bolso a juego se colgaron del brazo de los hombres importantes y acudieron a la inauguración, donde sirvieron minúsculos bocaditos con pasta de hígado y caviar plateado.

Melocotones helados.

Cuando a Elsa grande se le caían encima las paredes del piso, salía a caminar. Duino, en las tardes en las que el viento frío de la nieve lejana espantaba el calor, era una ciudad llena de recovecos, agradable para quien la visitara. Elsa había comenzado alejándose casi con timidez: primero hasta la avenida más cercana, luego hasta un parque con unas estatuas de alabastro desgarbadas y vanguardistas y posteriormente hasta la parte vieja.

Dejaba a un lado a un mendigo en la esquina, que pedía con un perrito que sostenía una cesta entre los dientes, con los ojos cerrados; la tienda de la plaza, una platería que relumbraba al sol con sus cepillos y sus bandejas grabadas. Y había también un café al que una mampara de cristales de colores le daba cierto aire modernista, un café con un cartel que anunciaba que los jueves se jugaba al bingo.

No paseaba como una turista, siguiendo rutas esbozadas en un mapa, sino que buscaba pequeñas excusas para acercarse hasta un palacio reconstruido dos barrios más allá, o hasta la cárcel, que se erigía cercana a la autopista. Recordaba a Rodrigo, e imaginaba qué le contaría cuando se llamaran. Luego, en las comidas, describía lo que había visto, y el abuelo y la tata descubrían la ciudad con otros ojos. Incluso sacaban un mapa y seguían sobre él sus movimientos.

—Tenemos un museo muy importante en la ciudad —decía la tata—. Tú que eres pintora deberías visitarlo.

Elsa, que conocía por catálogos el museo y no le encontraba ningún mérito, asentía por cumplir. El abuelo continuaba.

—Esa parte no ha cambiado en absoluto desde la guerra —le contaba el abuelo—. El ensanche lo trazaron por la otra margen, ¿no ves? —señalaba en el mapa—, hacia la zona del río. Allí hubo hace mucho tiempo una maternidad... Ahora no sé qué es lo que hay.

—Sigue allí —le informaba la tata.

—A ver cuándo me acerco por ahí... me estoy volviendo perezoso.

Tal y como le había prometido al abuelo, había echado un vistazo a los muebles que habían sobrevivido a las termitas. De una de sus excursiones regresó con varios botes de pintura, y pintó la mesita y el armario de su cuarto en verde claro, con filos de oro. Probó a resaltar las molduras de la cama, pero la madera, muy porosa, no admitía tantas alegrías. El abuelo la observaba desde la puerta.

—¡Bueno! —dijo, admirado—. Va a parecer que tenemos una casa nueva.

Animada por él, pintó con colorines otras partes de la casa, algunos chillones, otros un poco más apacibles. Recordó que en la residencia de ancianos habían cubierto una pared con teselas imitando el arco iris. Eso animaba a los viejos a que se aferraran a la vida.

—¿No te hubieras ganado mejor la vida si en lugar de tanto cuadro fueras pintora de brocha gorda? —le decía el abuelo.

—¡Abuelo!

Él se reía, con toda la malicia. Entonces ella también sonreía.

—Pero qué malo es usted. Me ve aquí toda hacendosa, y salta con esas ideas.

Las charlas con el abuelo le recordaban la desagradable despedida del director de la residencia. No podía evitarlo; sentía indignación. Aquel hombre, que se había mostrado tan servil cuando la necesitaba, la había despachado con la mirada dura.

—*No me faltaban preocupaciones* —pensaba—, *y tengo que recordar precisamente eso.*

Le había cortado de raíz la atracción y el respeto que sentía por las personas mayores. Se dejó a propósito los apuntes que había tomado de sus ancianos, a los que hacía compañía. Los rostros estaban cuarteados, y mostraban la vida, el poder, las decisiones erróneas que aquellos hombres habían tomado.

Elsa grande, por supuesto, no lo sabía, pero entre ellos se encontraba Melchor Arana. Había cambiado mucho. Si se hubiera traído uno de los dos retratos que le había hecho, ni siquiera su abuelo le hubiera reconocido.

Los primeros días tuvo malos sueños, pero no los recordaba al despertar. Sólo quedaba de ellos una sensación agobiante, como si un monstruo se hubiera posado sobre su pecho durante toda la noche y le hubiera impedido respirar. Cuando abría los ojos, por un momento, no recordaba bien dónde estaba, ni qué día era. Todo lo más, acudía a ella la sensación de que se encontraba en un lugar distinto, de vacaciones, tal vez, sin trabajo ni agobios. Se removía entre las sábanas, perezosa, y observaba que ya había sol fuerte tras las persianas.

Entonces, como si le hubieran dado una cuchillada, recordaba. Cartas en blanco, llamadas, miedo, Elsa pequeña, muerte, lejanía, miedo, Rodrigo, lejos, sin nada, sin nadie, miedo, tristeza, el calor agobiante, las miradas, los cuadros, retratos, rostros, ancianos, abuelo, miedo, miedo, miedo...

Aunque con los muebles y los colorines se había distraído y había recuperado cierta tranquilidad de espíritu, su labor avanzaba poco.

—*Es el calor* —pensaba, porque las proximidades del verano no le despertaban las ganas de trabajar.

Con un esfuerzo de voluntad se sentaba y dibujaba durante un rato, pero al cuarto de hora abandonaba, aburrida.

—*No es el calor.*

Sentía que llegaba el momento de una nueva etapa, una fase que estaría presidida por el colorido, y que había iniciado con un extraño cuadrito, muy inquietante, en tonos verdes. Era un retrato diminuto, una prueba que la había animado a continuar por ese camino. Se apartaba del realismo extremo, que había sido su preocupación hasta ese momento, y trataba de reflejar personalidad y carácter mediante combinaciones cromáticas. Pero aún no se sentía muy segura.

—¿No crees que me encasillaré en retratos ñoños? —le preguntó a Blanca.

—Mientras no te dediques a las escenas de caza... —había respondido ella.

Elsa grande casi se enfadó.

—No me tomas en serio. Es fácil convertirse en una retratista convencional. Este proyecto de los colores puede estallar en mis manos. Si empleo tonos amables, el rosa y el malva para una niña, o una jovencita, por ejemplo, la fama de sentimental no me abandonará jamás.

—No es un concepto tan novedoso. En publicidad se ha empleado durante años.

Elsa grande quedó definitivamente escamada. Blanca no se enfrentaba a esos problemas; utilizaba casi siempre el blanco y negro. Y, por añadidura, Blanca era mucho más moderna, más atrevida en sus propuestas, y poseía mayor talento e intuición.

—Ella lo *sabe* —se quejaba Elsa grande a Rodrigo—. Yo debo aprenderlo.

Duino agudizó su sentido del color y reafirmó su decisión de avanzar por ese camino; la ciudad estaba llena de andamios y de casas a medio recuperar, que pintaban de rosa, de rojo intenso, de verde fresco. A veces se sentaba en un parque a media mañana y observaba los edificios y la gente que pasaba: los niños con gorritos para que el sol no les enfermara y las mujeres que soportaban medias y un correcto maquillaje. Pero por lo general se limitaba a caminar, con la mente en blanco, para olvidarse de por qué vivía en Duino y no en la vítrea Desrein. Si le parecía que alguien la seguía, cambiaba de acera y apresuraba el paso. Volvía la cabeza varias veces, y evitaba tomar calles poco frecuentadas. Sentía miedo, se creía observada; le desagradaba que los hombres la miraran, o que las mujeres se fijaran en ella. Comenzó a escoger ropa discreta y aprendió a pasar desapercibida. En realidad, la situación de destierro sólo agudizaba una tendencia instintiva: Elsa grande, que siempre había contemplado a los demás, detestaba saberse contemplada.

Comenzó Bellas Artes con la intención de dedicarse, al menos remotamente, al cine o, en el peor de los casos, a la pintura. Sin embargo, el contacto con otros artistas, en lugar de estimularla, la agostó, la convirtió en una plantita muerta. Todos le parecían mejores que ella, con mayores aptitudes y un carácter más adecuado.

—No seas tonta —la animaba su hermano—. Vales tanto como ellos. Vístete de negro, pon cara de ser interesante y misteriosa y te sentirás en ese ambiente como en casa.

La carrera le ofrecía demasiadas posibilidades para limitarse a una sola opción, y de pronto decidió que dedicarse a pintar acortaría sus horizontes. Decidió entonces probar la escultura, pero carecía de habilidad. Lo intentó luego con la fotografía, la disciplina por la que más atraída se sentía; pero pronto descubrió que no poseía el temperamento adecuado.

—Mirad esto —decía, desanimada, y comparaba dos fotografías, una de Blanca y otra suya—. Es para volverse loca.

Junto a las de Blanca, sus fotografías parecían postales, reproducciones sin fuerza ni variación. Blanca trató de ayudarla, pero fue en vano. Sin pesadumbre, regresó a la pintura, y descubrió entonces su habilidad para el retrato. No era una opción habitual, y pronto destacó.

En su territorio se movía con pericia. Con su temperamento realista y calmoso se hacía pocas ilusiones. Sabía que se dedicaría a pintar retratos de próceres ilustres y grandes de la ciudad, o que terminaría en un periódico, esbozando caricaturas de personajes conocidos. Y como los buenos pintores de corte, se esmeraba en captar los reflejos de las cadenas y el brillo sedoso de los tejidos, porque sabía que el esplendor burgués no le perdonaría que indagara en el interior.

Cuando se lo permitía, cuando el modelo inspiraba confianza y se sentía en libertad, Elsa grande era enormemente perspicaz, y dominaba el lenguaje simbólico de los retratistas antiguos: flores, frutas, alegorías. Como la mayor parte de las personas silenciosas, observaba detalles que otros pasaban por alto: gestos, actitudes, palabras encubiertas. Por fortuna para ella, pertenecía a una familia exhibicionista y presumida, con la que podía practicar, y ahora que su hermano Antonio vivía lejos le añoraba doblemente porque era un excelente sujeto de estudio.

El retrato verdoso reflejaba a Blanca, una Blanca torturada y lejana, con grandes ojos almendrados, un vestido que parecía compuesto de escamas, un tono de piel que remitía a la idea de una ahogada, una Blanca rescatada después de varios días de vagar en la corriente del río.

Llevaba un collar violeta, y el fondo se iluminaba apenas con un resplandor anaranjado, o más bien dorado.

Blanca se observó en silencio durante algún tiempo, y luego devolvió el cuadro al caballete.

—Así seré cuando muera —dijo.

Elsa grande no dijo nada. No distinguía la verdad de la mentira en las palabras de Blanca. Nadie mentía como ella, nadie poseía el don de convertir en fascinante una historia con la habilidad con la que ella lo hacía. Cualquier cosa, la que fuera, se convertía en nueva en sus labios. Sabía pedir prendas y buenos precios a cambio de las historias, y las empleaba con destreza como armas de seducción. A lo largo de los años había padecido sus efectos; había disfrutado de ellos también.

Blanca había sido una artista en el sentido más habitual de la palabra. Ella sí vestía de negro, buscaba collares hechos con huesos, hilos y conchas, se había agujereado varias veces las orejas y sus cambios de humor resultaban asombrosos.

Cuando se lo proponía, podía resultar turbadora. Invitaba a gente a la que apenas conocía a posar. Fotografiaba manos, rostros sin maquillaje ni artificios, labios entreabiertos. Le gustaban también las nucas y determinadas espaldas. En cualquier exposición, sus fotos resultaban las más impúdicas, las más obviamente sensuales y crudas. Acumulaba galardones, y siempre se sentía insatisfecha.

—¿De qué me sirven los premios? —decía, asqueada, ante la desesperación de Elsa grande—. Continúo aquí, fotografiando lo que me interesa en mis ratos libres y sobreviviendo con lo que cobro de los reportajes de boda. Nadie compra fotografías artísticas para colgarlas de una pared. Y quienes acuden a mí no quieren arriesgarse. *Sácame guapa*. Llegan con sus maquillajes y las manos llenas de anillos. Y yo sonrío, *sí, señora, ladee la cabeza, a ver, un poco más, ya casi está...* Valiente manera de hacerse rica.

No le importaba el dinero. Nunca le había importado, porque siempre la rodeó. Eran otras cosas las que le robaban el sueño, las que la convertían en algo muy distinto del colibrí que todos veían. Pese a su aparente extroversión, era reservada, y nadie sabía sobre ella nada que ella no quisiera que se supiera. Salvo Elsa grande. Elsa lo sabía todo.

Sabía, por ejemplo, que Blanca se moría. No por ella, no porque se lo hubiera dicho, por supuesto. Era otra de tantas historias no contadas. Hubiera pasado desapercibido, porque era un declive progresivo, el lento cese del corazón: se había estado matando en cada comida, cada vez que había vomitado tras devorar cualquier cosa que le matara la angustia.

Se la encontró en el pequeño cuartito que hacía las veces de lavabo en el estudio, desmayada en el suelo, con grandes círculos violetas bajo los ojos y el rostro lívido.

Durante unos segundos se apoyó contra la puerta, sin reaccionar. Luego corrió al teléfono, acompañó a Blanca en la ambulancia, con las manos unidas, convencida de que moriría.

Una vez en el hospital, se acordó de llamar a su familia. Se le había olvidado el teléfono, y tuvo que sentarse un momento para controlar los nervios. Si Blanca se había drogado, si algo ilegal se escondía en todo aquello, era preferible que sus padres no supieran nada. De nuevo se sentía responsable de Blanca, como cuando eran quinceañeras y había temblado por si descubrían los manejos que su amiga y ella se traían. Ni siquiera sabía qué decir. Se limitó a quedarse allí sentada, hasta que los médicos le dijeran algo y ella supiera a qué atenerse.

Blanca no murió. Se lo comunicó un médico maduro que no parecía muy interesado en lo que decía. Elsa grande se enteró con sorpresa de que no era la primera vez que le ocurría. No eran drogas. Estaba enferma. A su corazón le faltaban minerales, sodio, potasio, sales preciosas para el organismo. Los médicos y los enfermos pasaban a su lado sin ni siquiera mirarla, ajenos a su dolor y su preocupación.

En cuanto Blanca se recuperó mínimamente, un poco avergonzada, le suplicó que no llamara a sus padres. Que no lo contara en su casa.

—Si mi madre lo sabe, nunca me permitirá que vaya a vivir por mi cuenta. Sabes que me trata como a una niña. Ya es bastante grave que controle lo que como, que me lleve a las terapias, y que quiera jugar a papás y a mamás conmigo ahora.

—No sabía que tu... problema afectara al corazón.

Blanca se encogió de hombros.

—El corazón, los riñones, el hígado... ¿Qué más da? Algo reventará un día u otro. Si supieras lo sencillo que todo parece, lo poco que me importa... Si sólo pudiera tener un poco de independencia... Cree que por estar encima logrará curarme.

Elsa grande comprendió muchas cosas: la preocupación agobiante y excesiva de la madre de Blanca, sus silencios, las piezas blancas del rompecabezas que iban encajando.

—No diré nada —prometió.

Esperó a que Blanca se durmiera, y salió al pasillo. Una anciana en silla de ruedas la miró con curiosidad, con una bolsa de suero sobre el regazo y las venas de las muñecas muy marcadas. Asustada por la proximidad de la muerte, corrió a los brazos de Rodrigo, que no le hizo preguntas, y, una vez más, se encargó de arreglarle la vida a Blanca.

Se la llevó a su casa y la ayudó a fingir que pasaría los siguientes días en el pisito recién alquilado. Se maravilló ante la estupidez de sus padres, que no pusieron pegas, y ante su propia estupidez al negarse a ver lo que sucedía, y lloró mucho. Durante varios días sufrió pesadillas. Veía a Blanca conservada en sal, o soñaba que había muerto. Por primera vez caía en la idea de que Blanca era mortal, de que se abandonarían la una a la otra algún día. Una de las dos se quedaría sola. Y Blanca, así lo decían todas las señales, partiría primero.

Todo había comenzado trece o quince años antes, cuando ocurrió aquella historia no contada, cuando las dos, Elsa grande y Blanca, continuaban aún en el colegio, y falsearon su edad para que las admitieran en un curso de verano en la Universidad de Lorda. Hubieran matado por acudir a aquel curso. Blanca se encargó de los papeles modificados, y Elsa grande, a la que los adultos consideraban más sensata y de la que no sospechaban, porque Blanca mentía más que hablaba, trató de convencer a los padres para que las dejaran ir.

—Pero si somos formales... si aprobamos todo... ¿Nos dejaríais?

Durante semanas suplicaron e insistieron, y cuando las dos presentaron las cartas en las que las admitían en varios de los módulos de un curso, los padres no tuvieron entrañas para negarse. Lorda quedaba a apenas dos horas, y preferían que las niñas pasaran el verano allí estudiando y no holgazaneando tendidas al sol.

—¿Y si nos descubren? —comenzó a preocuparse Elsa grande, mientras hacía la maleta.

Blanca puso los brazos en jarras, muy determinada.

—Si vas a pasarte así todo el viaje, nos quedamos. —Luego la arrastró hasta un espejo, la abrazó por la espalda y sonrió—. ¿Quién nos va a descubrir? ¿Eh, tonta?

Blanca no tendría ningún problema para hacerse pasar por mayor de edad, y Elsa grande, ranita flaca, se propuso aparentar aplomo y descaro. Las dos habían dicho ser estudiantes de la Universidad de Desrein, y era poco probable que la mentira fuera descubierta. Para ellas, durante tres semanas, se abrían los secretos del montaje, la historia del cine, el futuro.

—Qué suerte —les habían dicho las otras amigas, que se mordían los labios llenas de envidia—. Si veis a algún actor famoso, traednos autógrafos.

—Cobardes —respondió Blanca, despectiva, porque su plan inicial había incluido a varias de aquellas amigas—. Ya pueden dar gracias si les enviamos alguna postal.

Pese a la gran fama que los cursos de verano de Lorda habían logrado, los profesores se quejaban de que el nivel había descendido; culpaban de ello a la masiva admisión de alumnos, que acudían como hechizados ante el reclamo de las lindas playas de Lorda y el prestigio de dos o tres profesores de campanillas.

Las verdaderas razones nunca se revelaban: cinco años antes el director de los cursos había renunciado a su cargo, aduciendo motivos de salud. Faltaban apenas dos meses para el inicio, y la dirección buscó a toda prisa un sustituto, que, mal que bien, capeó el temporal. Desde entonces permanecía inamovible en su cargo; hacía y deshacía a su antojo, y favorecía envidias y resquemores desconocidos hasta entonces. Varias de las profesoras se marcharon, aburridas de su prepotencia y su machismo; las sustituyó por gente de confianza.

Aquel año, durante la ceremonia de comienzo de curso, el director hizo hincapié en la juventud y la experiencia de los profesores, y en el gran poder de convocatoria de los cursos. Todos, profesores y alumnos, se habían reunido en el gran salón de actos de la universidad, y se observaban los unos a los otros con atención, como si pertenecieran a especies enemigas y enfrentadas.

En los cursos en los que Elsa y Blanca se habían inscrito sólo dos profesores bajaban de los cuarenta: Gloria Maza, la profesora de montaje, y el de técnicas narrativas, John Swordborn, un poco más joven.

Era el tercer curso de verano para Swordborn, y el segundo en el que trabajaba de profesor durante todo el año. Antes de recalar en Lorda había sido actor y guionista de cine. Ninguno de los trabajos le había importado mucho, y había pasado de uno a otro con total indiferencia. Así lo había aprendido de sus padres, actores, despreocupados y adorables.

Luego, al abandonar su país, su pasado cobró súbita importancia. Necesitaba certificados, títulos, experiencia. Desempolvó su travesía universitaria y la desplegó, reluciente, ante los que se la pedían. Por aquel entonces, su madre, Wilhemina Swordborn, acababa de publicar un precioso tratado sobre la comunicación en el teatro, para el que él había buscado bibliografía; en contrapartida, la madre le dedicaba el libro, y se refería a él como maestro e inspiración.

Las palabras de su madre y la devoción sin límites que el director de los cursos de verano sentía hacia ella firmaron su admisión por tres meses como profesor de un curso intensivo. El resto, los dos años y nueve meses restantes, se los ganó él. Cada trimestre esperaba una carta de la universidad que le anunciara si el contrato se renovaba por otros tres meses o decidían prescindir de sus servicios; fumaba un cigarrillo muy despacio antes de abrirla.

—Qué más da —murmuraba, en voz baja—. Si debo irme, es porque estaba escrito que debía irme.

Había llegado a Lorda por casualidad, y se quedó porque encontró fácil el idioma, le agradó el clima y se enamoró de una chica morena y dulce. Pero a los tres meses rompió con ella, y se había aburrido ya del cielo templado de Lorda. Sin embargo, sin saber muy bien por qué, por un sentimiento mezclado entre su apatía habitual, no estaba dispuesto a marcharse. Y sabía que sólo el trabajo, aquel puesto mediocre, le ataba allí. Si hubiese pedido opinión al resto de sus amigos sobre su decisión de permanecer en Lorda, la mayoría le habría contestado que estaba desperdiciando el tiempo.

John Swordborn causó una gran impresión en Elsa grande, que no habló de otra cosa los dos primeros días. Junto con el resto del grupito de técnicas narrativas, doce en total, cayó pronto a los pies del profesor; Blanca, sin embargo, no le encontró tanto mérito.

—¿Qué es lo único que hace? ¿Enseñarnos a contar historias? Eso no se aprende. Se nace así, o no se nace.

Se había inscrito en ese módulo arrastrada por Elsa, pero lo consideraba una pérdida de tiempo y de dinero. Si alguien sabía contar una historia, era ella. John intuyó en seguida que esa presa se le escapaba, y le prestó una atención especial.

—¿Y tú, Blanca? ¿Tienes alguna idea de cómo finalizar esta parte?

—No.

Salvo por otro alumno, claramente dotado para la asignatura, Blanca destacaba sobre el resto, y eso agudizaba su fracaso cuando, en mitad de clase, ella miraba aburrida por la ventana. Ni siquiera logró animarla para que participara en el cuentacuentos, un recurso que siempre le había funcionado. Los alumnos contaban una historia al día, la que quisieran, inventada, o leída, o simplemente una noticia de un periódico.

—¿Y tú, Blanca?

—No, gracias.

Sólo le interesaban los módulos relacionados directamente con la fotografía; Elsa grande, sin embargo, contaba historias que le habían leído de muy pequeña, transformaba conversaciones de autobús en guiones televisivos y gesticulaba entusiasmada. John decidió no insistir más.

—*Un fracaso de doce no resulta tan mal promedio* —se consolaba.

Entonces, Blanca cambió de actitud; después de uno de los descansos, con el corazón de la manzana que había comido aún en la mano, se ofreció para el cuentacuentos.

—Si quieres, yo me encargo de ello ahora.

No era la hora habitual para narrar la historia, que solía reservarse para los minutos finales, pero se sintió tan conmovido, tan orgulloso de sí mismo por la colaboración de Blanca que quiso disfrutar de su logro inmediatamente. Todos colocaron sus sillas en círculo, rodearon a Blanca y esperaron.

—¿Y bien?

—¿Empiezas o no?

Pero nadie sabía contar una historia como Blanca. Se sentó con las piernas cruzadas sobre la mesa del profesor, en lugar de formar parte del círculo, y, en pago a su historia, pidió una prenda. Elsa, que conocía los métodos de su amiga, se tapó la boca con la mano para ahogar la risa.

—¿Una prenda? —preguntaron.

Ella asintió con la cabeza.

—Algo valioso a cambio de la historia.

—Aún no sabemos si tu historia merecerá la pena —replicó Swordborn.

Blanca se volvió a él y sonrió.

—Merecerá la pena.

Una de las alumnas ofreció su anillo, pero Blanca no lo quiso.

—Quiero tu camisa —le pidió a John.

—¿Mi camisa?

—No es para tanto. ¿Es que no tienes más que una camisa?

Todos rieron, también él. Blanca se había ganado ya al público, aunque su historia no valiera nada, de modo que consideró que merecía la camisa y la satisfacción de humillarle, aunque fuera un poquito.

—La quiero entera... no creas que tengo muchas camisas...

Se la entregó, entre las risas y los silbidos, y cruzó los

brazos sobre el pecho, apoyado contra la pared. Y ella comenzó a hablar.

Cualquier cosa, en sus labios, parecía que nunca hubiera sido contada.

Blanca contó la historia de un médico arrogante y desdeñoso al que enviaban a sanar a una mujer misteriosa que vivía en una casa rodeada de niebla y sauces; sin embargo, nadie que entrara en aquella casa podía librarse ya del embrujo, y poco a poco el médico caía en los lazos tendidos por aquella mujer vestida de negro. Mientras hablaba, había cogido del cajón un rotulador rosa, y había comenzado a pintar rayas en la camisa blanca. La pechera, las mangas, la espalda. Tres rayas más en el cuello, con el pulso sorprendentemente firme y sin dejar de hablar, hizo que la mujer de negro envenenara lentamente al médico, atrayéndolo hasta la muerte, como a un pajarillo. Fin.

Hubo un silencio. Aplaudieron mucho la historia, y la alegría continuó porque John no se mostró ofendido por las rayas de la camisa. Es más, se la puso de nuevo, y a los dos días, el viernes, cuando les correspondía otra vez técnicas narrativas, se presentó con ella en la clase sin dar muestras de vergüenza.

Después del descanso, mientras ella aún no había terminado con la manzana, le rogó que contara otra historia.

—¿Otra vez yo?

—¿Por qué no?

—Porque no quiero repetirme.

—No es para tanto. ¿Es que no sabes más que una historia? —le remedó él—. No puedo creerlo. Estás buscando una excusa para desobedecerme.

Blanca se encogió de hombros, cambió una mirada vacía con Elsa grande y le exigió de nuevo la camisa.

La segunda prenda. En los cuentos, siempre había tres pruebas, tres prendas, tres peligros, tres castigos. Tres adivinanzas, tres historias.

Y érase una vez un carpintero, raya, raya, enamorado de una mujer que no le amaba pero a la que veía todos los días. Otra raya. A John se le clavaba el marco de la puerta en la espalda, pero continuaba allí, sin variar la posición, porque el dolor le mantenía alerta y pendiente del carpintero, que no conocía las palabras para que la mujer no se marchara. Pero la mujer se marchaba, y mucho tiempo después, regresaba. Pero entonces él ya no la quería. Fin. La camisa regresó a John con el final de la historia, con las rayas menos firmes y más estrechas, envuelta en una sonrisa irónica que continuó en el aire todo el fin de semana.

No hubo tercera historia. No fue necesaria. No hubo tercera prenda. Sólo, más tarde, un peligro, un castigo. El final del cuento.

Se volvió loco por ella. La frialdad que le habían dado los meses sin amor marchó asustada, y un dolor amortiguado, como el sonido de un piano con sordina, arraigó en su costado. Recorrió la playa y las terrazas, y encontró a todos sus alumnos, menos a Blanca y a su amiga.

Todos le saludaban, y a él le costaba mantener la sonrisa.

—¿Habéis visto a Elsa? —preguntaba, temeroso de mencionar el nombre que realmente buscaba.

—No... estará por ahí con Blanca.

Volvió a su casa. Se arrojó sobre la cama, con los dientes apretados, y esperó a que llegara la tarde. Fumaba un cigarrillo tras otro, y de vez en cuando, sacudía la ceniza, que levantaba un polvillo gris sobre la colcha. Se miró al espejo, sopesando sus posibilidades; se parecía a su madre, cuando ella aún era hermosa: la nariz recta, los ojos castaños veteados de verde, los pómulos altos. Durante varios años había ocultado una cicatriz sobre el labio con un bigote que le daba cierto aire de galán antiguo. Sin él, la marca destacaba claramente, una huella blanca y cortante.

Por primera vez, se sintió inseguro, forastero en un país extraño. Hubiera preferido tener la piel más oscura, los ojos endrinos, que no hallaran resto de acento en su hablar.

Luego observó sus manos, su pecho y su espalda sin camisa. Le parecieron vulgares. Nunca había prestado atención a su cuerpo, acostumbrado como estaba a seducir con ademanes, con actitudes, con historias.

Dedicó el domingo a planear estrategias y a derrumbarlas luego: no debía permitirle contar otro cuento, ni atraer la atención de la clase al menos hasta los últimos días del curso. O quizá, por el contrario, halagarla con su interés. Tal vez fuera sensato ganarse antes a su amiga. Aunque eso quizá la enfureciera. ¿Debía proponerle algo? Pudiera ser que no resultara descabellado invitarla a tomar un café, por la tarde, después de las clases. ¿Qué hacer, qué hacer? ¿Mostrar indiferencia? ¿Invitarla y hablar?

Lo hizo. Blanca, con la misma expresión de aburrimiento con la que le escuchaba hablar por las mañanas, aceptó.

—Pero no un café. Me moriría si bebiera un café ahora, con este calor.

Tomaron un granizado para sacudirse el calor y dieron un discreto rodeo para evitar el paseo junto al mar, siempre lleno de gente.

—¿Es así durante el invierno?

—No —contestó John—. Éstas son aves de paso. En los meses de invierno muchas de las tiendas cierran, y nos quedamos solos.

Cuando pasaron cerca, ella le señaló con el dedo, desde fuera, la habitación de la residencia en la que dormía; John no supo cómo interpretarlo, su confusión aumentó, y tuvo, a lo largo de toda la tarde, la impresión de comportarse como un estúpido. Habló de temas rebuscados y aburridos. Fue Blanca, sin rastro de ingenuidad, la que propuso que le enseñara su casa y la que, una vez allí, le pidió nuevamente que se quitara la camisa.

Una historia más. Más mentiras. Besos, la fascinación entre dos cuerpos jóvenes, desnudos y decididos. Después, ocurrieron cosas muy distintas. Para Blanca, siguió la leve depresión que se sucedía una vez satisfecha la voluptuosidad. Para John, comenzó la sorpresa y el desconcierto de quien se enfrenta a una desgracia o a una gran maravilla: el final de la vida conocida, el inicio de una pasión que le acompañó hasta la muerte.

En ningún momento se le pasó por la cabeza la idea de que Blanca pudiera tener dieciséis años.

Ellas, sin embargo, no pensaban en otra cosa. A Elsa grande aún le daba un vuelco el corazón si alguien le preguntaba cualquier cosa, o si la miraban fijamente en la cafetería, y creyó volverse loca de preocupación cuando Blanca dejó de dormir por las noches en la residencia.

—Un profesor. No se te ocurre otra cosa que un profesor. ¡Si ni siquiera te gustaba!

—Pero yo sí le gusto —replicaba ella.

Elsa habló y habló, hasta quedarse ronca, de la imprudencia de Blanca, de la irresponsabilidad que demostraba al mantener un romance con alguien a quien apenas conocía, con alguien extranjero. Con el estómago encogido, pensó en todos los peligros. Sus certificados, los que acreditarían su estancia en el curso, no serían válidos.

—¿Y si te quedas embarazada?

Sus padres las matarían, especialmente a ella, que los había convencido. Tal vez eso les impidiera la entrada en la universidad.

Respecto a John, podría perder su puesto. Podrían acusarle de abusos a menores. Podrían expulsarle del país.

—¿Es que nada te preocupa?

Blanca levantaba la cabeza, impaciente, y golpeteaba la mesa con los dedos.

—Eres una cría —contestaba—. El miedo te hace ver fantasmas por todas partes. No ocurrirá nada. Incluso podremos regresar el año que viene. John es un seductor. ¿Crees que le da a esto la importancia que tú piensas? Yo desapareceré, otra me sustituirá. A saber a cuántas otras habrá invitado a tomar un café. No quiero ni pensar en ello.

—Arreglas siempre las cosas de la misma manera. No piensas en ello. ¿Crees que con eso se soluciona todo?

—Déjame en paz, Elsa. No tengo ganas de sufrir.

No deseaba sufrir.

Cuando regresaron a Desrein con el certificado en la maleta y el verano escapando al galope tras sus espaldas, hicieron las paces. Elsa reconoció haberse excedido en sus miedos, y Blanca se disculpó por su mala cabeza. El secreto compartido estrechó aún más sus lazos.

—Siempre quiero que todo salga como yo pienso —dijo Elsa.

—Siempre dejo todo a la improvisación —dijo, por su parte, Blanca.

—Siempre creo que el futuro se muestra negro y nos va a engullir.

—Siempre creo que todo será de color de rosa.

Aunque no lo supieron, Elsa fue, de las dos, la que mejor adivinó el porvenir. Con el inicio del otoño, se descubrieron irregularidades en los cursos de verano: no las admisiones falsificadas de niñas que jugaban a ser mayores, sino becas asignadas con doble intención, dinero que desaparecía y que beneficiaba a quien no debía. Mucho dinero. Sin justificación posible. De modo fulminante, pero intentando no levantar demasiado barro, el director de los cursos perdió su puesto. Con él cayeron favoritos y discípulos. Todo profesor que hubiera sido contratado por el antiguo director resultaba ahora sospechoso.

Así fue como Swordborn, recostado sobre la cama, con su eterno cigarrillo, leyó la carta en la que le invitaban a defender su plaza.

—*Este momento tenía que llegar un día u otro. Se acabó el verano.*

Se presentó a las pruebas que le impusieron e, injustamente, las suspendió. Le importó menos de lo que imaginaba. Lorda, perezosa, con sus gaviotas y su ruido de mar, se había quedado vacía, y se encaminaba tranquilamente al sopor del invierno. John miró por la ventana y notó que sus ataduras habían desaparecido. Mientras empaquetaba sus libros, sus cientos de cintas y grabaciones, recordaba a Blanca, que no había dado más señales de vida.

—*Me ama. No me ama* —y pensar continuamente en ella, aunque fuera para convencerse de que no le amaba, le resultaba más dulce que cosa alguna.

No le había dejado su teléfono, ni más forma de contactar con ella que una dirección. Le escribió varias cartas, ya de vuelta a su país. Ocultó las razones de su marcha, un poco avergonzado, y sólo dejó entrever una oportunidad única que no podía desechar, cosa que tampoco se alejaba demasiado de la realidad, porque sus padres acababan de formar una productora, y querían que trabajara con ellos. En unos días alquilarían los locales, y en cuanto Blanca lo deseara, podría entrar como guionista. Como cámara. Como lo que fuera.

—*No puedo imaginarme ya una vida sin ti. ¿Te extraña?* —escribía—. *También a mí. Fuera lo que fuera lo que he sentido hasta ahora, no puede compararse a lo que he conocido contigo.*

Pacientemente, como si se tratara de un rompecabezas, buscaba la manera de encajar fragmentos de vida, de casualidades, de trucos filosofales que le devolvieran a Blanca, que le consiguieran para siempre a Blanca.

La dirección que Blanca le había dado era falsa. Pertenecía a un piso de estudiantes en el que había vivido su hermana. De ese modo ella se libraba de la angustia de acudir al buzón para ver si el extranjero se había dignado a escribir. Pero si por casualidad él quisiera encontrarla, habría modos de que Blanca se enterara.

Con sus amigas, que esperaban ansiosas las aventuras de las dos osadas durante el verano, se habían mostrado misteriosas.

—Haber venido.

—Si supiéramos que no iba a pasar nada...

Blanca acrecentó su desprecio hacia ellas.

—¿Qué mérito hubiera tenido entonces?

—No seas cruel, Blanca —dijo Elsa.

—Bah —contestó, pero hizo un esfuerzo por ser amable—. ¿Qué queréis saber? Un verano más. ¿Y vosotras? ¿Qué contáis?

Blanca creyó que había atravesado el verano sin quemarse; pero al poco tiempo de regresar a Desrein la atrapó la melancolía. Recordaba a John cada vez que veía fumar a un hombre, a cada paso que daba. Reconstruyó con primor los primeros encuentros, las primeras frases que habían cruzado en clase, cuando ella se aburría y se dedicaba a perseguir musarañas.

Con Elsa grande no sabía hablar de otra cosa, y analizaba hasta el hastío su comportamiento. ¿Se había dejado llevar por la pasión, o había podido el afán de derrotarle en el campo que Blanca mejor conocía? ¿Sería él sincero en sus últimas palabras de amor? ¿Perdería el interés si Blanca hacía lo posible por continuar la relación?

—Fui una estúpida —se lamentaba—. ¿Quién me mandaría mostrarme tan engreída? ¿Sabes que le dejé plantado más de una vez? —Se reía—. ¡Qué boba soy! Debería haber aprovechado todos los momentos en los que podíamos estar juntos.

Quedaba la cuestión de la edad; si volvían a verse, tendría que desvelarla, porque no se encontraba con fuerzas para continuar una mentira a todos los niveles.

—¿Me ama? ¿No me ama? —preguntaba, y aunque sabía que Elsa le contestaría que la amaba, no podía dejar de pensar en ello.

Le quedaban pocas huellas físicas de él: los apuntes, la foto general de fin de curso, en la que ni siquiera estaban próximos, una pulsera de hilo que John le hizo y se empeñó en que llevara. Una mañana habían logrado quedarse los últimos en el aula, y John la había sentado sobre sus rodillas; en ese momento entró Gloria Maza, que buscaba un proyector, y los sorprendió. Se llevó el aparato, y no dijo nada, de modo que en cuanto ella salió los dos continuaron besándose y chocando contra los muebles.

Cuando no pudo más, fue a comprobar si le habían llegado cartas al piso de estudiantes. Habían llegado. Eran doce, y una postal, cubiertas de una letra inclinada, pequeña; hablaban de su devoción, y recordaban aquellos días con una precisión mayor que sus charlas con Elsa. El granizado de café, las historias que Blanca contaba, los lunares que le salpicaban los hombros, la brusquedad que ella demostraba cuando abandonaba la cama y se daba cuenta de que se había hecho tarde. La pulsera de hilo. Blanca, sentada en la alfombra de su cuarto con las cartas esparcidas y mezcladas, lloró, y escribió toda la tarde una carta eterna, incoherente, que envió al último remite.

Cuando Blanca escribía esa carta, John ya estaba muerto. Incluso antes de que la última carta, la número trece, llegara a la falsa dirección, había muerto ya. Las chicas lo supieron meses después, cuando Blanca, desesperada por el silencio a las cartas que ella le había enviado, pensaba en marcharse a buscarle.

Si Wilhemina Swordborn no hubiera recibido una mención póstuma en un festival de cine aquel año, después de morir con su hijo en un accidente de coche, es posible que la noticia hubiera viajado aún más lentamente. Elsa grande leyó el periódico sin demasiado interés, hasta que, súbitamente, reconoció el apellido, y no pudo respirar.

Entonces, sin avisar aún a Blanca, corrió a la biblioteca y pidió periódicos atrasados, periódicos en inglés que contaran la historia de la Swordborn, que publicaran sus fotos, tan hermosa y alta de joven, poco a poco más pesada y digna, fotos con su marido, fotos con sus hijos: Leslie, John. Otras fotos del coche destrozado, tristes declaraciones de sus compañeros. Ella, a diferencia de John, agonizó varias semanas antes de someterse. Otros dos ocupantes, dos niñas que viajaban en la parte trasera, que ni siquiera tuvieron conciencia de viajar, que se encontraban en otro país, leyendo cartas de amor, sobrevivieron.

Elsa grande logró durante meses ocultar su pena, y sólo se la reveló, años más tarde, a Rodrigo, pero se sintió directamente responsable del accidente. Si no hubiera accedido a mentir, si no hubiera obligado a Blanca a acudir a aquel módulo, si hubiera porfiado más para alejarlos, si al menos ella hubiera mantenido el contacto con el adorable profesor. Si le hubiera dicho que él no la amaba.

—¿Qué hubieras podido hacer? —le contestaba él.

—No lo sé. Yo era quien cuidaba de Blanca. Desde que éramos unas niñas, nuestros padres habían confiado en que yo no le permitiría hacer locuras. Era yo quien debía protegerla.

Blanca apenas habló. Durante dos días no comió, fingiéndose enferma. Luego, engordó varios kilos. Se ocultaba. Comía. Su cuerpo cambió, se redondeó, perdió las líneas de la adolescencia y se adentró en la madurez. Sus altibajos de humor se agudizaron. Continuó resultando atractiva para los hombres, continuó siendo la mejor contando historias, aunque ya no fuera en cuentos, sino en fotografías desnudas y tétricas. Para ella había comenzado la angustia.

Era aquel dolor atroz, sin lágrimas, en el estómago, que sólo se calmaba con la comida. Unas punzadas tan terribles que a veces hacían que se estremeciera y se abrazase con las dos manos, y que apretase hasta que el dolor de la presión le hacía olvidar el otro, el que no se iría. La asaltaba por las noches, en las tardes con calma, o ante una imagen bella, una fotografía conmovedora que de pronto removía ampollas no curadas.

No había manera de describir el dolor. Ni siquiera cuando no era tan intenso, cuando algo divertido o amable ocurría en su vida, se sentía capaz de verterlo en palabras. Tenía colores, una consistencia especial que lo alejaba del resto del sufrimiento, del mal humor, de todos los padecimientos del mundo que no fueran aquel dolor. Durante años, Blanca había intentado liberarse de él, pero ya se había rendido. No hubiera podido cortarse una pierna; no podía cambiar a esas alturas su manera de ser.

Blanca, como Elsa grande pensaba, se moría, pero de un modo muy lento, y desde mucho tiempo antes de lo que Elsa pensaba. Aquellas noches abrazada a la nada, con la angustia que le devoraba el pecho, habían allanado el camino a cualquier desgracia que pudiera sobrevenir.

Y Elsa grande, que siempre había creído comprender a Blanca casi sin palabras, entendía entonces, en sus caminatas ciegas por la ciudad, en aquellos vagabundeos por Duino a los que se obligaba, lo lejos que había estado de saber lo que aquello significaba, las punzadas en el pecho, el insomnio, la conciencia de que algo sin nombre, un monstruo baboso y repugnante, se había instalado en la cabeza de Blanca y la había hecho suya. No un miedo rojo y palpitante, el miedo que se sentía con la fiebre o con los golpes. Aquel miedo se parecía a una babosa, a un limaco que atravesara frente a ella en un camino. Era sorprendentemente similar al de aquella niña Elsa que no volvió a aparecer.

8

Esa tarde, cuando Elsa grande regresó de su paseo, se descubrió con ánimos de pintar. Estaba sola; la tata había marchado a su viaje a Virto, y el abuelo debía de andar con algún amigo, leyendo periódicos y comparando noticias. Le gustaba que no hubiera nadie por medio. Eran los únicos momentos en los que no se sentía una intrusa. La tata poseía la irritante habilidad de hacerla sentirse torpe. Colocaba todo fuera de su sitio, no se manejaba con soltura y tenía la impresión de que, más que ahorrarle trabajo, se lo daba.

Tarareando, abrió las ventanas y sacó de debajo de la cama la carpeta con bocetos. Buscaba unas pruebas que había hecho para unos cuadros que recordaran inmediatamente a un anfibio, verdes y negros, colores reservados para personas inquietantes e hipócritas o para hombres muy jóvenes y escurridizos. Había tropezado por casualidad con un café antiguo, que ostentaba en una de las paredes una escena de cementerio, con dos sepultureros, en esos mismos tonos.

Pero había sido tan precipitada su marcha de Desrein que había metido casi al azar, en total desorden, los apuntes en los que estaba trabajando, y no encontró los dibujos que buscaba. Perdía mucho tiempo buscando cosas o echándolas de menos. A cambio, sí recuperó un proyecto de retrato de Rodrigo. Sonrió. Dulce, apacible Rodrigo. Grapado a los dibujos venía un sobre con varias fotografías, una de ellas realizada por Blanca, las otras menos sofisticadas. Sonrió de nuevo. Rodrigo no mostraba mucho donaire ante la cámara. El abuelo Esteban, en su foto de antes de la guerra, parecía confiar más en el fotógrafo.

—No hay forma —le decía Blanca, desalentada—. Resígnate, no es fotogénico.

—Le voy a llevar a algún fotógrafo que no le odie, y entonces vas a ver si es fotogénico o no —bromeaba Elsa.

—Tendrás que buscar antes un fotógrafo al que él no odie.

De no haber sido por la avalancha de trabajo con que se encontró tras la exposición, Elsa grande hubiera terminado el retrato a tiempo para el cumpleaños de Rodrigo. Pero le encargaron cuadros urgentes, lo fue dejando, y ni siquiera lo comenzó. Se acercó el boceto a los ojos, pasó los dedos sobre el papel poroso; su Rodrigo. Pronto se había acostumbrado a llamarlo así, suyo, su amiga, sus padres, su estudio, sus cuadros, su novio.

Muy a menudo, sobre todo desde que vivía en Duino, debía hacer un esfuerzo para recordar que le amaba. No era que el sentimiento se hubiera diluido con la distancia, ni siquiera con los años de noviazgo. No sentía dudas. Prácticamente. Quería a Rodrigo. La rutina había variado; si antes los días se amoldaban para dejar un espacio para Rodrigo, para los paseos con Rodrigo, las charlas con Rodrigo, esas horas se llenaban ahora en solitario. Rodrigo, sus cautos consejos, su voz suave se renovaban todas las noches en las conversaciones telefónicas que mantenían.

—¿Estás bien?

—¿Por qué no iba a estar bien?

—Porque pareces enfadado.

—No, no estoy enfadado. Son figuraciones tuyas.

Los días pares era Elsa quien llamaba. Los impares, Rodrigo. Si una noche el teléfono estaba ocupado, si surgía cualquier cosa y no se hablaban, la charla se posponía un día, a la misma hora. Una llamada de Rodrigo a las cinco de la tarde hubiera roto la armonía, y la hubiera llenado de pánico. Él era así; en cierta medida, también ella lo era. Precisaba normas, aunque sólo fuera para incumplirlas luego: una apariencia ordenada y metódica, un barniz de respetabilidad y convencionalismo, algo que le sirviera para aferrarse cuando su vida inquieta le atacaba los nervios.

—¿Estás bien? —preguntaba él en esas ocasiones.

—Sí. ¿Qué pasa?

—No, nada. Pero pareces enfadada.

—No estoy enfadada. Serán imaginaciones tuyas.

En las fiestas de la facultad, en las que sus compañeras cambiaban de pareja y trataban de convertirse en otra persona cada trimestre, Elsa grande no había variado de acompañante ni de aspecto. Durante cinco años,

Rodrigo frecuentó unas reuniones que aborrecía, firmemente aferrado por la mano de una Elsa correcta, de mirada gélida y poco incitante. A ninguno de los dos les gustaban esas fiestas, pero Elsa creía su deber acudir, y Rodrigo hubiera muerto antes que dejarla ir sola.

Quienes contaban, quienes ostentaban el poder, los profesores, los críticos, censuraban a las jovencitas que se mostraban ansiosas y promiscuas, que daban demasiadas muestras de descaro, de independencia, de arrogancia. Lo que no impedía que la mayor parte de ellos se involucraran más de lo que debieran con esas mismas muchachas. Secretamente, la mayor parte de ellos temía que en poco tiempo irrumpieran con fuerza y desbancaran a otros alumnos y becarios por los que ellos habían apostado. Acogían los chismes sobre ellas con gran alborozo. Nadie podría confiar en una profesora con tal pasado. Estaban a salvo.

Nadie podía contar ningún chisme de Elsa grande. Ni era casquivana, ni descarada, ni siquiera demasiado aduladora o ambiciosa. En la mayor parte de las clases pasaba desapercibida.

—No tiene vida —era lo más que decían—. No creo que tenga mucho talento.

Pese a su intachable reputación, y al compenetrado noviazgo, ella había tenido sus aventuras, por supuesto. Un fotógrafo amigo de Blanca, forastero en la ciudad, que las había visitado hacía dos años. Un compañero de su hermano Antonio, arquitecto, como él, a quien no había vuelto a ver, temerosa de enamorarse. Otro chico de quien no sabía nada, también bajo la complicidad de

237

Blanca, en una noche en la que las dos habían salido a divertirse juntas. Los recordaba con cierta altivez; habían cedido con facilidad en cuanto ella se había despojado de su falsa displicencia y había accedido a mostrarse dulce, un poco frívola y superficial. Algo que jamás había funcionado con Rodrigo.

—Es el poder —decía Blanca—. Es eso lo que me atrae de estas cosas: el poder sobre ellos. Si yo quisiera, comerían de mi mano.

Elsa no llegaba a esos extremos, pero disfrutaba también sabiéndose en posición ventajosa sobre aquellos chicos.

—¿Qué les dices tú? —le preguntaba a Blanca en las tardes que pasaban juntas en el estudio, con pocas ganas de trabajar.

Blanca sonreía.

—Cualquier cosa. ¿Qué más da? Creen cualquier cosa que les diga.

Nadie como ella mentía en historias. Había perdido ya la memoria de cuando había comenzado a contarse historias también a ella misma. Cuando ella, el colibrí, había comenzado a mentirse.

Ellos, los hombres, mentían, qué duda cabía de ello. De esas mentiras hablaban menos. De las evidentes, *te amo, qué bonita eres, haría cualquier cosa por ti, en estos momentos huyo de una relación seria, acabo de pasar por una his-*

toria muy complicada, sabes que podría enamorarme de ti, se burlaban. Los ridiculizaban e imitaban.

—Haría cualquier cosa por mí, me dijo... ¿Se pensará que soy tonta? Y yo le miraba muy seria, y le decía que sí, que sí...

—Si al menos —proponía Elsa grande, absorta— fueran un poco más originales...

Así era más fácil. De otro modo no hubieran soportado la certeza de ser utilizadas del mismo modo en que ellas pretendían utilizar a los hombres. Esa desesperada sensación de no ser amadas, de no significar nada más que un cuerpo y una noche para la otra persona. *Nunca te he visto por aquí, sabes que eres preciosa, no tengo novia en este momento, eres una mujer impresionante. No busco nada serio, sólo pasar un buen rato.* Sí, definitivamente, así era mucho más fácil.

Rodrigo no hablaba nunca de aquel modo, no hacía promesas que no pudiera cumplir; no hubiera mentido ni para salvar la vida. Ni siquiera sabía callar algo que molestara su conciencia. Pero si bien nunca se molestó en aprender a mentir, logró ser un maestro en las artes del silencio. En su trabajo valoraban su honestidad y el modo concienzudo, puntilloso, de dedicarse a su labor, y llevaba camino de ascender hasta cotas impensables rápidamente. Daban la enhorabuena a Elsa grande.

—Te llevas un buen partido... ya puedes cuidarlo.

Por su parte, si su banco lo hubiera querido así, se hubiera ofrecido como voluntario para una acción suicida. No le preocupaba figurar, y no se metía con nadie, aunque, en su fuero interno, despreciaba soberanamente a la mayor parte de la gente con la que trabajaba. No tardaba en desenmascarar a los farsantes y a los gallitos, y dejaba que se estrellaran solos. Fuera quien fuera el más popular entre sus compañeros, él sabía bien a quién acudían sus superiores cuando precisaban a alguien de confianza, un trabajo bien hecho o, simplemente, un juicio de valor.

—¿Y Luis? ¿Qué opinión te merece?

Se encogía de hombros.

—No me gustan esos hombres que se broncean como si tuvieran necesidad de ir maquillados. Además, ni siquiera sabe hablar sin hacerse un lío. Si nota que le observan, tartamudea... no vale para expresarse en público, ni para presentaciones de ningún tipo.

Todos reían.

—Yo no quiero ser tu enemigo, Rodrigo...

—¿He dicho algo que sea mentira?

El director de sucursal les cortaba.

—Rodrigo tiene razón. A mí tampoco me parece competente. Eso es lo bueno de Rodrigo. Desconfía siempre. El mundo es de los desconfiados.

Desconfiaba también de Blanca, la amiga de su novia. En general, sentía recelos ante alguien que supiera manejar con arte las palabras. Mientras los otros hablaban y se perdían entre las redes doradas de las historias, él observaba sin pestañear a quien intervenía y descubría lo que realmente quería decir, lo que quería vender envuelto en palabrería tan aparente.

Sin embargo, nunca sospechó que Elsa le hubiera sido infiel. No concebía que alguien pudiera cometer alguna acción indigna o vergonzosa y no lo dijera. No se dio cuenta de que Elsa grande sabía jugar mejor que él a las tretas del silencio. Tampoco, pese al cariño que le tenía, se le hubiera pasado por la mente la idea de que su novia fuera más capaz, o más inteligente que él. Admiraba su creatividad, consideraba muy interesante su mentalidad, pero su hábito de creerse superior a los que le rodeaban enturbiaba a menudo su visión.

Había cosas que se caían por su propio peso. Las mentiras. Las apuestas sin un respaldo importante detrás. El exceso de confianza. Confiaba en Elsa grande porque sabía que no era aficionada a ninguna de estas cosas, y por lo tanto, estaba ciego a cualquier evidencia que le pudieran presentar. Aunque le hubieran hablado de aquellos deslices de su novia, del fotógrafo amigo de Blanca, del arquitecto amigo de Antonio, no los hubiera creído. Y la mayor ceguera de todas, estaba sinceramente enamorado de ella.

Nunca se lo había dicho. Se hubiera muerto de vergüenza. Cuando ella se lo preguntaba, él asentía. Todo lo más, la besaba cerca de la oreja.

—Sí.

Los días cinco de cada mes le mandaba un ramo de flores a su casa. Se habían conocido en un miércoles cinco, en un cumpleaños. Los días diecisiete tocaban rosas: él se había declarado en un domingo diecisiete. No olvidaba los aniversarios, ni los cumpleaños y, de vez en cuando, si Elsa demostraba un interés muy grande por alguna cosa, un libro, las entradas para un concierto, una cena en un restaurante nuevo, él se lo conseguía. La mayor parte de las veces también él leía el libro, o Elsa acudía al concierto o al restaurante con él, de modo que el efecto romántico se malograba, pero el hecho quedaba ahí.

—Rodrigo —le defendía Elsa grande ante sus padres— inspira confianza, y le conozco bien. ¿Qué más puedo pedir?

—Pero, hija, al menos alguien con sangre en las venas...

Elsa grande se enfurecía. Sus padres querían un aventurero para ella, un superhombre o cualquier otro disparate.

—¡Tiene sangre en las venas!

Si Rodrigo se hubiera atrevido, si hubiera roto la capa de rígido control que le apresaba, hubiera compuesto canciones y bellas frases. Le gustaban las películas con héroes decididos e historias de amor intrincadas que, al final, se resolvían gracias a la determinación del protagonista. Era atractivo; lo sería más si sonriera más a menudo. Ante su espejo, en el cuarto de baño, por ejemplo, sonreía de modo irresistible, de frente, de tres cuartos, con la cabeza inclinada de modo que las cejas convertían su mirada en un rictus torvo. Cuando terminaba de afeitarse, finalizaban las sonrisas. Tal vez dentro del cuarto de baño quedara un galán, un hombre de acción, un sentimental incurable; pero una vez fuera, Rodrigo trabajaba en un banco, ahorraba para comprar un piso y celebrar una boda, y miraba con malos ojos a los que empleaban en la vida real las muecas que él dedicaba a su espejo.

Esa noche, día par, Elsa grande llamó religiosamente a Rodrigo, y luego, después de colgar, se aferró de nuevo al teléfono. Quería hablar con Blanca.

—Estoy bien —la tranquilizó—. Pero quería charlar contigo.

—Ayer hablé con tu madre —dijo la voz de Blanca, tan cercana—. Está preocupada porque le has dicho que no trabajas nada.

—No tengo ganas de trabajar.

—Entonces, no se lo digas a tu madre. Luego, a quien no me deja trabajar es a mí.

Elsa sonrió. Se imaginaba a su madre en pleno ataque de preocupación.

—¿Y tú? ¿Estás bien?

—Para lo que me va a servir quejarme...

—Además, sí trabajo —replicó Elsa—. Estoy con un retrato de Rodrigo. Sí trabajo, de verdad. Y quiero que me hagas un favor. Dos favores, en realidad. Busca por el estudio unos bocetos en verde y negro y mándamelos. Deben de andar por la mesa, o en una de las carpetas de la ventana.

—Creo que sé cuáles son. ¿Qué más?

Elsa grande se quedó callada.

—¿Qué más?

—Nada. Nada, nada más. Que me lo envíes. ¿Te acordarás?

Había ahogado otras palabras. *Vete donde mis tíos, pregunta por mi prima, entérate de si está bien, intenta averiguar si ya saben su paradero o si la mantienen oculta.* Le pudo la indecisión, y el miedo a la reacción de Blanca. Blanca, que estaba enferma, a quien no debía colocar en ese compromiso. Pero, por otro lado, nadie más podría hacerle el favor. No se atrevía a pedírselo a su madre. Con su padre no había ni que contar.

Elsa pequeña. Que había vuelto a cobrar importancia en el momento menos apropiado.

Esa tarde, junto con el boceto de su novio, había encontrado un autorretrato trazado a toda prisa en los días de las llamadas desconcertantes. Lo dejó sobre la cama, y se inclinó para observarlo.

La Elsa del papel estaba asustada, y no era ella, Elsa, la artista, la pintora, Elsa grande, la nieta mimada. Tal vez su pelo, su mandíbula más dulce fueran las suyas, pero la mirada, los ojos dilatados y llenos de pavor no le pertenecían. En su propio retrato asomaba Elsa pequeña, aquella prima desconcertante y lejana.

Que había traicionado a la Orden del Grial. Que había desaparecido luego en el aire, sin nadie detrás, padres, amigos, nadie que presenciara su huida. Que la había llevado a ella a Duino, a la ciudad llena de azulejos y colores, y lejanía y ausencia.

Por primera vez Elsa grande se olvidó de su desgracia y pensó en la otra. Hacía mucho tiempo que no la veía, dos años, pudiera ser que más; desde su época de cajera en un supermercado, o incluso antes, cuando era camarera en una disco. Se la había encontrado en el médico. Elsa grande acudió en busca de un certificado para Antonio, que preparaba todo para marcharse al extranjero, y, a regañadientes, se dejó convencer para ahorrarle un poco de tiempo a su hermano.

—¿Qué te cuesta a ti? —le habían dicho sus padres—. Tú estás harta de ir allí. Te atenderán antes que a él.

De vez en cuando acompañaba también a alguno de los ancianos de la residencia, y conocía bien los suelos blancos, asépticos, del consultorio, las grandes plantas que, sin ser artificiales, parecían serlo.

—Sí —rezongaba ella—. Para eso sirvo. Como animal de compañía, y para hacer los recados.

Estaba aún de mal humor y hablaba con la enfermera, por si podía evitar la espera. Entonces vio a su prima sentada junto a la puerta. Muy delgada, con mal color, ojerosa. Se acercó a ella con alegría no fingida, y se dieron dos besos.

—¿Qué haces aquí?

Elsa pequeña se encogió de hombros con desdén.

—Una revisión. Mi madre no calla con que debo estar anémica.

—Bueno, las madres... —Elsa grande sonrió, intentando parecer jovial.

Se sentaron las dos juntas.

—¿Qué tal te va?

—Bien... ¿y tú?

—Bien también.

Elsa grande observaba los esfuerzos de su prima por no fijar la mirada en ningún lugar; intentaba mantener una actitud de dignidad, como una princesa que, por algún error, se hubiera visto obligada a codearse con plebeyos. Parecía no escuchar, y Elsa grande no sabía si era que ella hablaba demasiado rápido o si Elsa pequeña tenía la cabeza en otra parte. Quizá le hubiera mentido y estuviera allí por algo grave, o al menos, preocupante. Entonces la enfermera llamó a la mayor de las primas. Parecía que, efectivamente, Elsa grande se había saltado la espera.

—Bueno... —dijo.

—Bueno... —repitió la menor.

—Algún día de éstos me pasaré por La Última Batalla.

Era la discoteca donde Elsa pequeña trabajaba. Se miraron durante un instante.

—Si no te das prisa, ya no me encontrarás allí. La semana que viene comienzo en un supermercado.

Elsa grande mostró una educada sorpresa.

—¡Qué bien! ¿No?

Muy pronto llamaron a Elsa pequeña. Con sus pasitos desgarbados y la tez macilenta entró en la consulta. Y ya no se vieron a la salida. Ni en dos años.

En realidad, no volvieron a verse nunca.

Si de nuevo se hubieran encontrado, es posible que no reconociera a su prima. No con su pelo corto, sin su hermosa melena nacarada, no con su nuevo aire saludable. Y mucho menos en las playas de Lorda, una muchacha desconocida más, de camino a la compra. Una chica que, una vez vista, se olvidaba rápidamente. Que no sabía, que no tenía ni idea de que otra Elsa, tan similar a ella, tan distinta de ella, había recibido mensajes en blanco en su lugar. Papeles blancos, amenazas de peligro.

Cuarenta y cinco años antes la niña Elsa era firmemente conducida de la mano al monte. Nadie se molestó en enviarle un aviso, aunque fuera en blanco. Tenía ocho o nueve años, y hubiera podido leer cualquier cosa, incluso la letra enrevesada de su amiga Leonor.

Nadie la avisó. Tal vez por ello se entretenía, ya muerta, en enviar presagios: los huesos blancos y livianos con los que Elsa pequeña se tropezó, poco antes de escapar en el monte, eran los suyos. Fue ella, ya fría y azul, con el aliento de la vida acabado, quien le susurró a su hermano, *entiérrame, Carlos, no me dejes sola en mitad del monte, no permitas que me olviden, no te vayas nunca del todo, Carlos.*

Elsa grande, acechada por el peligro allá en forma de llamadas en Desrein, le quedaba demasiado lejos. Ni con su mejor voluntad hubiera podido aparecer ante ella, ni siquiera en sueños, para hacerle una advertencia: *huye, escapa, encontrarás otra tierra.* Al fin y al cabo, ella sólo era el fantasma de una niña pequeña. Recorría el monte entre los gráciles espectros de las lagartijas, y se sentaba a veces sobre una roca, cerca de un barranco, para contemplar Virto.

Elsa grande, olvidada de su desgracia al recordar a su prima, pensó de pronto en los estragos que causaba la pasión. En Blanca, en el verano tan lejano que terminó con la muerte de John Swordborn, en la enemistad feroz que separaba a su padre y su tío, en la tozudez exenta de lógica de Elsa pequeña, en su hermano Antonio, vehemente y volcánico como el pirata que parecía ser.

Pensó en ella, el búho.

En los días normales, se sentía aliviada de no pertenecer al otro grupo, a las enfermas de amor y desvelo. Conocía a tantas mujeres, a varias de sus amigas, que corrían en pos de la pasión como si un perro las persiguiera... Del mismo modo que no se atrevieron a ir con ellas a los cursos de verano de Lorda, no se atrevían a nada en su vida, y dedicaban todos sus esfuerzos al amor, a conseguir amor o imaginarlo. Cuando el amado se escapaba de sus manos, pasaban una temporada desconcertadas y perdidas.

—Se fue mi felicidad. Ahora no siento nada, tan sólo dolor, añoranza, recuerdos.

Elsa odiaba verlas así; parecían animales sin amo. Existían otras cosas, incluso para ellas, que se negaban a verlas. El trabajo, la devoción a los padres, las charlas con las amigas, los pequeños disgustos porque la ropa no sentaba bien o la peluquera no atinaba al cortar las puntas. Existían los hijos y sus enfermedades y sus dientes, las excursiones a la playa y los conciertos de jazz.

Para ellas no. Con el hombre desaparecido, el mundo había terminado. Entonces avistaban un nuevo hombre y el proceso comenzaba otra vez.

—Jamás me he sentido así... no de este modo, no tan amada, tan comprendida, tan llena de alegría...

A Elsa grande la invadía una inmensa pereza cuando pensaba en ello. Si le hubiera tocado esa suerte, si se hubiera encontrado entre las sacerdotisas del amor y las diosas de las sábanas, se habría esmerado sinceramente por mantenerse a la altura; pero no siendo así, respiraba con serenidad y se ocupaba de otras cuestiones.

Eso era en los días normales. Cuando se quedaba sola, la tata en Virto, el abuelo quién sabía dónde, en algún lugar con ancianos y periódicos, con varios bocetos extendidos por la cama y el suelo (unos días antes habían sido antiguas fotografías, menús de festines terminados hacía mucho tiempo, consomé tres filetes, mero a la parrilla con salsa Victoria, melocotones helados), cuando se quedaba apagada y tan triste que añoraba incluso voces que subieran por el patio de vecinos, riñas, carcajadas, cualquier ruido, hubiera dado lo que le hubieran pedido por ser de otra manera.

Pero amaba a Rodrigo. A su modo, sin estridencias, lo amaba. Se había amoldado a él como la cera derretida, sin variar su esencia; sólo había cambiado de forma.

Necesitaba a Rodrigo como el respirar, pero no hubiera pensado nunca en el aire como en algo que amara. Se negaba además a pensar en amores que llegaran hasta la muerte. Veía a Blanca, la aterrorizaba Blanca, y al mismo tiempo le causaba una envidia malsana su furia, su desesperación por sentir las cosas. Sin duda era así también como su prima, Elsa pequeña, se enfrentaba a la vida.

Como la rivalidad entre su padre y su tío no era ningún secreto en la familia, Elsa grande se cuidó mucho de explicar a sus padres demasiados detalles sobre su prima, la Orden del Grial y las amenazas. Con los años, los dos hermanos habían cambiado mucho. Carlos se reveló, definitivamente, como un hombre robusto, lleno de músculos, de pelo blanco, parecido a la familia de su madre. Miguel era más alto, más espigado, sin una gota de grasa, y se había quedado medio calvo. En la tienda nadie discutía sus órdenes, ni contradecía sus propuestas. A Carlos, en cambio, nadie le tomaba en serio. Era eficiente, llevaba en la compañía más años que nadie, conocía secretos que otros hubieran sabido utilizar; pero no le servía de gran cosa.

Miguel había sido un elegido. Carlos, sencillamente, un hombre con los ojos bien abiertos. En realidad, las cosas no habían cambiado tanto. Las cosas nunca cambiaban demasiado. Sobre todo, para las víctimas.

Esteban, el Esteban que leía las esquelas y los recuerdos, nunca conoció del todo la historia de Silvia Kodama, una víctima más, una víctima engañosa que se ocultaba tras anillos con esmeraldas. Era una historia vulgar, que ni siquiera merece la pena ser contada. Había resultado ordinaria incluso con la presencia de la guerra, de modo que de haber vivido en tiempos de paz nadie la hubiera recordado. Hubiera pasado por cafés y teatros y lugares de mala muerte hasta envejecer y gastarse.

Mirado de ese modo, la guerra vino a ser su salvación. No tuvo otra. Silvia se negó a que Esteban la salvara. Renunció a cualquier cosa que no fuera limitarse a estar tumbada sobre la cama, escuchando la radio y sobreviviendo.

Esa noche, en Duino, la tata preparó tortas con chicharrones, una golosina para Elsa grande, que sólo las probaba en casa de su abuelo. Las alabó hasta la exageración, pero la tata se encogió de hombros.

—Nada, nada, no me cameles. No hay manera, la manteca no es como la de antes. Huele a sebo.

—La manteca es como la de toda la vida. Como si antes no le echaran porquería. Hasta con jabón la engordaban —replicaba el abuelo, que también comía las tortas con agrado—. Están muy ricas, mujer, créenos.

La tata movía la cabeza.

—Cómo se nota que usted no ha andado mucho en la cocina.

Y el abuelo, que había olvidado las tardes en la cocina por orden de Antonia, derritiendo manteca y pensando en las Kodama, bajaba la cabeza y continuaba comiendo.

—Eso también es verdad.

Rompiendo con sus normas, Elsa grande le habló de esas tortas en la nueva carta a Blanca. No quería parecer preocupada por ella. Resultaba terriblemente difícil medir sus palabras, comportarse calculando las reacciones de Blanca con cuentagotas.

—*Que no se ponga triste, que no se emocione, que no coma, que no empiece de nuevo.*

A veces mantenían las dos unas conversaciones cargadas de optimismo y buenas intenciones. Otras, cuando Blanca recaía, o se encontraba peor, el optimismo desaparecía, y las buenas intenciones parecían burlarse de las dos.

Unos meses antes, Blanca había abandonado médicos y terapias. Llegó furiosa por la mañana, vestida de verde vivo, y dio un portazo al cerrar el estudio.

—Estoy cansada de que me escuchen amablemente. ¿Qué siento por mi padre? ¿Qué siento por mi madre? ¿Cómo sufrí su separación? He reconstruido tantas veces mi vida que ya no sé qué versión prefiero. ¿Qué recuerdo de mi primer año de vida? ¿Cómo voy a saber qué recuerdo de mi primer año de vida?

Elsa le apretó el hombro, y le colgó la chaqueta en el perchero.

—¿Qué vas a hacer, entonces?

—Nada. —Levantó las manos y mostró las palmas, como si se rindiera—. Me entrego a mi madre. A estas alturas, sabe tanto como cualquier experto. Y resulta más barata.

Después de una recaída fuerte, Blanca había sido internada en un centro especial que ofrecía una terapia intensiva, y durante dos meses compartió vivencias con otras enfermas. La mayoría eran muy jóvenes, poco más que niñas, con una cabeza desmesurada para su cuello delgado: adormideras sobre tallos endebles. O redonditas y suaves, con la piel estragada por estrías debido a los cambios de peso.

Las medían y las pesaban todas las mañanas, las obligaban a terminar su plato sin rechistar, y las mantenían ocupadas el resto del día con talleres de arte, de música, y puestas en común. Para muchas, ese régimen de internado les devolvía la vida. Si la enfermedad, si la fobia y el amor desmedido hacia la comida eran atajados en sus inicios, podían pasar de puntillas por aquella ladera peligrosa y no regresar. Otras, pese a todos los esfuerzos, no lo conseguían. Morían.

Blanca había escondido sus hábitos por demasiado tiempo. La enfermedad se había hecho crónica. Incluso allí dentro, en el centro, sabía burlar la vigilancia de las enfermeras y saltarse el programa. Cuando lo abandonó, no había avanzado gran cosa; ayudó cuanto pudo a las demás, y la visión de aquellas niñas contagiadas por el mismo mal le reforzó la idea de condena, de sino inevitable, de avanzar con calma hacia el final.

—¿Nada más? —continuó preguntando Elsa grande—. ¿No vas a hacer nada más?

Blanca se sentó y apoyó la barbilla sobre las dos manos.

—No tienen ni idea —dijo, al fin—. Ni uno de esos expertos ha sabido indagar donde debían. Tu madre. Tu padre. Alguien que se burló de mí y me llamó tal o cual. Un paso turbador a la adolescencia. Una sexualidad despierta. ¡Paparruchas! ¡Ni siquiera saben por dónde buscar!

—¿Qué dicen respecto a lo de Lorda? —se atrevió a preguntar Elsa.

—¿Lo de Lorda?

—Sí... ya sabes. El curso de verano en Lorda.

Blanca hizo una pausa. Una pausa marcada, que mostraba sus dudas entre mentir o arriesgarse a revelarle algo más.

—Nada.

—¿Nada? ¿Les has hablado de ello?

Un posible cliente se acercó al escaparate del estudio y contempló las fotos de la última boda. Luego se marchó.

—No.

Historias. Contaba historias para encantar a los demás. Para engañarlos.

—Si continúas así...

—Si continúo así, ¿qué? Todos dicen lo mismo. Todos me amenazan. ¿Con qué? ¿Con la muerte? ¿Crees que me importa mucho morirme? Si tuviera el valor suficiente, hace mucho tiempo que me hubiera matado. ¿Qué hay aquí que me importe?

Elsa grande movió la cabeza. Su amiga se le acercó y la abrazó por la espalda, como siempre hacía.

—Perdona —dijo en voz baja—. No me lo tengas en cuenta. Estoy cansada y rabiosa. Hay cosas que me importan. Te lo prometo. Nunca me suicidaría.

La víspera de la partida de Elsa grande a Duino, Blanca apenas durmió. Cenó en su casa, como una más de la familia, y luego, cuando estuvieron solas, contuvo las lágrimas como pudo.

—No te va a pasar nada —aseguró—. Ya lo verás. Regresarás muy pronto, y olvidaremos esto. No te creas tan importante... No van a volver a acordarse de ti. Dentro de un par de años nos reiremos de todo esto.

Lo creía de veras. Si hicieran daño a Elsa, si mataran a Elsa como habían hecho con John, la muerte se habría burlado de ella, llevándose a su amiga después de hacerle a ella tantas promesas. La había acariciado tanto tiempo, sin atreverse a dar el paso final... Y desde hacía muchos años, desde poco después de que se iniciara su angustia, la muerte era una de las pocas cosas en las que tenía confianza.

Era día impar, y el teléfono interrumpió la carta que estaba escribiendo, la carta de los chicharrones. La tata llamó a la puerta.

—Es para ti.

Elsa grande se levantó y caminó hacia el salón. Esperó a que la tata entrara en la cocina.

—Hola, Rodrigo.

—Hola, cielo.

Mientras hablaba, fijó su mirada en una mesita que había pintado de azul vivo. En el lugar en que se unía el tablero con las patas había quedado una franja muy estrecha sin pintura.

—*¿Qué estoy haciendo aquí?* —se preguntó, y nada le respondió—. *¿Qué demonios estoy haciendo aquí?*

Calló, con el teléfono en la mano. Al otro lado de la línea se hizo un silencio molesto.

—¿Estás ahí?

Ella asintió con la cabeza, al tiempo que contestaba:

—Sí.

—¿Qué te pasa? ¿Estás bien?

—Es sólo... preocupación, agobio... no sé... paso mucho tiempo sola... Antes o depués esta tensión debía de estallar por alguna parte... No me hagas caso. Estoy bien, estoy bien. Estaba escribiendo a Blanca, ¿sabes? Además, mis padres... en fin, ya me conoces. Me preocupo por cualquier cosa. La tata hizo tortas con chicharrones, y le dijimos que estaban bien, y le pareció que lo decía por decir. Me he disgustado un poco... Se lo estoy contando a Blanca... ya ves qué tontería. Como si no tuviera suficientes cosas por las que preocuparme.

Aquella maldita mesa mal pintada. Toda una vida mal pintada, mal cubierta con barnices. Quiso gritar. Se ahogaba ante el teléfono. Estaba obrando de manera inadecuada. Rodrigo se preocuparía, se volvería loco de inquietud. Y sin poder hacer nada. Estaba lejos, atado por el trabajo. No podía hacer nada.

—¿Qué te preocupa, Elsa? ¿Qué es lo que pasa?

Ella movió de nuevo la cabeza, como si pudiera verla.

—Ven, Rodrigo.

Luego lo repitió, con la voz enturbiada por las lágrimas.

—Ven, Rodrigo. Necesito que vengas. Por favor, ven a verme.

9

Rodrigo pasó ante el viejo mendigo de la esquina y su perro mendicante de ojitos cerrados. No prestó atención a la tienda de orfebrería y plata de la plaza, con sus juegos de tocador aristocráticos y macizos. Dejó atrás el café modernista *(los jueves, bingo)* y su mampara de retales de vidrio de colorines. Ni siquiera posó la mirada en el cruel cartel despintado que anunciaba que en algún momento se había vendido allí carne de potro.

Debiera haberse fijado con interés, haber demorado la vista en todo ello, pero Rodrigo, tan minucioso por lo habitual, como ya se ha dicho, no se mostró particularmente metódico en esos detalles. Se detuvo ante el portal indicado, subió hasta el tercero y allí le abrió la puerta Elsa. No había dudado, no consultó el número y el piso, que había repetido como una letanía a lo largo de todo el viaje. Ante ella se quedó sin palabras. La encontró hermosa, melancólica, desconocida. No era hablador, su misión no era componer bellas frases. Hizo un gesto con los hombros *(aquí estoy, al fin he venido a por ti, cómo pudiste creer algún día que te abandonaría)*, y sonrió ante su sonrisa.

Es preferible no narrar esto. Elsa grande no se lo hubiera contado a nadie, a Blanca, todo lo más, tendidas las dos sobre la cama en una tarde de confidencias. Por otro lado, su encuentro no fue nada extraordinario. No hubo un choque de cuerpos y lenguas como si se aprestaran a una batalla, ni sintieron con especial placer el tacto de pétalo de la piel, no hubo situaciones inverosímiles ni el éxtasis compartido. No hubo frases apasionadas ni llantos entrecortados.

Eran jóvenes, hacía calor. Es cierto que Elsa lloró. Sin embargo, sus lágrimas no fueron motivadas por el alivio tras la ausencia, ni, como hubiera querido creer Rodrigo, por su esplendor masculino. Se sentía sola y aturdida. Y también, entre los escombros que de ella quedaban, hormigueaba un sentimiento de culpa; no debía haber dejado solo al abuelo.

La tata estaba en Virto, y ella se había quedado a su cuidado. Si algo le ocurriera, si durante sus cortas vacaciones de caricias su abuelo se hubiera caído, o si su corazón se hubiera relajado hasta convertirse en una membrana vieja de tambor, la culpa hubiera sido suya, sólo suya. Se apaciguó lentamente, y cuando se vistió ya había recuperado la sonrisa. Contemplaron el cielo violeta sobre los tejados de la ciudad. Graves, sensatas, sonaron ocho campanadas.

Elsa grande le había pedido a la tata la llave del piso que había sido la pensión, primero de los tíos abuelos, luego de los abuelos. La tata la miró por un instante y a continuación buscó un juego de llaves, muy despacio.

—¿Piensas trasladarte allí?

—No, tata.

—Bueno —reflexionó ella—. Total, es cruzar la calle. Podría pasar a limpiar cada mañana.

Elsa grande sonrió y besó a la tata. Ella le tendió el llavín, apresado en una argolla de alambre.

—¿Hemos hecho algo que te disgustara?

—No, tata. No digas eso, por favor. Me avergüenzo de que lo pienses. Es que quiero ver la pensión. Nunca he estado allí.

—La encontrarás llena de polvo, porque hace algún tiempo que no vamos.

Se asomaron las dos. Allí, en el tercero de la casa de enfrente, estaba la pensión. Se veía el balcón minúsculo, con dos tiestos rojos sin plantas.

—Menudo capricho —dijo la tata, moviendo la cabeza.

—¿Por qué no vive nadie allí?

—Porque una pensión es muy esclava. Tienes que vivir y dormir allí constantemente. La gente no se quiere atar a nada ya.

—Pero podría reformarse como un piso normal y venderse...

—Tu abuelo y yo estamos ya muy viejos para esas cosas.

Elsa grande calló. Se metió las llaves en el bolso y

sacó una copia de las que le interesaban. Luego pensó que si hubiera sido un muchacho, el abuelo, la propia tata, se hubieran encargado de facilitarle que viera a su novia. Se avergonzó de recurrir a mentiras para conseguir un lugar tan escasamente romántico como la pensión abandonada, pero continuó con el plan. Incluso se asomó desde la pensión y saludó por la ventana a la tata, que estaba en la casa. Luego le devolvió las llaves muy ostentosamente.

Rodrigo marchó para Duino al día siguiente de la llamada de Elsa. Mientras viajaba en el tren, leía el periódico, lo abandonaba, se levantaba para ir al vagón donde se hallaba la cafetería y regresaba luego. Pensaba en qué le diría. ¿Qué pretendería ella con aquella visita? ¿La guiaba únicamente la soledad, o buscaba presionarle? Tal vez él se hubiera equivocado y debieran casarse, y buscarse una vida distinta de la que habían planeado. No se podía controlar todo, no se podía restringir la vida en cajas y proyectos. Eso, al menos, era lo que le decía continuamente Blanca.

Desde que Elsa grande había dejado Desrein, ellos dos, Blanca y Rodrigo, se veían mucho. Habían olvidado su mutua enemistad, y quedaban en alguna cafetería para consolarse hablando de Elsa. De pronto se habían dado cuenta de que no tenían amigos, ni confidentes, ni siquiera compañeros que los escucharan. No tenían más que a Elsa. Y ahora, ni siquiera a Elsa.

—Ayer llamó —explicaba Rodrigo—. Dice que hace muchísimo calor, y que no encuentra nada que ponerse.

—Pobrecita —respondía Blanca—. Debe de ser verdad; este verano ni siquiera hemos ido de compras.

Rodrigo tomaba con calma su café. Blanca solía acompañarlo con algún bollito, o un bocadillo en miniatura.

—Se aburre. Piensa que tal vez haga algún pequeño viaje para distraerse, unos días al mar, o al campo, con sus padres.

—Tal vez hubiera sido más sensato que se hubiera ido con Antonio.

—¿Tan lejos?

Blanca no sabía qué decirle.

—Antonio no iba a controlarla como hace un abuelo. Hubo poco tiempo... incluso podría haber mirado algún curso, algo en el extranjero, para aprovechar la ausencia y no estar mano sobre mano.

—Sí... —reconocía Rodrigo—. No hubiera sido mala idea.

—Yo no lo soportaría —dijo, al fin, Blanca—. Hace falta calma y serenidad para afrontar esas cosas.

—No puede ser tan terrible. Al fin y al cabo, salvo regresar a Desrein, puede hacer lo que le plazca.

—¿Sabes qué sería lo único que yo tendría en la cabeza?

Rodrigo sonrió.

—Regresar a Desrein.

Fue Blanca la que llamó primero, y Rodrigo accedió con cierta prevención. Tenía a Blanca por la modalidad de artista exagerada, de las que cambiaban a cada trimestre. Elsa grande le había hablado de su generosidad ambigua; Blanca era capaz de dejarle un jersey o de renunciar a un hombre que le gustaba con la misma facilidad, si ella se lo pedía. Pero exigía la misma devoción. Elsa se sentía en desventaja.

—Temo que algún día me pida algo que yo no esté dispuesta a dejarle —le confesó a Rodrigo.

—¿Como qué?

Elsa grande rió.

—Como tú, por ejemplo.

—No seas absurda —dijo él, disgustado.

—No sería tan absurdo. A veces pido que Blanca encuentre algo lo suficientemente valioso como para negarse a dejarlo. Eso la convertiría en humana.

—Blanca no es muy humana, que digamos.

—No seas malo, Rodrigo. Es mi mejor amiga.

De modo que cuando Blanca llamó a Rodrigo, él imaginó algo turbio.

—*Ya está* —pensó—. *Definitivamente, me he convertido en jersey.*

Pero cuando Blanca le confesó sus temores, sus agobios con el estudio y, sobre todo, la tremenda añoranza de Elsa, firmaron su alianza. Cuando terminaban el café, y se sentían un poco mejor, más aliviados y ligeros, se despedían amablemente. Eso era todo.

Cuando Elsa grande le pidió que fuera, Rodrigo llamó a Blanca. Era ya tarde, y la madre de Blanca, su celosa guardiana, le habló con desconfianza antes de pasársela.

—¿Estabas dormida?

—No... no hagas caso a mi madre. ¿Qué pasa?

—Mañana me marcho a Duino a ver a Elsa. ¿Quieres que le diga algo, o que le lleve algo de tu parte?

Blanca se espabiló inmediatamente.

—Llevar... hmmmm... creo que nada... tendría que pensarlo... Dile... dile que me acuerdo mucho de ella... que ya sabe que soy muy perezosa para responder a sus cartas... pero que pienso en ella todo el tiempo. Y que si... si necesita algo...

—Si te acuerdas de algo que haya que llevarle, llámame mañana por la mañana.

¿Qué podría enviarle Blanca? ¿Unas fotografías bruscas y desabridas, unos años más de vida, una pulsera de hilos descolorida que le regalaron en Lorda?

—No... creo que no me acuerdo de nada.

En el tren, Rodrigo daba vueltas a su declaración. Tal vez fuera mejor que aguantaran un poco más la situación. En el fondo, Rodrigo no pensaba que Elsa grande corriera un peligro real. Pensaba que las cosas se habían sacado de quicio, y que, aunque nunca estaba de más prevenir, sus padres y la propia Elsa exageraban. Dos meses, tres meses, como mucho, y todo volvería a la normalidad.

Pero la llamada le había asustado. El miedo había cumplido con su labor de zapa, y Elsa grande se derrumbaba como un castillo de arena cuando la marea se le acercaba. Nada iba a ser normal de ahí en adelante. Rodrigo se había engañado al pensar así. Aun en el mejor de los casos. Él podría reponerse, en su banco, con su trabajo metódico y seguro. Elsa no. No, pese a su falsa capa de frialdad y control. Había olvidado a la auténtica Elsa. Había olvidado, en tan poco tiempo, muchas cosas de Elsa.

Llegaría y le diría, simplemente:

—Aquí estoy.

Y ella contestaría:

—Has venido a por mí.

Y él diría:

—Por supuesto que he venido a por ti.

Y ella, reclinando la cabeza sobre su pecho, murmuraría:

—Creí que me habías olvidado... que me habías abandonado.

Y él, estrechándola entre sus brazos, replicaría:

—¿Cómo pudiste creer eso de mí?

Por supuesto, las cosas no salieron así. Las cosas raramente salían como Rodrigo las planeaba.

—Cuando llegué a Duino —le contó Elsa grande, abrazada a él, acurrucados los dos sobre unas mantas— pensé que sería una buena oportunidad para conocer a mi abuelo. Yo le prepararía un cafetito caliente por la tarde, él me contaría cómo era mi padre de niño... esas cosas.

Rodrigo inspeccionaba con curiosidad la pensión vacía. El papel de las paredes, con grandes dibujos granates, estaba pasado de moda, y sólo quedaban unos pocos muebles cubiertos con sábanas viejas. Algunos bultos tenían formas curiosas: un espejo medio derrumbado, que comenzaba a picarse; una alfombra enrollada y atada con dos cuerdas; una jaula vacía en el balcón, junto a los dos tiestos; un bicho que parecía una garduña disecada; varias estampas sentimentales enmarcadas en las paredes. Restos de un naufragio.

—¿Y no lo has conseguido?

Elsa negó con la cabeza.

—Mira —señaló—, la tata tenía razón. Aquí estaba la muñeca con el pelo de verdad. —Luego respondió a la pregunta—. Este verano el abuelo cumplirá ochenta y cinco años, y se preocupa más por cómo celebrarlo que por lo que ocurrió en su juventud. A veces se acerca a mi cuarto. Me pregunta qué hago. Luego se vuelve al salón. No conozco a ningún anciano a quien no le guste contar sus batallitas. Cuando cuidaba a los de la residencia, se peleaban porque los escuchara. Mi abuelo no. ¿Sabías que luchó en el frente del Besra?

Rodrigo observaba a través de la ventana el piso en el que vivían Elsa, la tata y el abuelo. En el balconcito colgaban unas enredaderas verdes, sin flores, resistentes al calor. Ninguna huella hacía pensar que fuera una casa distinta, una casa con los muebles recién pintados y unos cuadros que no terminaban de cuajar.

—Como lo oyes. Veterano del Besra. Y nunca se refiere a ello. Si yo le pregunto, si trato de sonsacarle...

Las palabras se perdían en el techo alto y desnudo de la vieja pensión. Junto a la bombilla que pendía, sin tulipa, Rodrigo descubrió un desconchón. *Ven conmigo,* le hubiera gustado decir. *No existo si no me das tú la luz, Elsa, no sé ni por dónde caminar si no te tengo cerca. He perdido el humor, y no me concentro en otra cosa que no sea que llegue la noche para charlar un momento contigo.* Carraspeó.

—La gente mayor se vuelve maniática —fue todo lo que dijo.

Elsa grande le acompañó de nuevo al tren. Se besaron en el andén, y dos jubilados que hacían tiempo allí sonrieron.

—Si quieres, me quedo.

Elsa negó.

—No. ¿A qué te vas a quedar? No haces nada aquí.

—Voy a hablar con mi jefe. Le pediré un traslado aquí.

Elsa grande le cogió la cara entre las manos.

—No, no. Tú no quieres venir a Duino. Eso sería rendirse y aceptar que esta situación durará más de la cuenta. Sigue en tu puesto, y no te preocupes por mí. Cuando termine el verano regresaré a Desrein. Si veo que no me llaman, si todo está tranquilo, nos olvidaremos de todo este asunto.

—¿Estás segura? —le preguntó Rodrigo, después de una pausa.

—Sí. No pasará nada. Se habrán cansado de mí, o ya habrán descubierto que yo no soy mi prima. —Se inclinó un momento para colocarse bien la tira de la sandalia—. Es curioso. ¿Recuerdas todos nuestros planes, aquel mundo de seguridad que habíamos construido, y cómo mis padres, y Antonio y Blanca, se burlaban de él? Me da miedo comprobar lo fácilmente que ha desaparecido. Ha volado. Aquí no me sirve de nada la familia, ni los amigos, ni las palabras de apoyo de la policía. Es mi vida. Veo que esa vida que yo quería dedicar al arte, a formar una familia, a convertirla en algo de provecho, me la pueden arrebatar sin permiso, chasqueando los dedos.

—No pienses en eso.

—No pienso en eso. Vivo en eso.

Rodrigo se encaró de nuevo con ella.

—Te lo pregunto otra vez, y piénsalo bien antes de responder. ¿Quieres que me quede contigo?

Elsa sonrió. Le habían aparecido unas arruguitas extrañas en torno a los ojos; pudiera ser que fueran solamente del cansancio.

—No. Vete. Llámame cuando llegues.

Rodrigo regresó con un agotamiento enorme, como si hubiera terminado una expedición terrible a algún continente desconocido. Se había olvidado de muchas cosas. No le había dado recuerdos de Blanca, no le había dicho que había hablado con Antonio hacía unos días...

No le había pedido que se casara con él.

Elsa grande le retuvo hasta el último momento. Estaba casi segura de que se lo pediría. Conocía bien a Rodrigo, su manera de callar las cosas y dar tantas otras por supuestas, y creía que en esta ocasión dejaría de ocultar sus sentimientos y se dejaría llevar por la pena. La pediría en matrimonio. Si no, el aire de precariedad que ella se había preocupado tanto por lograr no serviría de nada.

—*¿Cómo ha podido resistirse? ¿Cómo me ha podido dejar aquí sola, yo sola con todos los problemas, y regresar tranquilamente a su trabajo mañana por la mañana, como si nada hubiera ocurrido? Y yo que creí que, pese a todo, era un hombre sensible...*

Estaba segura de haberse equivocado. No era sensible. Era un monstruo frío y calculador, tal y como sus padres le habían dicho durante tanto tiempo.

Ni la tata ni el abuelo notaron nada distinto en Elsa grande. La tata acababa de llegar de Virto con nuevas noticias y provisiones frescas. Y el abuelo había sobrevivido perfectamente a la ausencia de Elsa. De hecho, ni siquiera se había percatado de ella. La tata distribuyó los huevos, las verduras y los pasteles. La cena transcurrió en casi completo silencio. Elsa rumiaba su descontento, y el abuelo y la tata no parecían tener mucho que decir.

—Me parece —les dijo la tata cuando recogía los platos, casi con cierta satisfacción— que pronto vamos a tener un entierro.

—¿Quién se muere? —preguntó el abuelo.

—El maestro.

—Pobre hombre.

—Ya no esperaban que llegara a esa edad.

—¿Cuántos años tendrá? —calculó el abuelo—. No pueden ser más de ochenta.

La tata se volvió a Elsa grande, que no había abierto la boca, perdida en sus propios asuntos.

—Ese señor fue el maestro de tu padre, y de casi toda la gente que vive ahora en el pueblo.

—Sí —recordó el abuelo—, de tu padre, de Carlos y de la niña que se nos murió.

—Nunca supimos si se nos murió —saltó la tata.

El abuelo hizo un gesto con la mano.

—Tata, hace ya muchos años que la señora se murió. Ya se puede decir lo que se cree. La niña se nos murió.

Elsa los observaba con curiosidad, sin olvidarse del todo de la brutalidad de Rodrigo, que sin duda no la quería lo suficiente, y presenció cómo la tata no se daba por vencida. Luego el abuelo continuó hablando, mientras contaba los golpes dados con el tenedor.

—Después dicen que las mujeres viven más que los hombres —añadió—, pero, que yo cuente, en Virto quedan más viudos que viudas: yo —un golpe—; el maestro —otro—; Quintiliano, el de arriba; el médico.

La tata le quitó el tenedor, que comenzaba a doblarse.

—Viviremos más, pero la que se va, se fue.

—César, también, aunque ése no se casó —reflexionó el abuelo.

—¿Quién le iba a querer? Ese invertido...

Esteban levantó la cabeza, y Elsa grande prestó atención, divertida.

—¿Invertido? ¿Y eso de dónde lo sacas?

—Yo no le he conocido nunca novia.

—¿Y por eso le vas a colgar un sambenito al pobre hombre? Quita, quita. Ha trabajado siempre, toda su vida. A ver de dónde iba a sacar tiempo para novias.

—¿Qué pasa? ¿Que los demás no hemos trabajado?

El abuelo sonrió con malicia.

—Que yo sepa, tú tampoco has encontrado tiempo para novios y nadie dice nada. —Luego se volvió a su nieta—. ¿Tú qué opinas?

—Abuelo, yo nunca me entero de nada. Nadie tiene por qué esconder lo que es, o fingir lo que no es. Aunque supongo que en un pueblo la cosa será distinta. La presión que debe aguantar la gente...

—Que no, que no —insistió el abuelo—. En Virto no ha habido nunca invertidos.

—Lo que usted diga —dijo la tata, sin parecer convencida en absoluto.

César no era invertido. Prefería, eso sí, contemplar la vida a distancia. O a Antonia desnuda a distancia. Había cambiado muy poco con los años, casi tan poco como Virto y sus costumbres añejas. Cuando el sol daba en las vitrinas de la pastelería, se apresuraba a bajar un plástico amarillo que había comprado, porque le habían dicho que iba muy bien en esos casos. Prestaba oído a prácticamente cualquier cosa que le dijeran, porque le parecía que todos sabían más de la vida que él.

Dos chicos jóvenes trabajaban para él, y en los últimos tiempos se preguntaba si no le saldría más rentable comprarse una máquina de aquellas que fermentaban y cocían el pan y avisaban cuando estaba listo. Él se había ganado ya el derecho a descansar.

Muchos de los del pueblo le llevaban periódicos y cartones para que quemara. Una vez cada quince días prendía una hoguera en la parte de atrás de la pastelería, contra el muro, y allí iba arrojando los periódicos, las revistas, los cuadernos viejos. Se llegaba a averiguar muchas cosas sobre la gente por las cosas que leían. César se enteraba con un poco de retraso de las noticias del mundo, pero como pocas de ellas le interesaban, le daba más o menos igual.

—*Dichosos políticos* —pensaba—. *Si hicieran las cosas a derechas a la primera, no habría necesidad de andar cambiando tanto y de discutir siempre sobre lo mismo. Cuando uno ha logrado comprender una noticia, ya se le ha hecho vieja.*

Encontraba también otras revistas a las que prestaba más atención. Algunas incluso las guardaba en su cuarto, y las hojeaba de vez en cuando. Había reunido una buena colección de ellas a lo largo del tiempo. Nunca le había faltado paciencia. Le gustaban especialmente las mujeres rubias de pechos grandes, las fotos en las que estaban solas más que las de parejas, la lencería negra antes que la roja.

—*Dónde se meterán estas chavalas* —se preguntaba, con los dientes largos—. *Desde luego, por Virto no se asoman.*

272

No sabía quién de sus asiduos compraba aquellas revistas, pero le ahorraba el trago de ir a buscarlas él. Se estaba haciendo mayor, y ya no era cuestión de dedicarse a perseguir parejitas por el monte.

El abuelo, conmovido por la noticia de la gravedad del maestro, suspiró y se marchó pronto a la cama. Recordaba las parras tendidas al sol ante la casa de los maestros, el enrejado de las gallinas tapiado por las pasionarias y una hilera de hortensias descomunales que bordeaban el huerto. Ahora ya de aquello no quedaría nada. Leonor, la única hija de los maestros, se había casado fuera del pueblo, con un avicultor, y no con mucho provecho, si se atendía a la tata. La casa de Virto no le serviría más que para estorbo.

—*No somos nada* —se decía una y otra vez—. *Vivimos setenta, ochenta años, y luego, ¿qué? Luego se acabó, al cementerio, lo mismo ricos que pobres, buenos que malos. Se acaban las casas, se acaban los árboles, sólo las montañas no se acaban. Menuda gracia. Mira el maestro. Un hombre honrado que nunca ha hecho mal a nadie, y los hijos de sus nietos ni siquiera le recordarán. No quedará de él ni el apellido.*

Tampoco él dejaba gran cosa detrás. La casa de Virto sería para la tata. Le parecía justo, después de tantos años de abnegación y cuidados. Ella no lo sospechaba, y por eso a Esteban le conmovía aún más el esmero con que se encargaba de todo. A los hijos les quedaba el piso en el que vivían; el de la pensión, que después de unas reformas valdría más que el otro, y una discreta cantidad

273

de dinero, que quería repartir a partes iguales entre los nietos.

—*Que no se peleen* —pensó, recordando los disgustos de Antonia, que habían emponzoñado para siempre su trato con el hermano—. *Lo que haya, que sea para los dos. Ya encuentran cosas suficientes por las que discutir como para que entre en juego también el dinero.*

Eso, tras su muerte. En vida le quedaba el piso de la pensión, con sus macetas viejas, al otro lado de la calle. Y el otro piso cuadrado y estéril, compartido con una mujer joven a la que no conocía y una vieja a la que conocía demasiado, y un montón de granos de arena que iban menguando en un reloj.

Pero, en otros lugares del mundo, le quedaban un nieto que vivía una vida apresurada y una nieta olvidada, en la que casi no pensaba, que se enfrentaba a una lucha sola. En Lorda, a unas horas de viaje. Sola.

Elsa pequeña no hubiera podido imaginarse que un juicio conllevara tantas molestias y preocupaciones, una lentitud tan exasperante y horas y horas de demora. La Orden era un iceberg, un eucalipto con raíces imprevisibles; aparte de los cursos de formación, poseían bienes insospechados: terrenos, casas, coches, influencias y simpatizantes. El optimismo inicial se había moderado. Los cruzados se darían por satisfechos si lograban penas por abusos a menores o, al menos, si ilegalizaban a los grialistas.

—Pero no es suficiente.

—Nunca será suficiente. Debemos comenzar por algo. Luego llegará el resto.

—Es injusto.

—En eso estamos todos de acuerdo.

Algunas de las mujeres de la asociación se llevaban libros, o incluso la costura, para entretener el aburrimiento. Ella bajaba a la cafetería, y apoyaba la mejilla en una mano. Miraba fijamente la cafetera metálica que le colocaban delante, y en ella se reflejaba todo el interior de la cafetería, deformado e invertido. También Elsa pequeña, los ojos enormes, la barbilla inexistente, aparecía como un monstruo en el metal plateado de la cafetera.

—Si pudieras comenzar de nuevo, ¿qué es lo que cambiarías en tu vida? —preguntaba a las otras.

—No lo sé. Eso nunca se sabe. Creo que no cambiaría nada. Pero sabiendo lo que sé.

Elsa pequeña resoplaba. El metal de la cafetera se llenaba de vaho.

—Yo no hubiera abandonado los estudios. Nunca. Ahora no lo hubiera hecho ni loca. Cuando se termine el juicio, ¿qué tendré?

—Una indemnización, para comenzar.

Ella se encogía de hombros.

—Dinero, que se va como viene. ¿Y luego? ¿Quién me va a dar trabajo, con el pasado que arrastro?

—La asociación te ayudará.

—Quiero estudiar. Todavía no es tarde. Tengo veintiocho años. Hay más gente que se dedica a estudiar a mi edad. —Sonrió, como quien de pronto ve las cosas claras ante sí—. No quiero volver con mis padres a menos que sea estrictamente necesario.

Las otras mujeres la animaron.

—Claro que sí, Elsa. Eres muy joven. Tienes toda la vida por delante.

Pronto Elsa pequeña abandonó su decisión de comenzar a estudiar. La asociación puso a su servicio a un monitor para que se preparara y le diera clases en su propia casa, pero le falló la fuerza de voluntad.

—No me concentro. Lo intentaré más tarde. Cuando todo esto haya pasado —prometió.

Fue un revés para la asociación, que había depositado muchas esperanzas en Elsa pequeña y su recuperación, pero se resignaron. Decidieron darle tiempo. Como veían que no podía continuar mano sobre mano hasta que el juicio terminara, buscando musarañas y bebiendo infusiones, le encontraron un trabajo en una peluquería. Le faltaba práctica, después de tanto tiempo, pero aquello era lo de menos. Cualquier cosa, la más nimia, la ayudaría a alejar el miedo y el desaliento.

Ella pidió también que le consiguieran un apartamento propio, por pequeño que fuese.

—Estoy acostumbrada a vivir sola —se explicó—. Es mi carácter, no puedo evitarlo. Nunca ha sido fácil soportarme.

Se lo consiguieron. Un pisito pequeño, con una habitación y una cocinita minúscula, al final de un largo pasillo desnudo, en el que la luz tardaba mucho en encenderse y los vecinos parecían invisibles. Por las noches, el resplandor de un letrero de neón de una tienda de televisores y electrodomésticos pequeños no la dejaba dormir. No era una casa bonita, pero estaba a su disposición. Le bastaba. Se hubiera conformado con menos.

Todo la había decepcionado: la asociación, que no era capaz de reunir gente suficiente para hacerse fuertes; la justicia, tan lenta e irregular; la policía, que se limitaba a su trabajo, sin demostrar la comprensión que ella necesitaba. Se sentía como si le hubieran roto todas las promesas que le habían hecho, y para sentirse así, prefería estar sola. Al menos, ella conocía de antemano en qué se iba a decepcionar.

Los sueños habían cambiado: en ellos retaba a un duelo al Guía, y ella poseía poderes mágicos. Era capaz de volar, y de sobrevivir a las espadas y a las balas. El Guía sentía miedo, y ella lo soltaba desnudo en mitad del monte, y se comía luego su ropa. Cuando se despertaba, le costaba recordar dónde estaba.

—*No pasa nada... todo ha terminado. Vamos a trabajar.*

Se ocupaba en la peluquería por las mañanas, y pasaba el resto del tiempo en casa, como una alma en pena. Abría y cerraba la nevera, y nada de lo que había allí le apetecía. Cambiaba de ropa varias veces al día, y luego salía a la calle con un jersey grande y una falda amplia. Saltaba con un sobresalto si, por casualidad, alguien le rozaba por la calle, o si sus compañeras, que procuraban mostrarse cariñosas y sociables con ella, la tocaban sin querer. Se escurría como una anguila, con sus grandes ojos claros entornados y huidizos. Y no bien regresaba del trabajo, se metía bajo la ducha y se frotaba con jabón hasta arañarse de un modo espantoso. Percibía olores en su piel, olfateaba sus manos y pretendía borrar como fuera el rastro de otros sobre ella.

—*Soy una bruta* —pensaba—. *Me hago daño.*

Pero continuaba frotándose con más fuerza aún.

Se asomaba muchas veces a la ventana. Vivía en un bloque de ladrillos, en una zona poco elegante, en la que alquilaban muchos pisos a jóvenes. Había que coger un autobús para ir a la playa. La gente de su barrio, trabajadora y modesta, mostraba pieles blancas que no habían visto el sol en mucho tiempo, como cuando ella era camarera de la discoteca. La mayor parte de ellos no encontraban tiempo para bañarse en la playa y tostarse sobre la arena.

Perdió definitivamente el apetito. Picoteaba de vez en cuando una pieza de fruta, unos bombones que le hubieran regalado.

—Chica, qué suerte —le envidiaban las chicas de la peluquería—. Qué suerte tienes al no engordar. Con el hambre que yo paso...

Hubiera sido un milagro que engordara. Abría la nevera, y miraba las estanterías hasta que la luz le dejaba una mancha negra ante los ojos. Volvía a cerrarla, sin ánimos para nada. Continuamente debía tirar a la basura comida que se le echaba a perder. Era incapaz de recordar si había comprado algo, o dónde lo había dejado.

Se sentía observada, y debía reprimir el impulso de

echarse a correr si alguien la miraba por la calle. Los ojos se le hundieron en las cuencas, y la mirada asustada que siempre la había acompañado pasó a delatar terror. No podía denunciar a todos los que le dijeran un piropo por las calles, pero si hubiera estado en su mano, los hubiera encerrado para que se pudrieran en la cárcel.

La mujer con la que había compartido piso la invitó a comer, y se preocupó mucho por ella.

—No pareces estar muy bien.

Elsa pequeña miraba fijamente su plato, sin decidirse a empezar.

—Sí que estoy bien. No he tenido buenas noticias de casa —mintió.

—¿Les pasa algo a tus padres?

—Prefiero no hablar de ello. —Luego, en un rapto de decisión, confesó—. A veces me parece que los de la Orden me siguen, ¿sabes?, como si hubieran apostado a alguien para que me vigilara.

La mujer se puso seria.

—¿Has reconocido a alguien?

—No... ni siquiera los veo... Pero cuando me quedo en casa, por las tardes, y comienza a oscurecer y no enciendo la luz, me parece que hay alguien en la calle controlando mis movimientos.

—Es muy normal sentir algo así. Forma parte del proceso. Luego se te irán esos miedos.

Elsa pequeña se sacudió unos pelitos negros que se le habían enganchado al pantalón en la peluquería.

—¿Sabes algo de las otras? Hace casi una semana que no veo a nadie.

—No —mintió la mujer—. Yo también ando a mi aire.
No quiso preocuparla. Ya tendría tiempo de enterarse. La niña de los ojos verdes, el otro regalo, se había suicidado. Había tomado unas pastillas que encontró en la mesilla de su madre. Casi todos los miembros de la asociación habían acudido al crematorio. Esperaban, sacando fuerzas de flaqueza, que eso predispondría a los jueces a su favor.

—No te angusties más de lo debido. Te costará un año, dos, pero luego olvidarás todo esto. Te volverás a enamorar. Ya lo verás.

Elsa pequeña sonrió.

—Creo que no me he enamorado nunca.

—No es una mala experiencia. Imagínate, alguien que cuide de ti, y a quien le tenga sin cuidado que te levantes con mala cara por las mañanas, o que engordes tres kilos. ¡Alguien capaz de soportar a tus padres!

Se rieron de buena gana.

—No me engañes. No existen hombres así.

—Sí. Te digo yo que sí.

Luego le cogió la mano a Elsa, y sonrió.

—Nadie va a perseguirte. No se atreverían, con la policía encima.

Sí que se atrevieron. El joven bien vestido que Elsa pequeña se encontraba todas las mañanas, cerca de la peluquería. Los dos hombres que la veían asomarse de vez en cuando, por la tarde. El otro que comía en el mismo bar que ella. Todos pertenecían a la Orden.

Sin máscaras, sin capas rojas, era más difícil reconocerlos.

Elsa pequeña, la observada, tenía, era verdad, cierta vida por delante. Y otra vida detrás. Unos hechos sin vuelta de hoja que habían afectado también la existencia de sus padres. Loreto y Carlos, que se habían entendido siempre sin problemas, comenzaban a discutir.

—Debimos haber tenido más hijos —se lamentaba Loreto—. La niña no se hubiera visto sola, y habría afrontado la madurez de otra manera. Ser hijo único es una maldición. Y ella, de pequeñita, nos lo pedía. Fuiste tú quien no quisiste.

—Si por mí hubiera sido, ni siquiera hubiera nacido Elsa.

Loreto le miró con rencor. Le venía a la mente la expresión de desencanto de Carlos cuando le anunció su embarazo, la atención obsesiva y constante que siempre había exigido. No era celoso, pero si él estaba delante, él debía ser lo primero.

—Tienes razón —escupió ella—. Ya me ha llegado ocuparme de Elsa y ser también tu madre. No he sido otra cosa en todos estos años.

—Y no has sabido hacer bien ni siquiera eso. Ya ves dónde está Elsa, y dónde he terminado yo.

Luego callaban. Carlos se acercaba a ella, con intención de pedirle disculpas. Loreto se deshacía de él.

—Déjame. No creas que ahora te van a valer tus mimos.

Salía de la cocina y se encerraba a llorar en el cuarto de baño. Fuera, Carlos llamaba suavemente.

—Nosotros no hemos tenido la culpa, Loreto. Son desgracias que pasan. Cada familia tiene las suyas. No hay manera de escapar de ellas. Y salvo eso, hemos sido siempre bastante felices, ¿no?

Llamaba de nuevo, y le asaltaba una duda urgente. Insistía.

—¿No?

Creía firmemente que se podía sobrevivir a la pérdida de una hija sin que el mundo se derrumbara. En aquellos tiempos difíciles del juicio y de la estancia de Elsa pequeña en Lorda, recordaba una y otra vez la vida que sus padres habían seguido tras la desaparición de Elsita. Estaba claro que él no era su padre; Esteban no hubiera perdido los nervios de aquella manera. Pero tampoco Loreto era su madre. Loreto mostraba una suave tenacidad, una voluntad de supervivencia que no había visto en otra mujer.

—*Si la niña no sale de ésta* —pensaba mientras revisaba los frenos de los autobuses o hacía señales para que un conductor avanzara—, *tendremos que arreglárnoslas solos. Y si sale... si sale, ya encontraremos algo.*

Le sorprendía continuar viendo al novio de su sobrina todos los días, como si nada ocurriera. Al principio pensó que tal vez hubieran roto. Luego prefirió creer que, ya que el chico seguía allí, impertérrito, con su rutina de trabajo y su aire pulcro, tal vez Elsa grande hubiera exagerado. Tal vez había aprovechado la excusa de las amenazas y se había marchado un tiempo de vacaciones, y la había enviado Miguel para crearle mala conciencia.

—Como siempre ha hecho, rehuyendo su responsabilidad y arrojándola sobre los otros. Eso que Elsa grande dijo que serían chiquillerías... bromas pesadas. Tendrían que haber visto a mi hija cuando escapó del monte, toda quemada, con aquella chaqueta. Así sabría Miguel lo que es pasarlo mal por una hija, él, que no se ha llevado un mal rato jamás.

Se mentía, eso lo sabía él de sobra. Pero cargaba ya con demasiadas responsabilidades, muchas, desde muy joven, y ya no podía más.

Carlos, el de los ojos abiertos ante la realidad y la vida, había olvidado el lugar exacto donde enterró a su hermanita. Era de noche, la había llevado en brazos y la había arrastrado durante bastante tiempo, tenía frío, las lágrimas no le dejaban ver bien, y sólo encontró un palo para cavar. Lo hizo lo mejor que supo. Nunca se paró a pensar por qué la enterró, por qué calló y la dejó allí sola, bajo las piedras. Cuando se alejaba, se dio cuenta de que no había rezado, y regresó para hacerlo. Arrancó unas malvas que crecían salvajes, y las colocó encima de la tumba.

—Padre nuestro... padre nuestro...

Entre la tierra asomaba un trozo de vestido sucio. Carlos se volvió a otro lado y sintió arcadas.

Cuando bajó del monte y comprobó que todos le habían estado buscando, sumidos en la desesperación, se sintió extrañamente confortado. Se dejó mimar, él, el que caminaba por la tierra de nadie entre la brillantez del primogénito y la atención que dedicaban a la niña. Durante toda esa noche fue un niño al que habían arrancado demasiado pronto de la cuna para introducirlo en un mundo de adultos y pesadillas.

Se despertó siendo un hombre. Durante unas horas lo fue. Sacó a Miguel de la cama, le obligó a cortarse el dedo, lo mojaron los dos en el agua, se la bebieron y formularon un juramento.

—Jamás olvidaremos a Elsa.

—Jamás olvidaremos a Elsa.

—Aunque nos arranquen el corazón y el hígado. Aunque nos corten la cabeza. Aunque nos amenacen con matarnos. Aunque nos lleven a la guerra. Juremos que jamás olvidaremos a Elsa.

—Jamás olvidaremos a Elsa.

Luego volvió a ser un niño.

Elsita, la niña que nunca dejaría de serlo, conocía bien esos retorcimientos de su hermano y los disculpaba. Eran los mismos que le impulsaban a matar ratas, y babosas, y conejos, a pellizcarla a ella cuando era un bebé o a arrojarse contra el mayor para destrozarlo. Carlos no había tenido nunca otra salida.

Era como Patria, no la mujerona que había terminado siendo alcaldesa, sino aquella Patria adolescente violenta y ruin que había torturado su niñez; niños sin suerte, sin defensores, sin nada más que sus recursos para afrontar la vida. Habían hecho lo que habían podido.

Como Miguel. Pero para Miguel los problemas habían sido menores, como les ocurre a los elegidos de la fortuna. Las desgracias de la familia, esas de las que no se libraba ninguna cepa, le habían rozado, sin darle de lleno. Al fin y al cabo, él no había visto muerta a Elsita ni había cargado con la responsabilidad de enterrarla y callar. Su hija no había tenido que huir porque hubiera cometido ningún delito, sino por culpa de otros. Le quedaba ese consuelo: todo lo malo que le había ocurrido, todo ello, no había dependido jamás de él. Otros habían sido los culpables.

César, en cambio, era un caso aparte. El espectro de Elsita, mientras vagaba por las montañas, se había encontrado muchas veces con él, que andaba siempre tras un placer ajeno que espiar. Ella se escondía detrás de un árbol al verlo llegar, pero él pasaba de largo, silencioso, no fueran a descubrirle, muy poco atento a la presencia invisible de Elsita.

Nunca hizo el menor intento de acercarse a la zona en la que la niña había muerto. Ni siquiera para dejarle unas flores. Incluso antes de que Elsa pequeña diera con los huesos medio desenterrados y los pisara, a César le hubiera resultado fácil reconocer la zona. Hasta que se pudrió, y tardó mucho tiempo en pudrirse, hubo una cuerda en el suelo, un cordel embreado de los que se empleaban para atar paquetes postales.

Era la cuerda que Elsita, en el colmo de la femineidad, empleaba para atarse las piernas.

10

Pero para explicar aquella historia, para que se cumplieran los hechos que llevarían a aquella cuerda al monte, habían tenido que ocurrir muchas cosas. Faltaba, por ejemplo, que Esteban y las Kodama se separaran y que Antonia encontrara a su príncipe perdido. Faltaba aún que transcurriera una tarde.

En aquella tarde, la última en la que estuvieron juntos, Esteban encontró a Silvia llorando. Nunca la había visto así. En un principio no supo de dónde provenía el llanto. La encontró detrás de la cortina de su habitación, vestida con un camisón con frunces y lorzas que había sustituido a la gastada combinación rosa. Se abrazaba con fuerza las rodillas, y había escondido la cabeza entre los brazos.

—Pero... ¿qué pasa aquí? —preguntó Esteban, sin atreverse a acercarse.

Silvia le miró. Tenía el rostro hinchado y enrojecido.

—Déjame.

Esteban se agachó junto a ella y la obligó a mirarle.

—Entonces, ¿por qué lloras?

—Cierra la puerta. ¿Quieres que se enteren todos?

Cuando regresó junto a ella, Silvia se había calmado un poco. Tiraba del dobladillo del camisón, que estaba ya medio descosido.

—Ahora, que estamos solos, dime a qué viene ese disgusto.

—No lo soporto más —dijo Silvia, entre sollozos—. Nunca me he quejado, pero no puedo más.

—¿A quién no soportas? —preguntó Esteban, y hubiera matado porque la respuesta fuera «a Melchor Arana».

La chica le miró, sin comprender.

—No resisto esta situación. No puedo pasar una noche contigo y otra con Melchor. Tú piensas que no tengo sentimientos... que soy una fulana a la que puedes contentar con chucherías.

—Te equivocas —dijo Esteban. De pronto, el mundo parecía adoptar dimensiones trágicas. Silvia, la niña de hielo, se estaba deshaciendo—. Nunca he pensado nada... nada indigno de ti. Me he preocupado siempre por ti, y por tu madre, ¿no es verdad? Si te despreciara, ¿crees que continuaría con vosotras?

Resonaron unos pasos por el corredor. El café estaba a punto de abrir, y pronto comenzaría el ajetreo. Eran los tacones de Rosa Kodama. Se detuvieron un instante ante la puerta, y Silvia y Esteban contuvieron la respiración. Luego los tacones continuaron.

—Piensa en eso...

Silvia continuaba inconsolable y rechazaba las caricias de Esteban a manotazos. Él comenzó a perder la paciencia.

—Pero bueno... ¿Se puede saber qué manía te ha dado? ¿Qué es lo que quieres? ¿Qué te ronda ahora por la cabeza?

Silvia se puso trabajosamente en pie, y separó la cortina.

—Todo este tiempo me habéis pasado de uno a otro como una pelota. Mi madre, Melchor y tú. Y tengo un límite... ¿te enteras? Un límite. —Volvía a llorar—. No te he importado nunca. Cuando llegó Arana —dijo, después de una pausa—, pensé que todo acabaría. Lo único que he pedido toda mi vida es que me dejaran en paz. ¡En paz!

—Yo no soy así... No soy como Arana, no me comporto así. No has tenido ocasión de conocerme. En Duino... —se interrumpió— si viviéramos en Duino... si nos hubiéramos conocido en Duino...

—No quiero conocerte —dijo ella.

Esteban alzó la cabeza. Tardó algún tiempo en entender lo que ella le estaba diciendo. Las cosas parecían suceder a una velocidad distinta.

—Entonces... ¿qué quieres que haga? ¿Que me marche? ¿Que me vaya y no regrese más, y te deje tranquila?

Silvia apretó la mano contra la boca.

—Tú sabrás lo que te dicta la conciencia... si la tienes, si no la has perdido en toda esta miseria.

Él se puso en pie y se acercó hasta la puerta. La cama los separaba, y sólo veía a Silvia a contraluz, una sombra confundida con la cortina.

—Tengo conciencia, Silvia. Si no me he marchado antes, si no he puesto fin a esto, ha sido pensando en ti, en que no estarías mejor sin mí de lo que lo estás conmigo. Yo no soporto que una mujer llore. Ya he visto llorar a demasiada gente.

Esperó un instante, aguardando la respuesta de Silvia. No la hubo. Continuaba inmóvil, fundida contra la ventana. Estaba seguro de que si se marchaba, Silvia le seguiría. Estaba resentida, o sería uno más de sus caprichos.

Silvia no se movió.

El resto de la noche la pasó sentado en el café, en uno de los apartados, con una botella de aguardiente que no tuvo arrestos de terminar. De vez en cuando Rosa Kodama pasaba ante él, balanceándose sobre sus zapatos altos y con un sombrerito con velo que consideraba de muy buen tono.

En el otro extremo del café, en su asiento habitual, Melchor Arana parecía absorto en el escenario. De vez en cuando, una de las solapas de su traje se empeñaba en volverse del revés; sin duda, la tela del traje había sido empleada más de una vez, y mostraba su propia querencia.

Cuando llevaba ya tres vasos, Esteban reunió fuerzas y se dirigió hacia él. Melchor le hizo una seña de saludo, y le indicó que se sentara.

—No está bien lo que hacemos —dijo, con la voz un tanto cargada por el alcohol—. ¿No siente nunca remordimientos? ¿Duerme tranquilo por las noches?

—Siempre he dormido sin problemas.

—Eso nos diferencia.

Rosa Kodama los observaba, aunque parecía conversar con una de las camareras, muy en su papel de dueña de la casa.

—Creo que hay más cosas que nos diferencian, Esteban.

—Sí. Que yo me marcho. Que dejo a estas dos mujeres situadas, con medios de ganarse la vida, y continúo mi camino honradamente. Y usted se queda a exprimirles un poco más de sangre, a vivir de ellas.

—Nunca les he pedido nada. Y jamás he vivido a costa de nadie. Creo que está borracho y que no puede pensar con soltura.

Esteban se esforzó por vocalizar con claridad, para que nadie pudiera acusarle de perder el control por la bebida.

—¿Y qué les ha dado? ¿Eh? ¿Algo importante? ¿Les ha abierto algún camino?

—Silvia podría tener su propia compañía. Podría llevar la vida que le pareciera.

—¿Ah, sí? ¿Y por qué no está ya en ese camino?

—Porque está usted aquí.

Esteban se puso en pie.

—Ahí le queda, toda para usted. Hágala infeliz el tiempo que le plazca. Yo lo he hecho lo mejor que he podido. A partir de aquí, me lavo las manos.

Melchor no se dignó mirarle. Mientras regresaba a su sitio, se tropezó con una silla. Un hombre mayor se incorporó para ayudarle. Esteban se lo impidió.

—Estoy bien. Estoy bien.

Cuando el café cerró, Rosa se acercó a Esteban. Le posó la mano sobre el hombro.

—¿Qué va mal?

Él movió la cabeza. Continuaba borracho.

—Todo. Todo ha salido mal desde un principio.

La mujer se encogió de hombros.

—Eso no es ninguna novedad.

—Me marcho —dijo Esteban—. No quiero pasar una sola noche más aquí.

—¿De qué hablas?

—Hablo de Silvia, de lo que le estamos haciendo a Silvia. Me voy.

Rosa no pareció muy extrañada.

—Cada cual es libre de tomar sus decisiones.

Esperaba lágrimas, súplicas, una muestra de cariño al menos, pero Rosa continuó doblando manteles, como hacía todas las noches, y no se conmovió.

—Llévate al menos algo de dinero —le dijo ella, y le tendió, doblado, un fajo de billetes.

Él se quedó con ellos en la mano, mirándolos, como si no supiera qué hacer con ellos. Luego se levantó, tendió una mano a Rosa, que se la estrechó tibiamente, y salió del café.

Vagabundeó por Desrein hasta la madrugada, hasta que comenzó a refrescar y sintió que los efectos de la bebida desaparecían. Le dolía la cabeza, y pensaba con un poco más de claridad. El dinero que Rosa le había dado le quemaba en el bolsillo.

—*Yo he puesto en ese negocio más que nadie...* —pensó de pronto—. *¿Con qué autoridad me despacha esta mujer como si fuera un mendigo, con una limosna? Las cosas no pueden quedar así.*

Todo le pareció carente de sentido; la llantina de Silvia, una rabieta sin importancia. Las palabras de Arana, menos altivas y más lógicas.

—*Soy demasiado susceptible* —reflexionó—. *Al fin y al cabo, ¿qué me han dicho tan grave como para que yo me marche? Ni que fuera la primera vez que Arana dice algo que me desagrada, o que Silvia arma una escenita de las suyas. Y mi reacción es marcharme. Algo ha cambiado. ¿Qué me pasa? Estoy cansado...*

Sólo la actitud de Rosa se salía de lo normal. Además, aun en caso de irse, su ropa, un par de trajes y las elegantes corbatas que había comprado obedeciendo las indicaciones del otro se habían quedado allí. Se encaminó al café a buen paso. Había salido sin abrigo, en el furor de los primeros momentos, y tuvo que frotarse los brazos para entrar en calor.

La planta baja donde se confundían el café y la vivienda de las Kodama no despertaba hasta muy tarde. Esteban buscó la llave de la puerta en su monedero, y abrió con cautela. Durante el desayuno se disculparía y se excusaría en las tres copas de aguardiente. Si no preguntaban, si los mohínes de Silvia no continuaban, ni siquiera tendría por qué decir nada.

Oyó voces, y se le cayó el alma a los pies al pensar que esa noche le había dejado el campo libre a Arana. Pero eran las dos mujeres. Charlaban en la habitación de Rosa, sin dejarse vencer por el sueño, y de vez en cuando, reían. Esteban pegó la oreja a la puerta. Escuchó. Hablaban de él. De Melchor Arana. De un plan que había dado resultado. Silvia ya no lloraba. Al contrario, parecía muy satisfecha, orgullosa ante las alabanzas de su madre.

—Ahora —decía la voz convincente de Rosa— debemos pensar en tu carrera. En todo lo que Melchor te ha prometido. Esto es el comienzo, nena. Te lo digo yo. Con que cumpla la mitad de lo que ha prometido...

La puerta estaba entreabierta, y la luz de la mesita, encendida. Esteban asomó la cabeza, muy despacio. No podían verle. Las dos miraban al techo, al círculo de luz que esparcía la lámpara.

—Vamos a dormir un poco —dijo Rosa—. Dime la verdad, ¿vas a echar de menos a ese hombre?

—No —fue la respuesta de Silvia, segura y cortante—. Ya sabes que no.

La mano de Silvia surgió bajo la colcha y tanteó en busca de la pera de la luz. Durante un momento, Esteban vio que el anillo que le había regalado, el coqueto anillo con la perlita blanca, había desaparecido. En el dedo índice llevaba una sortija nueva, un enorme anillo con una esmeralda. Ya no era suya. Estaba marcada, como una vaca. Ahora pertenecía a Melchor Arana.

No recogió sus trajes, ni las corbatas, ni se detuvo a pleitear por su parte del negocio. Llenó una bolsa con cuatro objetos que necesitaba y marchó a pie hasta la estación. Los excesos de la guerra habían terminado. Como muchos otros, había comenzado de nuevo su vida aquel día en Navidad, bajo las hogueras y la algarabía de la victoria, pero Esteban había tomado el camino equivocado. O tal vez el error hubiera comenzado antes, el día en que se resignó a marchar a la guerra, cuando conoció a José, el desreinense, y se dejó seducir por un mundo que no era el suyo.

Ya daba igual. Una historia vulgar, sin tremendismos, sin amores terribles que le consolaran del egoísmo de aquellas dos mujeres rastreras. Las cosas regresaban poco a poco a su lugar. Y junto con las cosas, Esteban ansiaba volver a su sitio de origen. A Duino. A su maletita de viajante, a cualquier situación que le borrara de la mente los últimos meses. No quería encontrar a nadie que le conociera. En lo que a él se refería, acababa de nacer. Silvia Kodama había sido su madre. Acababa de cortar el cordón umbilical, y se sentía dolorido, frío y perplejo.

Quizá por eso nunca olvidó a Silvia, porque había sido su madre, quien le había abierto camino en otra vida y quien le había matado; Elsita, en cambio, sólo fue su hija. No le dio nada, ni la vida, ni la muerte. Unas pocas horas de alegría, a lo largo de su existencia. Unas

cuantas horas de dolor, antes de desaparecer definitivamente.

No había sido suficiente, no había dejado suficiente
rastro. Por eso había olvidado a Elsa.

También aquella historia, otra historia que falta por
contar, tal vez porque nunca había sido contada del
todo, había comenzado por la tarde, un día especialmente aburrido en que Leonor no había salido a jugar
con ella, las niñas de la plaza se habían mostrado especialmente hostiles y Manzanito y Toby, los abnegados
amigos invisibles, no respondían a sus llamadas.

Era la hora tranquila que sigue a la comida, y la mayor parte de los niños permanecían aún en sus casas,
ayudando a sus padres. Sólo los hijos de Esteban y Antonia habían regresado a la plaza. Habían comido solos
con la tata; les había dado una manzana a cada uno y los
había despachado, porque ella misma debía regresar sin
demora a la pastelería.

Elsita marchó con sus hermanos, remoloneando y de
mala gana. Durante un rato los vio jugar a las canicas.
Suspiró y se levantó de su banco.

—Voy a llamar a Leonor.

—Vale. No tardes.

Los maestros estaban en mitad de la comida, una comida de excepción, por ser el santo de la maestra, y la in-
vitaron a sentarse.

—No, gracias... ¿puede venir a jugar Leonor?

—Puede. Pero tiene que terminar de comer, y dormir un poquito de siesta. El sol está muy alto, y os puede hacer daño.

Las dos niñas protestaron.

—Nos quedaremos a la sombra... de verdad... y no correremos. Estaremos quietecitas en el banco.

La maestra sonrió.

—Está bien. Pero déjala que coma primero. Cuando termine, te irá a buscar.

Elsita se fue, y el maestro levantó la cabeza del plato.

—No pensarás en dejar ir a Leonor con este calor.

—Claro que no. Pero no las puedo tener llorando a mi alrededor todo el día.

Leonor continuaba comiendo, tan tranquila. Ya se le había olvidado que Elsita acababa de estar allí.

La niña regresó a la plaza saltando por los adoquines. Uno no, uno sí. Sus hermanos no se habían movido. Carlos iba ganando.

—Espera —dijo de pronto, y se levantó.

—¿Adónde vas? —preguntó Miguel.

—A por el resto de las canicas.

Se refería a las vulgares, a las metálicas que guardaban en una caja, en casa.

—¿Para qué?

—Vamos a jugar una partida gigante.

Miguel se encogió de hombros, y se sentó con su hermanita. Le tiró cariñosamente del pelo.

—¿Qué haces?

—Nada... espero a Leonor.

Esa semana le tocaba a Miguel cuidarla. Reñía menos con ella, pero a veces se olvidaba de que existía, si algo más importante aparecía. La cogió por las piernas y se la subió a la espalda.

—Vamos, te doy una vuelta.

Elsa se agarró a su cuello y se sujetó bien. Recorrieron la plaza y volvieron al banco de origen.

—¡Arre, arre!

Y Miguel relinchaba. Entonces vieron que no estaban solos. Patria volvía al lugar de los juegos, y sonreía al verlos. Elsita le cogió la mano a su hermano. Mientras estaba con él, Patria nunca se mostraba hiriente ni despectiva.

—¿A que no eres capaz de hacer eso conmigo? —preguntó Patria.

Miguel la sopesó con la mirada, una muchacha seca y endurecida.

—¿Que no?

Por sorpresa, se lanzó sobre ella y la alzó en alto. La sostuvo durante varios segundos, mientras ella, encantada, se debatía.

—¡Bájame, bájame!

Patria se colocó de nuevo el pelo detrás de la oreja, y suspiró.

—¿Y los demás? ¿No ha venido nadie?

Elsita negó con la cabeza.

—Entonces —continuó la otra, sin apartar los ojos de Miguel—, hoy no tienes excusa. Anda, Miguel... ven a dar un paseo conmigo... Vamos hasta la Lobera.

—¿Con este calor?

—¿Puedo ir con vosotros? —preguntó Elsita.

Patria negó sin mirarla.

—No, que te cansarías.

Entonces, Miguel cedió. De pronto comprendió que no era el paisaje desde la Lobera lo que Patria quería que él viera. Sonrió, un tanto azorado.

—Elsita, quédate aquí hasta que vuelva Carlos... Dile que yo vuelvo en seguida. Pero no le digas dónde he ido. —Y como vio que ella comenzaba a protestar le dio un empujón—. ¡No empieces! Nadie quiere a las lloronas.

Elsita obedeció. No por Miguel, ya que ella se había llevado empujones más fuertes que aquél, sino porque no quería ir a ningún sitio con Patria. Vio cómo los dos tomaban la senda hacia el monte, y movió la cabeza. Quiso saber la hora. Miró hacia la torre de la iglesia, pero el sol le quemó la vista, y durante un momento vio una mancha roja.

—*Cuando sea mayor, tendré un reloj* —se prometió.

Carlos tardaba, y decidió acercarse de nuevo a casa de Leonor. Total, si no había nadie en la plaza, daba igual que se quedaran a jugar en la casa que fuera. Se puso en pie, tiró del vestido con pajaritos para que no mostrara arrugas y se marchó por la calle lateral.

Por eso cuando Carlos regresó con las canicas no la encontró, ni a ella ni a Miguel. Durante un momento se quedó parado en mitad de la plaza, desorientado. Luego se enfureció. En seguida llegaron los otros niños, y tuvo con quién jugar, pero aquello no le consoló. Cuando Elsita y Miguel aparecieran, se iban a enterar de lo que significaba dejarle tirado. A él.

Como Miguel no estaba, los otros le aceptaron como jefe.

Miguel regresó muy pasada la hora de la merienda. Pese al cuidado con que Patria y él se habían quitado las hierbas, traía una bolita espinosa prendida al pelo, y un aire de culpabilidad evidente. Como se quedó callado, y no discutió que Carlos debía mandar en los juegos, la temible bronca quedó aplazada.

—*No importa*—pensó Carlos—. *Luego. Delante de mamá.*

Los dos pensaban que Elsita estaba con el otro. Cuando llegó la hora de cenar, y aún no había aparecido, la echaron de menos, pero aún no se preocuparon. Estaría en la casa de los maestros. Antonia sintió dudas de pronto. Ella se había pasado la tarde allí, y no había escuchado chistar ni a Leonor ni a Elsita. Pero a la fuerza debía de estar en casa de los maestros. La tata fue a buscarla.

Luego, esa noche, todo el pueblo salió a buscarla.

Leonor no había terminado aún de comer, o al menos, eso le dijeron. Malhumorada, Elsita regresó de vacío a la plaza por segunda vez, pero, para variar, escogió la calle vieja. Su madre, que en esos momentos abandonaba la pastelería en dirección a la casa de los maestros, tomó, precisamente, la otra calle. Elsita, saltando sobre un pie, y luego sobre el otro, se encontró con César.

—Hola, Elsita. ¿No te hará daño este sol tan fuerte?

—No...

—¿Adónde vas?
—A la plaza, a jugar.
—¿Tú sola?

A los mayores nunca les preguntaban adónde iban. En el caso de César hubiera sido interesante, porque se marchaba al monte, a espantar el aburrimiento. Con mucho secreto, la tata acababa de comentar con Antonia que, todos los días, a la hora de la siesta, Carmen, la niña más guapa del pueblo, se veía con el hijo de Roque en el almendral de éste. Nadie los había visto aún juntos, pero la tata, que no era tonta, había atado cabos, y estaba segura de que no podía ser de otra manera.

—A ver si no qué va a buscar Carmen al monte a esa hora en que la gente de bien se queda en casa, durmiendo.

César, cautivado por la posibilidad de observar lo que nadie conocía aún, había esperado a que Antonia se marchara y la tata regresara a la casa para ocuparse en otras cosas. Y como tantas otras veces, se había deslizado sin ser visto.

—¿Tú sola?
Elsita asintió con la cabeza, alicaída.
—¿Y cómo es eso?
—Carlos se ha ido a casa, y entonces ha venido Patria donde nosotros y le ha dicho a Miguel, ¿vamos al monte, a la Lobera?, y Miguel ha dicho, bueno, y a Leonor no la dejan salir, de modo que no tengo a nadie.
César abrió mucho los ojos.

—¿Miguel y Patria se han ido al monte? —Y luego calculó edades, y le encajó todo—. Vaya, vaya.

Sonreía. Con aquello no contaba. La tarde se presentaba más interesante de lo que creía. Años más tarde sonreiría de igual modo ante las revistas con mujeres que salvaba de la quema. Se dirigió al sendero del monte, y luego, como si dudara, se detuvo. Se volvió a Elsita.

—Voy al monte, a coger moras. ¿Quieres venir conmigo?

Y Elsita, emocionada ante la idea de que alguien quería pasar un poco de tiempo con ella, corrió a darle la mano. Luego, los dos juntos, subieron al monte.

Mientras tomaban la senda hacia la cumbre, César dudaba entre acercarse primero al almendral o a la Lobera. Hizo cálculos del tiempo que los llevaría llegar allí, y del que permanecerían las dos parejas en cada lugar. Elsita, que caminaba a su lado parloteando sin pausa, no le dejaba concentrarse.

—*¿Para qué me la habré traído?*

Siempre preparaba alguna excusa convincente, por si le sorprendían; según la temporada, eran caracoles, o setas, o castañas. Le había parecido que nadie sospecharía de una niña y un hombre respetable cogiendo moras entre las zarzas.

—*¿Qué hago ahora con ella?*

No quería que viera nada, ni, mucho menos, que se enterara de lo que veía él. Elsita cortó el hilo de sus reflexiones.

—Sí que vienes preparado. No has traído cubo para las moras.

—¿Ah, no, lista? Lo que pasa es que nos las vamos a comer todas. ¿Te gustan las moras? ¿Sabes el mejor modo de comerlas?

Se acercó a una zarza y engulló unas cuantas exagerando los gestos.

—¡Ñam, ñam! ¡Hmmmm! ¡Qué buenas!

Elsita se echó a reír y le imitó.

—¡Ñam!

Continuó comiendo moras y diciendo *ñam* hasta que se aproximaron a la Lobera. Entonces César le dijo que se callara. Dio unos pasos con extremada cautela y se asomó a mirar entre dos arbustos.

—Creo que ahí hay un jabalí —dijo en voz baja—. Espera aquí, voy a mirar.

Elsita permaneció muy quieta y silenciosa junto a un árbol. Nunca había visto un jabalí, y en su lista de miedos estaba muy por debajo de la peste, la viruela o los enfados de la tata, pero había escuchado a los mayores, y sabía que era algo de lo que preocuparse.

—¡Ten cuidado! —le susurró a César, tan valiente, que avanzaba hacia allí.

César le hizo una seña, sin mirarla, apartó los arbustos y, con la pericia de quien es un maestro en la materia, se aproximó lo más posible a Miguel y Patria.

Tumbado en la Lobera, Miguel, alto para su edad, tan espabilado en otras cosas, estaba aprendiendo mucho y muy rápidamente de Patria. Y lo que estaba descubriendo le gustaba. No era la primera vez que ella subía allí. Las niñas como Patria crecían pronto. Alguien se encargaba siempre de ello.

César regresó junto a Elsita al cabo de un momento.

—¿Se ha ido? —preguntó ella.

—Sí, se ha ido.

—¿Le has espantado?

—Sí, con un palo —dijo él.

La niña le miró llena de admiración.

—Yo me he quedado aquí quieta.

—Así me gusta, que seas obediente.

Se alejaron un poco. A César le corría prisa por llegar al almendral y terminar una tarde realmente fructífera.

—¿No comes más moras? —le dijo a Elsita—. Mira, por aquí hay muchas.

—¿Adónde vamos ahora?

Tuvo que repetir la pregunta.

—Pues vamos hacia allí, ¿ves? A ver si puedo cazar ese jabalí.

—¿Sólo con un palo? —preguntó ella, con los ojos muy abiertos.

—Claro. No me he traído la escopeta. Pero tú tienes que ayudarme.

En un intento por atajar, César avanzó por la loma del monte. Esa parte quedaba más al descubierto, y desde ella se divisaba todo Virto. En otras ocasiones se detenía para admirar los tejaditos como de juguete y la torre de la iglesia en la distancia; pero temía llegar y que Carmen y el de Roque se le hubieran escapado ya.

—¡Mira qué bonito! —gritó Elsa—. ¡Se ve mi casa! ¡Mira, César, se ve la pastelería!

—Sí, ya veo.

La niña, además, le retrasaba. Dejaron la loma y pasaron al otro lado del monte. El almendral quedaba bastante más abajo, pero Elsa no podría bajar por allí. César pensó un momento. Luego fingió haber visto de nuevo al jabalí.

—Tú no te muevas —le dijo—. No vayas a perderte. No cojas miedo, que no hay nada que temer, y en seguida vuelvo a por ti.

—No me marcho, no te preocupes —prometió ella, y se sentó sobre una roca.

Esta vez, César tardó más en regresar.

Tardó tanto que Elsita comenzó a aburrirse. De vez en cuando, entre las peñas aparecía una lagartija. Brillaba al sol como una tela cara por un momento, y luego desaparecía. El calor había aflojado un poco, pero continuaba fuerte, y Elsa se limpió la frente con un pañuelo.

—¿*Cuánto tiempo más tendré que estar aquí?* —se preguntó.

Al guardar el pañuelo se encontró con su cordelito embreado. Recordó, un poco avergonzada, que había pasado todo el camino dando saltos, y que las damas no caminaban así, como las cabras, de modo que se ató los pies, primero una vuelta en torno al tobillo, así, luego el otro, y por fin amarrados de modo que entre ellos quedara la distancia de un brazo extendido.

Caminó con precaución entre las piedras, porque los primeros pasos eran siempre complicados, hasta que se acostumbraba a no dar zancadas, y se acercó por ver si venía César. Ni rastro de él. Avanzó hacia el otro lado, hasta la loma, porque le había gustado la vista de Virto desde tan lejos, allí quieto en la llanura, y de los campos geométricos, surcados por las acequias.

Vio también la vía del tren, un alambre endeble que se extendía durante muchos kilómetros y que brillaba menos que el río bajo el sol.

—*Si ahora pasara un trenecito...* —deseó, y trató de calcular la hora.

Con un poco de suerte, podría convencer a César para que se quedaran allí hasta que pasara un tren. Sentía la cara sucia, y se la limpió de nuevo con el pañuelo.

—*Me he debido de poner buena de moras.*

También se había manchado el vestido, y no estaba del todo segura de que las manchas de mora se fueran. Las de sidra, desde luego, no. Su padre se había vertido por encima media botella, y ahora empleaba aquella camisa y aquel pantalón para andar por casa. Su madre se había enfadado mucho, y eso que no fue por su culpa. El corcho de la botella no ajustaba bien, y se había derramado. Las de mora, estaba por ver.

Entonces vio a Miguel, que bajaba al pueblo por la senda por la que ella había subido. Se había quitado la camisa, y la llevaba sobre un hombro. Unos metros atrás iba Patria, intentando mantener el paso. Y ninguno de los dos sabía que un jabalí andaba suelto.

Por un momento, se sintió tentada de no avisarlos. Al fin y al cabo, la habían dejado sola, mientras ellos se iban a jugar y se dedicaban a sus secretitos. Si los mordía el jabalí, les estaría bien empleado. Pensó en arrojarles una piedra. Luego se dejó llevar por sentimientos más apacibles, y con un ademán lleno de dignidad que hubiera hecho palidecer a cualquier princesa de sangre real, se recostó sobre un tronco y se quedó callada, hinchada por el resentimiento.

Al final, ya arrepentida por su mal corazón, llamó:

—¡Miguel!

Se puso en pie, y quiso correr hacia ellos. Había olvidado el cordel. Se tambaleó, quiso mantener el equilibrio. Perdió pie. Resbaló varios metros por la ladera, demasiado asustada incluso para gritar. Se golpeó la cabeza contra las peñas medio ocultas.

Para cuando unos matorrales frenaron su caída, había muerto ya.

Miguel y Patria, con un fondo de vergüenza por lo que acababan de hacer, continuaron en silencio. Les pareció que unas rocas rodaban más arriba, en la ladera del monte, pero cuando volvieron la cabeza todo había cesado. Si atajaban y saltaban la acequia llegarían al pueblo antes de que nadie se percatara de su ausencia. Cuando llegaron al pueblo, se encontraron con Carmen y el hijo de Roque, que charlaban al fresco, junto a la casa de la chica. Se miraron por un momento, sin sospechar nada los unos de los otros.

Al fin y al cabo, cada uno tenía su vida.

Pese a que se deslizó de través sobre los desniveles, César se perdió lo mejor de la escena del almendral. Vio, eso sí, a Carmen medio desnuda, y se quedó con la impresión de que los del pueblo exageraban. En unos pocos años, sería una mujer corriente, gorda, con un rostro fresco y ojos vivos, y muy poca cosa más.

Regresó hasta donde había dejado a Elsita, y no la vio. Dio unos pasos hacia la ladera, y la llamó varias veces.

—*Demonio de niña* —pensó—. *Se ha escapado.*

Eso le dejaba a él en una delicada situación. Si se le ocurría mencionar cualquier cosa de la excursión al monte, del almendral, de la Lobera, César tendría que recurrir a mentiras convincentes. Y sin duda algo diría, por lo menos, del jabalí.

Nadie los había visto subir, de modo que, en el peor de los casos, siempre le quedaba el recurso de reírse de ella y de admirarse ante la imaginación de la niña. Jabalíes. Peste, viruela, amigos invisibles. Elsita se enfurruñaría con él una temporada, pero se le pasaría. No le quedaba otro remedio. Nadie más jugaba con ella. Debía regresar a Virto lo más rápidamente posible. Sólo faltaba que la niña llegara antes que él y comenzara a contar historias.

—¿*Cuánto tiempo más tendré que estar aquí?* —se había preguntado. Pudo haber salido del monte tres noches más tarde, cuando Carlos la encontró. Pero en lugar de llevársela de allí, él firmó su estancia definitiva. La enterró y calló, quién sabía por qué. El miedo obligaba a adoptar resoluciones extrañas. De eso hacía ya mucho tiempo.

Al fin y al cabo, la ladera no era tan mal lugar para vivir. Lagartijas con el sol, caracoles y babosas amigables los días de lluvia. A veces, no muy a menudo, alguien pasaba por allí, pero Elsita no se atrevía a darles conversación. Si lo creía muy urgente, llamaba, con la esperanza de que sus advertencias fueran escuchadas. Otras veces sabía que de nada serviría chillar y alertar del peligro; era un fantasmita pequeño, apenas el espectro de una niña, y hacía todo lo que podía.

Eso era lo terrible de la muerte. Gritar y que nadie la oyera. Presenciar en silencio las desgracias. Como le pasaba con Elsa pequeña.

Porque, andando el tiempo, también buscaban a Elsa pequeña en otra ciudad, otra gente. En otra historia no contada, que tampoco sería nunca contada.

Ella, Elsa pequeña, en su historia desconocida, acababa de tomar la decisión de huir de la ciudad. No se sentía segura en Lorda. Le parecía que se había pasado toda la vida leyendo un libro escrito, un manual con normas que debía seguir para no defraudar a los otros, y que, de pronto, las hojas del libro estaban en blanco. La obsesionaba una imagen: aquella ladera desde la que había visto Virto, aquella vista tan semejante al cuadrito que había en su casa. Allí había despertado ella. Lo recordaba con milimétrica precisión: las manos atadas, el pelo trenzado. Sus pies que pisaron algo similar a ramas quemadas, a huesos muy viejos, que crujieron bajo su peso.

Para distraerse, había comenzado a leer libros sobre bosques y animales salvajes, pero en seguida los abandonó, asqueada. Buscaba en ellos la confirmación de que el hombre había pervertido la naturaleza, pero comprobó con asombro que los osos machos devoraban a veces a las crías de las osas, que los monos llegaban a ser caníbales, y que existían ballenas asesinas que surcaban los mares con la potencia de transatlánticos.

Una mañana, mientras contemplaba su propio rostro deformado en la cafetera metálica del local donde siempre comía, y donde había desayunado, se echó a reír. No existía justicia humana; ni tampoco, por lo que ella podía apreciar, divina. Sólo existía ella, Elsa, los límites confusos de su vida. Decidió que no iría a trabajar, ni tampoco a los Juzgados, para desesperarse por la falta de noticias.

—*Caminaré por Lorda. Iré a la playa, tomaré un poco el sol, si me apetece, me bañaré desnuda. Al fin y al cabo, soy joven, soy bonita, es verano. Tengo derecho a sentirme viva.*

Se olvidó de ojos espías que la vigilaran, y salió del café. Se detuvo ante un escaparate, y entró a comprarse un traje de baño. Tal vez fuera excesivo, incluso para ella, bañarse desnuda.

Fuera de la tienda, dos hombres fingían interesarse por unas hojas de periódico tiradas en el suelo. Cuando Elsa pequeña salió y continuó caminando, perdieron súbitamente el interés y la siguieron.

Elsa pequeña había comprado un traje de baño rosa que le hacía parecer una niña: tenía dos florecitas en los tirantes, primorosamente confeccionadas con lazos verdes. Era el único que había encontrado de su talla. Podía contarse las costillas, y el hueso de la pelvis se marcaba bajo la tela, pero, en conjunto, se sintió bien, reconfortada por el sol y la brisa marina.

Todas las preocupaciones parecían quedar muy lejos. Se obligó a no pensar en nada, salvo en mover la toalla si la marea subía hasta su altura. Era un día entre semana, y poca gente se había acercado a la playa. Volvía a sentirse coqueta y animada, e incluso le pidió a un chico que se sentaba cerca que le extendiera bien la crema por la espalda.

—Gracias.

El chico, un miembro de la Orden que había tenido que comprarse a toda prisa un equipo de playa para acercarse a ella y no perderla de vista, le sonrió.

—Es un placer.

—¿Quiere un poco? —le preguntó, con la loción solar en la mano, porque el chico presentaba una piel lechosa que comenzaba a enrojecer.

Hacía mucho tiempo que no coqueteaba, y ya casi había olvidado cómo hacerlo.

—No, no. Me dan alergia esos productos.

Elsa pequeña no le prestó más atención. Se tumbó con la espalda aceitosa al sol y se adormiló. El chico de la toalla de al lado hizo una seña. Desde el malecón, otros dos hombres le respondieron. Oscureció en la playa, y unas cuantas gaviotas revolotearon sobre los contenedores de basura. Elsa pequeña comenzaba a sentir frío, pero no se sentía con ánimos para regresar a su casa. Tenía el pelo enmarañado, y se lo peinó con los dedos. Luego, con un suspiro, se puso en pie, sacó de la bolsa la falda y el jersey ancho y se vistió. Cuando llegó a las escaleras que subían hasta el paseo, sacudió la arena de un pie, y luego del otro.

Hacía varios meses que no salía de casa a aquella hora, y la sorprendió la animación de la zona playera. Las terrazas estaban llenas de gente, y ella desentonaba con la ropa. A todos les había dado tiempo a ducharse y a cambiarse para encajar en los bares de la noche. Elsa pequeña esperó el autobús sin saber qué haría luego.

—¿*Y si salgo? Puedo llamar a alguna de las chicas de la asociación. Bailar...*

Era jueves. Encontrarían alguna discoteca.

—*No puedo quedarme en casa... esta noche.*

Alzó la cabeza. Habían asomado muchas estrellas, con menos fuerza que en el monte, amortiguadas por las luces del paseo, pero lo consideró una buena señal.

—*Si lo hubiera sabido, me hubiera comprado algo... no tengo nada que ponerme* —pensaba en el autobús.

Se lo repitió a la mujer que había compartido piso con ella. Fue a la primera a la que llamó. Ella se alegró de oírla.

—No seas tonta. Cualquier cosa te queda bien. Vamos a ver... ¿Por qué no te vienes a casa? Podemos arreglarte algo con lo que yo tenga.

—Muy bien. Me encantan esas cosas.

Eso hacía que sintiese que tenía amigas.

Quedaron en su antigua casa una hora más tarde, y Elsa pequeña llevaría el maquillaje y unos cuantos productos de la peluquería. Corrió al cuarto de baño. El sol había avivado el color de sus mejillas, y se dio un beso en el espejo. Rebuscó en el armario, metió en el bolso una camiseta con hilos dorados que se había dejado allí la anterior inquilina y se marchó.

—*Si llegamos muy tarde, mañana tampoco podré ir a trabajar. A ver qué excusa les cuento.*

Le importaba muy poco. No le gustaba demasiado aquello. Tenía intención de buscar algo en una floristería. Aquellos antiguos conocimientos de *ikebana* le servirían al fin de algo.

—*Puedo hacer cualquier cosa. Cualquier cosa que me proponga.*

Hubiera sido una noche feliz.

El autobús pasaba cada cuarenta minutos a partir de las once, y Elsa pequeña lo vio marcharse, de modo que, de pésimo humor, no supo si sentarse a esperar el siguiente o acercarse andando hasta la casa de su amiga. Las ventanas la vigilaban como si fueran grandes ojos oscuros. Se miró en el cristal de la parada y se colocó bien el pelo.

—*Esto me pasa siempre. Da igual que corra como que baile. Me marcho a casa. No es sensato pasar media hora aquí sola. La llamaré desde allí, le diré que llego un poco más tarde...*

Sólo tenía que cruzar la calle, doblar la esquina, y ya estaba en casa. Escuchó a gente que se acercaba.

—*Al menos, no estoy sola* —pensó.

Nunca lo había estado. No, al menos, desde que ingresó en la Orden del Grial.

No conocía a aquellos hombres. Ni siquiera recordó a uno de ellos, al de la toalla próxima en la playa, que le había extendido cortésmente el bronceador, ni a otro, al que ella misma le había cortado el pelo. Eran tres. Otro hombre vigilaba que la calle se mantuviera despejada, y se había quedado un poco aparte. Era el encargado de reconocerla y de asegurarse de que daban con la mujer adecuada, porque la Orden no quería fallos, nada de errores de aquel tipo. Era su Guía.

Elsa pequeña no tuvo tiempo de verlo. Tuvo que enfrentarse a los tres que le cortaban el paso. Hombres altos.

En los cuentos siempre había tres príncipes, tres princesas. Tres prendas, tres peligros, tres castigos. Tres enigmas, tres historias.

Tres hombres altos, fornidos, con los hombros anchos, como le gustaban a ella en aquella otra vida tan lejana, cuando aún se fijaba en los hombres y en las cosas cotidianas. Como le gustaban, pero en menor medida, a su prima la pintora. De pronto se sintió ridículamente pequeña, endeble junto a ellos, y aquella sensación, lejos de resultarle agradable, casi excitante, como en otras ocasiones, le produjo pánico. Quiso escaparse. Si chillaba, alguien la oiría. Estaban rodeados de vecinos. Tal vez sólo quisieran robarle el bolso. No llevaba nada de valor. Les daría el bolso y la dejarían tranquila.

Uno de los hombres dio un paso. La cogió por el pelo rubio, que tanto se había esmerado en colocar, y la derribó de una bofetada. Otro le acertó en el brazo con una patada, y con otra le estrelló el cráneo contra la pared. No hizo falta más. Pesaba cuarenta y tres kilos. Brotó un hilillo de sangre de su nariz, y luego se deslizó hasta el suelo, dos o tres gotas lentas.

En el monte, la niña Elsa dejó de gritar.

El Guía se acercó a mirarla. Se agachó junto a ella y le apartó el pelo. Se había conmovido un poco. Tenía el estómago revuelto. Hasta entonces, no le había tocado tomar parte en un acto de aquéllos. Alguna vez debía ser la primera.

—Es ella —dijo, y se miró los dedos con cuidado, no fueran a quedarle manchas de sangre.

Con eso no se terminaba el problema de los grialistas, pero se atenuaba, al menos. El juicio continuaría, pero el desaliento cundía entre las filas de los cruzados.

Podía apreciarse por momentos. Los jueces daban vueltas, no se atrevían a dictar un veredicto definitivo. No era cuestión de inteligencia, ni siquiera de justicia. Se trataba de la convicción, de la fuerza de convicción.

Además, sus superiores no encontrarían ya nada que pudieran reprocharle. Él la había atraído a ellos, él les había librado de ella. Tendría con qué callar la boca a más de uno.

—*Nadie conoce el futuro. ¿Cómo iba yo a saber esto?* —se dijo.

—Vámonos —apremió otro de los hombres.

Cogieron su bolso, le arrancaron un broche de hojalata que llevaba prendido en el jersey y se marcharon, un poco disgustados porque la chica llevaba pocas cosas que justificaran un robo. Más avanzada la noche, los habitantes de Lorda los vieron por los bares, pero ninguno de ellos les llamaron la atención. Parecían una pandilla de amigos que se divertían, altos, apuestos, bien vestidos, sin problemas ni remordimientos. Unos chicos jóvenes que disfrutaban de la noche de verano, como tantos otros.

La mujer que había compartido piso con Elsa pequeña esperó hasta la hora pactada, y media hora más, porque recordó que podría haber perdido el autobús, y no quería inquietarse inútilmente. Entonces comenzó a preocuparse. Llamó a casa de Elsa, pero nadie respondió. Lo intentó de nuevo. No sabía qué hacer. Marcó entonces el número de la asociación, sabiendo que la reñirían por haber sido imprudente y haber incitado a Elsa pequeña a que lo fuera.

—No contesta en su casa —explicó.

—Esto es una pesadilla —le respondieron.

La policía no tuvo que ir muy lejos para encontrarla. Su bolso había desaparecido, no llevaba joyas, sólo un reloj muy barato, de plástico, que regalaban con una marca de galletas. En principio, no podría haber sido otra cosa que un robo en el que los ladrones se hubieran excedido. No presentaba señales de abusos, nadie había escuchado nada, ni un grito de auxilio, nada. Los miembros de la asociación, silenciosos, esperaban noticias en la sede, con una taza de café en la mano y pocas esperanzas. Cuando supieron que la habían matado, varias mujeres rompieron a llorar.

—¿Quién va a llamar a sus padres? —se preguntaron.

—La policía los avisará.

—¿Y qué les van a decir? Era hija única... pobres padres.

Luego comenzaron los discursos.

—Este hecho debe unirnos más, y no separarnos. Elsa se enfrentó con valentía a la Orden, impulsó el juicio, y nosotros no podemos traicionarla ahora.

Todos asentían con la cabeza.

—Hay que llamar a gente... convocar una concentración... Esto debe saberse. Que sus padres sientan que no sólo ellos han perdido a Elsa. Todos la hemos perdido.

Elsa pequeña marchaba camino del hospital para que le abrieran del todo la cabeza y supieran qué la había matado, qué órgano había dejado de funcionar y cuándo. Mientras tanto en Lorda la noche continuaba llena de alegría, con sus discotecas, sus bares, su gente joven despreocupada e ingenua.

—Pase lo que pase, que todos lo sepan. Que sepan que no estamos dispuestos a callarnos. Que no estamos dispuestos a olvidar a Elsa.

EPÍLOGO
—

Elsa grande se despertó cuando el sol calentaba ya la habitación, y se movió perezosa sobre la cama. Se sobrepuso al desconcierto. Durante un momento imaginaba que la cama se encontraba situada junto a la ventana, como en su casa de Desrein, y se le hacía extraño descubrir que no era así.

—*Rodrigo* —recordó, y el calor dejó de ser agradable para convertirse en sofocante. Continuaba furiosa con él, con su insensibilidad y su modo de actuar. No habían hablado. La noche anterior ninguno de los dos llamó al otro. Él no se había preocupado por ella, ni le había ofrecido ninguna solución. Habían perdido el tiempo en lugar de ocuparse de lo realmente importante. Así eran los hombres: egoístas, interesados y dominados por la lujuria.

Ya no recordaba que había sido ella la que había improvisado una cama en la sala de la vieja pensión. Además, eso no importaba; Rodrigo había accedido, y con ello le había demostrado que era lo único importante para él, y que consideraba que sus problemas quedaban zanjados de raíz.

—*El muy cretino.*

Se quitó de encima la sábana, empleando únicamente los pies, y abrió los ojos. Luego miró la esfera del despertador. Era muy tarde.

—*Y nadie me ha llamado. Como mi despertador no suena, me dejan dormir. Se nota que piensan que estoy de vacaciones.*

En Desrein, a esas horas, estaría acompañando a los ancianos de la residencia. A Melchor Arana, por ejemplo, que tenía problemas para manejar la mano derecha. En Duino se le escapaba el tiempo sin sentir. Bostezó, se desperezó y comenzó a estirar los brazos y el cuello y a girar los hombros. Otro día de sol.

—*A ver si hoy hago algo.*

Abrió la puerta de la cocina y se encontró a la tata llorando apoyada contra la encimera de la cocina. No había nada dispuesto sobre la mesa, ni la leche, ni las servilletas, ni siquiera los pastelitos traídos la víspera de Virto.

—¿Qué pasa? —preguntó, asustada—. ¿Dónde está el abuelo?

Era posible morir de noche sin que nadie se enterara. Sólo una pared separaba las dos habitaciones, una pared de papel que transmitía el menor ruido, pero el abuelo podría haber muerto durante el sueño, sin un gemido, sin que ella, al escucharlo, hiciera otra cosa que dar una vuelta en la cama.

—No es el abuelo —dijo la tata—. Se ha muerto tu prima. La otra Elsa.

Elsa grande se sentó. Se llevó las manos a la frente, sin saber si se sentía aliviada porque no le hubiera ocurrido nada al abuelo o deshecha por lo que escuchaba.

—¿Cuándo?

—Ayer por la noche. Esta mañana ha llamado tu madre. Al principio no entendía lo que me estaba diciendo. La asaltaron y le robaron. Ay, hija, pobre hija. En Lorda. Yo no sabía que vivía en Lorda.

—Yo tampoco —musitó Elsa—. ¿Cómo ha sido?

—Se rompió la base del cráneo. Se desnucó.

—Pero... ¿no ha podido ser un accidente?

—Dicen que mostraba moratones de una pelea. Y le rompieron el brazo derecho también.

Elsa se tapó la boca con la mano, aterrada. Luego movió la cabeza.

—¿Lo sabe el abuelo?

—Sí. Se ha vuelto a acostar.

La tata se levantó y dobló un paño de cocina. Parecía más serena, como si hubiera cumplido ya con su parte de la tarea y de nuevo los quehaceres cotidianos la reclamaran.

—¿Qué quieres para desayunar?

—Nada. No puedo tomar nada.

—Algo tienes que comer.

—Tata, déjame. He dicho que no.

Se puso en pie y se asomó a la habitación del anciano. Contuvo la respiración. El abuelo había bajado las persianas y descansaba con la luz apagada. Como si nada hubiera ocurrido, como si con su gesto pudiera hacer que amaneciera de nuevo y los sucesos retrocedieran.

—*Ha pasado por esto antes* —pensó Elsa—. *A mí es la primera persona que se me muere.*

Volvió a su cuarto. El filo de oro de los muebles brillaba con la claridad, y daba un aire nuevo al armario.

Algo había cambiado, no sólo el sol, más alto, no sólo los muebles, pintados y nuevos, no sólo el orden del mundo. La casa soportaba en silencio la ausencia definitiva de una de las niñas que la visitaban. Una muñeca de pelo de verdad, una muñequita rubia con ojos azules.

—*Ahora soy yo la única Elsa* —recordó de pronto—. *Sólo hablarán de Elsa pequeña para referirse a ella, que está muerta. Ahora soy Elsa. Nada más.*

Adelantó una hora la tercera aguja de su despertador. Le temblaban un poco las manos, pese a la extraña calma que sentía.

—*Qué raro que no llore. Tal vez luego. Ahora no puedo llorar. Ella no debía morir. Yo era la que estaba en peligro. Blanca podía morir un día de éstos. El abuelo. Ella no. Yo estaba aquí por ella. Estaba cumpliendo la pena en su lugar. ¿Por qué la han matado?* —colocó el despertador en la mesita—. *No se sabe si la han matado. Desnucada. Cuánto dolor. Claro que la han matado. Claro que la han matado.*

Golpeó la almohada para ahuecarla. Luego la arrojó sobre la cama y salió al pasillo. Le pareció haber escuchado el teléfono. Entró de nuevo.

—*Si ha sido una casualidad...*

Ni siquiera había pensado en la muerte. Si en algún momento se le hubiera pasado por la cabeza que Elsa pequeña podía morir, hubiera podido hablar de presentimientos, de señales, o algo así. Pero había dormido bien, se había despertado pensando en sus cosas, y de pronto, Elsa pequeña había muerto.

Esta vez sí que era el teléfono. Lo cogió ella. Era de nuevo su madre.

—Ahora te encuentro despierta.

—Sí.

—¿Vas a venir al entierro?

—Aún no lo sé... ¿Cómo ha sido?

—No nos lo han dicho. Ha llamado tu tío y nos lo ha comunicado. Que yo recuerde, no había llamado a casa en su vida. Después ha dicho que tú podías regresar. A Desrein. A su vida. Sin más, sin consecuencias. Ella estaba viva.

—Pero... ¿no sabéis nada más? La tata dice que le habían dado una paliza.

—Sí, eso parece. Pero tus tíos no nos han dicho nada. Tú...

—Mamá, no sé. Déjame pensar.

—Sí, pero... ¿vas a venir al entierro o no?

—Esta tarde te lo digo.

—Bueno, bueno. No te pongas nerviosa. Descansa un poco.

La tata se asomó en busca de noticias. Elsa le dijo que no sabían nada.

—¿Y qué hará tu abuelo? ¿Irá al funeral o no?

Parecía ser lo único que les importaba. Se asomaron de nuevo a la habitación del abuelo; tampoco él había sentido nada especial. Nunca, ni cuando desapareció la niña, ni cuando murió Antonia. Presentimientos, llamadas de fantasmas, presagios fúnebres... nada. Escuchó cómo la tata y su nieta le observaban y se fingió dormido. La puerta del cuarto se cerró de nuevo.

Más tarde la tata asociaría la llegada de Elsa grande y el miedo que mostraba los primeros días con la muerte unca del todo explicada de la otra Elsa. No había cocido del todo las razones de la llegada de la nieta mayor, no había preguntado nada para no afligirla, pero en ese momento la invadía un sentimiento confuso de que el final de una suponía el comienzo de la otra; no comentó con el señor Esteban esa impresión, no fuera a pensar que el golpe la había trastornado.

—¿Quieres llamar a alguien? —le preguntó a Elsa—. ¿Alguien más debe saberlo?

Elsa grande esperó a que dieran las tres para llamar a Rodrigo. Pensó en Blanca. Tal vez también podría llamarla a ella. Le haría bien hablar con Blanca. Comió un poco, obligada por la tata. Le llevó la comida al abuelo, pero no se detuvo a hablar con él. Era viernes, su novio no trabajaba por las tardes. La inquietud, la calma aterradora, mientras esperaba a que Rodrigo regresara... Había vivido aquello ya antes.

Marcó el número de Rodrigo. Él, extrañado por la ruptura de la rutina (también ella se hubiera preocupado en el caso inverso, qué era tan urgente que no podía aguardar hasta la noche, qué destrozaba de esa manera la tranquilidad y los planes cuidadosamente trazados), ni siquiera le preguntó cómo estaba.

—Han matado a mi prima.

—¿Qué dices?

Y Rodrigo, que nunca encontraba nada que decir, continuó hablando.

—Al menos, ahora puedes venirte para aquí.

Elsa caminaba de un lado a otro del pasillo, toda la longitud que le permitía el cable del teléfono.

—Estás loco. ¿Cómo quieres que vaya ahora? Acaban de matarla.

—Lo siento. No creas que no lo lamento. Pero el que la hayan... que haya sucedido eso prueba que no eras tú a quien buscaban.

Ella se detuvo en seco, enroscando el cable del teléfono.

—¿Y si no era así? ¿Si era a mí a quien pretendían matar? ¿Cómo sé que no la amenazaban a ella creyendo que era yo? Siempre hemos visto las cosas desde mi enfoque. ¿Y si era al revés? ¿Y si en lugar de matarme a mí la han matado a ella?

Calló.

—¿Cómo puedo saber a quién querían matar? ¿Cómo puedo estar segura de que no era a mí? ¿Y si Elsa ha muerto por error?

—Eso no...

El silencio acrecentó la duda.

—Eso no puede ser. Tienes que volver cuanto antes a una vida normal. Deja de calentarte la cabeza con enigmas. Tú jamás te has buscado ningún problema. La seguían a ella, y ahora ya tienen lo que buscaban.

Rodrigo estaba muy asustado, y hablaba con más severidad de la que acostumbraba. Escuchaba de fondo los pasos de Elsa, atrás y adelante, sobre las maderas del pasillo. Tarde le llegó la respuesta.

—No tienes ni idea de lo que es esto. No puedes ni imaginarlo. Crees que tienes todas las soluciones, ahí, seguro en Desrein, sin nada que temer. Para ti es fácil decir *haz, ven, no pasa nada*. Haré lo que me parezca.

—¿Qué quieres decir con eso?

—¿Tú qué crees?

También ella estaba asustada. No era aquello lo que quería decir. *Ven, Rodrigo, ámame, no me dejes, no permitas que piense, consuélame, dime lo que necesito oír, tú debes saberlo, tú me conoces, tú me quieres.* Pero a cambio dijo:

—No sé ni lo que digo. Te llamaré luego, Rodrigo.

Él colgó sin contestar, y no supo si le había llegado su disculpa.

—Rodrigo...

Entonces el mundo se desintegró definitivamente, y sintió lo que era vivir sin aire. Respiró muy profundamente, creyendo que se ahogaba. Dejó el auricular en su sitio y recorrió el pasillo con un dedo siguiendo la pared. Dudó por un momento. Cogió la chaqueta y las llaves.

—Me voy a dar una vuelta —gritó.

Bajó las escaleras casi corriendo. Se le habían olvidado los nombres de las calles. La vida sin Rodrigo. Cómo podría afrontar la vida, aunque fuera por un momento, sin Rodrigo. La vida sin Elsa pequeña. Sin las cosas seguras, sin lo que siempre había existido.

—*Ahora no puedo llorar* —pensó—. *Estoy en público. Respira, respira. Este dolor va a pasar. No pienso llorar.*

Paró ante un cartel de una marquesina, y lo miró fijamente, hasta que desapareció la sensación de desamparo. Entró en unos grandes almacenes, que finalizaban las ofertas de verano, y luego, como le quedaba de camino, en el museo. No había estado allí antes. Era un museo pequeñito, con un buen fondo arqueológico, pero dotado de pocas pinturas interesantes. Elsa subió, bajó, hizo un itinerario desorganizado que le hubiera puesto nerviosa en cualquier otra ocasión, y paró ante cada cuadro, analizándolo sin verlo.

Llegó ante una sala que albergaba varias obras prestadas. Una naturaleza muerta muy notable, varios retratos del mismo pintor. Frente a Elsa grande colgaba un cuadro diminuto, una mujer de perfil. Una trenza rubia le enmarcaba la línea del pelo y la oreja, y acababa en el moño. Las manos, muy pequeñas, surgían de unas grandes bocamangas de terciopelo rojo, y descansaban en el regazo.

Se parecía a Elsa pequeña.

Vestida de rojo, el color prohibido de la Orden, el de aquella tela flotante y liviana que Elsa pequeña guardaba cuidadosamente doblada en el armario, lana y seda, con la que bailaba cuando aún era feliz.

Se parecía a Elsa pequeña.

Elsa grande permaneció sentada en aquella sala, ante el retrato, mucho tiempo. De cuando en cuando, un guarda del museo se asomaba, la contemplaba unos instantes y salía de nuevo.

Cuando anocheció, el guardia se acercó a ella.

—Vamos a cerrar en un momento —dijo. Luego insistió—: Señorita, vamos a cerrar.

Elsa levantó la cabeza.

—Sí. Sí, perdone. Ya me voy.

Mientras ella recorría las salas fueron apagando las luces. Salió del edificio y por un momento no supo qué hacer, ni recordó con mucha claridad lo que había ocurrido aquel día, ni qué hacía en aquella ciudad. Luego regresó a casa, a continuar completando su historia no contada.

Existen infinitos modos de matar a una persona. Muchos de ellos son fáciles. Existe el olvido, llega la muerte. Se olvida todos los días, y los muertos son discretos. No regresan de la muerte. Ni del olvido. Olvidaron a Elsa tantas veces, tanta gente. A tantas Elsas. Simplemente, pasó su tiempo, continuó la vida y su lugar fue ocupado por otras cosas, por otras personas.

Hubiera sido inútil buscar culpables.

NOVELAS GALARDONADAS
CON EL PREMIO PLANETA
—

1952. *En la noche no hay caminos.* Juan José Mira

1953. *Una casa con goteras.* Santiago Lorén

1954. *Pequeño teatro.* Ana María Matute

1955. *Tres pisadas de hombre.* Antonio Prieto

1956. *El desconocido.* Carmen Kurtz

1957. *La paz empieza nunca.* Emilio Romero

1958. *Pasos sin huellas.* F. Bermúdez de Castro

1959. *La noche.* Andrés Bosch

1960. *El atentado.* Tomás Salvador

1961. *La mujer de otro.* Torcuato Luca de Tena

1962. *Se enciende y se apaga una luz.* Ángel Vázquez

1963. *El cacique.* Luis Romero

1964. *Las hogueras.* Concha Alós

1965. *Equipaje de amor para la tierra.* Rodrigo Rubio

1966. *A tientas y a ciegas.* Marta Portal Nicolás

1967. *Las últimas banderas.* Ángel María de Lera

1968. *Con la noche a cuestas.* Manuel Ferrand

1969. *En la vida de Ignacio Morel.* Ramón J. Sender

1970. *La cruz invertida.* Marcos Aguinis

1971. *Condenados a vivir.* José María Gironella

1972. *La cárcel.* Jesús Zárate